KB108134

갈릴레오의 고뇌

GALILEO NO KUNO by HIGASHINO Keigo
Copyright ⓒ 2008 by HIGASHINO Keigo
All Rights Reserved.
First original Japanese edition published by Bungei Shunju Ltd., Japan 2008.
Korean hard-cover rights in KOREA reserved by
JANE BOOKS under the license granted
by HIGASHINO Keigo arranged with Bungei Shunju Ltd., Japan
through The Sakai Agency, Japan and EntersKorea Co., Ltd.

갈릴레오의 고뇌

초판 펴낸 날 2010년 11월 7일 **11쇄** 펴낸 날 2025년 1월 15일
지은이 히가시노 게이고 **옮긴이** 양억관 **펴낸이** 박설림 **펴낸곳** 도서출판 재인 **디자인** 오필민디자인
등록 2003. 7. 2 제300-2003-119 **주소** 서울시 강남구 도곡동 467-6 대림아크로텔 1812호
전화 02-571-6858 **팩스** 02-571-6857

ISBN 978-89-90982-39-1 03830 Copyright ⓒ 재인, 2010 Printed in Korea.

책값은 뒤표지에 표시되어 있습니다. 잘못된 책은 바꿔 드립니다.

히가시노 게이고 지음 양억관 옮김

갈릴레오의 고뇌

재인

차 례

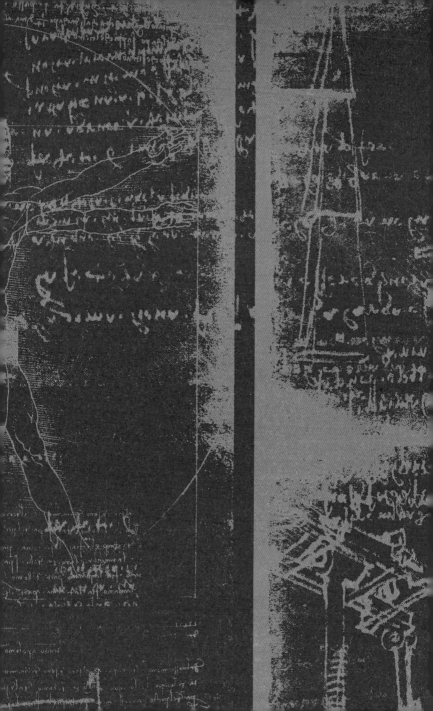

1

떨
어
지
다

조금 전까지 흩뿌리던 비는 그친 것 같다. 오늘은 운이 좋
네. 스쿠터에서 내리던 미쓰이 레이지는 뭔지 모르게 조금 득
을 본 듯한 기분이었다. 비가 퍼붓는 가운데 배달을 나갔지만
가는 곳마다 지하에 주차장이 있는 아파트라 물 한 방울 젖지
않은 채 상쾌한 기분으로 일을 다닐 수 있었다.

아무리 상자에 들었다 해도 음식물을 들고 빗속을 다니는
게 썩 기분 좋은 일은 아니다. 비에 몸이 젖는 것도 불쾌하고.

스쿠터를 잠근 다음 피자 상자를 끌어안고 걸음을 옮기려
는데 갑자기 눈앞에 커다란 우산이 불쑥 나타났다. 미쓰이는
우산과 살짝 부딪치는 바람에 그만 피자 상자를 놓칠 뻔했다.

우산을 든 남자는 앗, 소리치며 놀라는 미쓰이를 무시하고
그냥 지나치려 했다. 짙은 색 양복을 입은 것이 샐러리맨 같
아 보였다. 비가 갠 줄도 모르고 우산을 쓴 채 걷고 있었던 모
양이다. 그러니 앞을 못 볼 수밖에.

"이봐요, 잠깐만요."

미쓰이는 남자를 부르며 쫓아가서는 가방을 맨 남자의 팔을 잡았다.

남자가 돌아보는데, 짜증스럽다는 듯 미간을 찌푸리고 있다. 험한 인상이 아니라서 미쓰이는 작정을 하고 세게 나갔다.

"부딪쳐 놓고 모른 척해? 하마터면 이거 떨어뜨릴 뻔했잖아."

"아…… 미안."

남자는 가볍게 사과하더니 고개를 돌리고는 다시 걸어가려 했다.

"미안하다고 하면 다야?"

미쓰이가 혀를 차는 순간, 그의 시야 끝자락에서 묘한 것이 움직였다. 검은 그림자 같은 것이 엄청난 기세로 위에서 떨어졌다.

그 직후, 퍽, 하는 둔탁한 소리가 들렸다. 그쪽으로 눈길을 돌리니 아파트 옆 도로에 검은 덩어리가 널브러져 있었다. 우연히 그 곁을 지나던 여자가 그것을 보고 비명을 지르며 뒷걸음질쳤다.

"아악, 아악."

미쓰이는 멈칫멈칫 그쪽으로 다가갔다. 비명을 지르던 여자는 전봇대 뒤에 숨듯이 서 있다.

검은 물체는 분명 사람이었다. 그러나 손이며 발이 말도 안 되는 방향으로 뒤틀려 있었다. 검은 머리카락에 가려 얼굴은 보이지 않았다. 안 보이는 게 다행이라는 생각이 들었다. 머리 부분에서 진득한 액체가 천천히 흘러내렸다.

여기저기서 비명과도 같은 소리가 들렸다. 퍼뜩 제정신을 차려 보니 주변에 사람들이 모여 있었다.

"투신자살인가?"

누군가가 말했다. 그제야 미쓰이는 사태가 이해됐다.

우아, 세상에, 이거 정말이야? 대단한 걸 보고 말았어, 속으로 중얼거리며 흥분했다. 이 사실을 동료들에게 이야기하면 얼마나 스릴 넘칠까, 가슴이 두근거렸다.

그러나 그는 그 이상 시체 쪽으로 다가가지는 않았다. 가까이 가서 자세히 보고 싶었지만 무서웠다.

구급차를 불러, 경찰에 알려, 그런 소리가 들렸다. 주변 사람들은 시체가 떨어지는 장면을 목격하지 못해서인지 비교적 침착했다.

미쓰이도 서서히 마음의 안정을 되찾았다. 그러면서 자신이 소중하게 끌어안고 있는 물건이 있다는 사실을 떠올렸다.

'이런, 배달부터 해야지.'

그는 피자를 들고 달렸다.

2

현장은 아파트였다. 거실과 부엌, 그리고 방이 두 개. 거실은 일곱 평은 충분히 될 것 같았다. 방도 널찍널찍하다. 혼자 사는 여자도 여러 종류야, 우쓰미 가오루는 자신의 방을 떠올리며 속으로 중얼거렸다. 하긴, 자신의 방이 좁게 느껴지는 건 정리가 잘 안 되어서인지도 모른다. 마지막으로 청소기를 돌린 게 언제였더라, 기억이 가물가물하다.

이 집은 정리가 참 잘되어 있다. 고급스런 소파에는 둥근 쿠션이 두 개 놓여 있고 텔레비전 주변이나 책장도 가지런히 정돈되어 있었다. 특히 부엌 테이블 위에 아무것도 없다는 것이 가오루에게는 상상도 못할 일이었다.

바닥 역시 깨끗하다. 베란다로 이어지는 유리문 곁에 청소기가 놓여 있는 걸 보면 아마도 그것으로 매일 청소를 했던 모양이다. 단 하나, 위화감을 주는 것이 있다면 청소기 곁에 냄비가 떨어져 있다는 것이었다. 뚜껑이 텔레비전 옆까지 굴러 가 있었다.

음식을 만들 참이었는지도 모른다며 가오루는 부엌을 엿보았다. 개수대 옆에 올리브유 병이 놓여 있었다. 설거지대에는 알루미늄 접시, 식칼, 작은 접시 따위가 들어 있고, 개수대 구석에 놓인 음식물 쓰레기 바구니에는 토마토 껍질이 버려져 있었다.

　냉장고 문을 열어 보았다. 큰 접시에 담긴 토마토와 치즈가 맨 먼저 눈에 들어왔다. 화이트 와인 한 병이 그 옆에 누워 있다.

　누군가와 와인을 마시려고 했을까, 가오루는 생각했다.

　방 주인의 이름은 에지마 치나쓰, 서른 살, 은행원이다. 운전면허증의 사진은 상냥하고 얌전한 인상이지만, 사실은 기가 세고 계산이 빠른 타입 아닐까, 가오루는 가늠해 본다. 둥그스름한 얼굴에 눈이 처졌다고 다 좋은 사람은 아니다.

　거실로 돌아왔다. 형사 몇 명이 바쁘게 베란다를 오가고 있었다. 가오루는 그들의 움직임이 일단락될 때까지 기다리기로 했다. 빨리 본다고 반드시 뭔가를 먼저 찾아낸다는 보장은 없다. 경쟁이라도 하듯 먼저 보려고 안달하는 남자들, 정말이지 치기가 느껴진다.

　가오루는 벽 가에 놓여 있는 서랍장 쪽으로 다가갔다. 그 옆에는 잡지꽂이가 있었다. 그 안을 대충 살펴본 다음 서랍장의 서랍을 열었다. 두 권의 사진첩이 있었다. 장갑을 낀 손으로 조심스럽게 펼쳤다. 한 권은 동료의 결혼식에 참석했을 때 찍은 것인 듯했다. 다른 한 권에는 회식이나 직장의 행사에 참석했을 때 찍은 듯한 사진들이 들어 있었다. 대부분은 여자들과 찍은 사진이고 남자와 찍은 사진은 단 한 장도 없었다.

사진첩을 제자리에 되돌려 놓으려는데 선배인 구사나기 슌페이가 시큰둥한 표정으로 다가왔다.

"어때요?"

그녀가 물었다.

"뭐라고 말하기 힘들어. 그냥 뛰어내린 것 같기도 하고. 싸운 흔적이 없으니까."

"그렇지만 현관문이 열려 있었는데요."

"그건 나도 알아."

"방에 혼자 있었으면 자물쇠를 잠갔을 거예요."

"자살할 정도의 정신 상태니까 그냥 열어 놓았을 수도 있을 것 같은데."

가오루는 선배 형사를 빤히 바라보며 고개를 가로저었다.

"그 어떤 정신 상태라 해도 평소의 습관이란 건 변하지 않는다고 생각해요. 문을 열고 안으로 들어오면서 자물쇠를 건다, 그것도 일종의 습관 아닐까요."

"모든 사람이 다 그러리라는 보장은 없지."

"혼자 사는 여자치고 그런 습관이 없는 사람은 없을걸요."

가오루가 다소 강한 어투로 말하자 구사나기는 불쾌한 듯 입을 다물어 버렸다. 그러고는 전열을 가다듬기라도 하듯 코 옆을 손가락으로 긁더니 다시 입을 열었다.

"그럼 우쓰미 생각은 뭔데, 왜 문이 잠겨 있지 않다고 생각해?"

"그거야 뻔하죠. 누군가 문을 잠그지 않고 나갔으니까. 즉, 이 방에는 또 다른 사람이 있었다는 거죠. 아마도 죽은 여자의 연인일걸요."

구사나기의 한쪽 눈썹이 꿈틀, 움직였다.

"대담한 추리군."

"냉장고 안, 보셨어요?"

"냉장고? 안 봤는데."

가오루는 부엌으로 가서 냉장고 문을 열고 큰 접시와 와인 병을 꺼냈다. 그것을 구사나기 앞으로 들고 갔다.

"여자 혼자 집에서 와인을 마시지 말란 법은 없겠지요. 그렇지만 자기 자신만을 위해서 이렇게 오드볼을 예쁘게 마련해 두지는 않아요."

구사나기는 콧등에 주름을 잡으며 손으로 머리를 긁적거렸다.

"관할 서에서 내일 아침에 회의를 한다고 하니까 일단 거기가 보도록 하지. 그때쯤이면 검시 결과가 나올 거야. 논쟁은 그다음에 하자고."

그러면서 그는 눈앞에 날아가는 파리를 내쫓는 듯한 몸짓을 했다.

선배 형사의 뒤를 따라 방을 나서려 할 때였다. 현관 신발장 위에 상자 하나가 놓여 있는 것을 발견한 가오루는 신발을 신으려다가 말고 우뚝 멈춰 섰다.

"왜 그래?"

구사나기가 물었다.

"이게 뭘까요?"

"택배 같은데."

"열어 봐도 돼요?"

상자는 테이프로 봉인된 채였다.

"함부로 건드리지 마. 어차피 관할 서에서 내용물을 확인할 거니까."

"지금 바로 보고 싶은데요. 관할 서에 양해를 구하면 되지 않을까요."

"우쓰미."

구사나기가 미간을 찌푸렸다.

"튀는 행동 좀 하지 마. 안 그래도 튀어 보이는데."

"제가 튀어 보여요?"

"아니, 그게 아니라……, 다들 자네를 주목하고 있다고. 그러니 조심하도록 해."

그건 또 뭔데, 속으로 그렇게 내뱉으면서도 가오루는 고개를 끄덕였다. 말도 안 되는 사고방식이나 관습 같은 것을 억지로 받아들여야 하는 게 어제오늘의 일은 아니다.

다음 날 아침, 가오루가 관할 서인 후카가와 경찰서에 들어서자 구사나기가 떨떠름한 표정으로 기다리고 있었다. 상관인 마미야도 함께였다.

가오루를 보고 수고가 많아, 라고 말하는 마미야의 얼굴 역시 굳어 있었다.

"계장님, ……웬일이세요?"

"이리로 불려 왔어. 우리더러 담당하라는 거야."

"담당을 하라니요?"

"타살로 추정할 만한 근거가 나왔거든. 피해자의 머리를 내리친 듯한 흉기가 방에서 발견됐어. 그래서 여기에 합동 수사 본부가 설치된 거야."

"흉기? 뭔데요, 그게?"

"냄비 말이야. 손잡이가 긴 그놈."

"아아!"

가오루는 거실 바닥에 떨어져 있던 냄비를 떠올렸다.

"그걸로 머리를……."

"냄비 바닥에 미량이지만 피해자의 혈흔이 남아 있었어. 냄비로 쳐서 기절시킨 다음 베란다 아래로 밀어뜨린 거지. 정말 어처구니없는 놈이야."

이야기를 듣던 가오루는 구사나기 쪽을 슬쩍 쳐다보았다. 그는 가오루의 시선을 피하려는 듯 얼굴을 옆으로 돌리며 헛기침을 했다.

"범인은 남자인가요?"

가오루가 마미야에게 물었다.

"그럴 거야. 여자가 할 수 있는 솜씨는 아니거든."

"발견된 건 흉기뿐인가요?"

"지문을 지운 흔적이 있어. 냄비의 손잡이 부분, 테이블, 그리고 문손잡이."

"지문을 지웠다는 건 강도가 아니라는 말이잖아요."

강도라면 장갑을 꼈을 것이다.

"면식범이라고 봐야겠지. 흉기도 현장에 있는 걸 사용했고 말이야. 지갑이나 카드 따위에도 손대지 않았어. 유일하게 없어진 거라면 휴대폰 정도야."

"휴대폰? 통화 내역을 들키면 안 된다고 생각했군요."

"어리석은 생각이야."

구사나기가 입을 열었다.

"통화 기록 같은 건 통신 회사에 조회하면 금방 알 수 있는 건데 말이야. 오히려 면식범이란 사실을 드러내는 거나 다름 없지."

"갑자기 정신이 홱 돌아 버렸을 거야. 어느 모로 보나 계획적인 범행은 아니니까 말이야. 통화 기록을 훑어서 남자관계를 중심으로 철저히 조사해 보라고."

마미야가 결론을 내리듯 말했다.

그 직후에 수사 회의가 열렸다. 그 자리에서는 주로 목격자 진술이 보고되었다.

"추락했을 당시 아파트 주위에 사람들이 많이 모여들었는데, 수상쩍은 인물은 발견되지 않았다고 합니다. 에지마 치나쓰의 방은 7층인데, 6층에 사는 사람이 웅성거리는 소리를 듣고는 창을 열고 아래를 내려다본 다음 곧바로 엘리베이터를 탔다고 합니다. 그때 엘리베이터는 7층에 있었는데, 그 사람이 탈 때는 아무도 없었다고 합니다. 만일 누군가가 에지마 치나쓰를 밀어뜨린 후에 도망쳤다면 그 순간에 엘리베이터가 7층에 멈춰 서 있었을 리 없습니다. 엘리베이터는 한 대뿐입니다."

초동 수사를 맡은 오십 대 수사관이 침착한 어투로 그렇게 말했다.

범인이 비상계단을 이용했을 가능성도 검토되었다. 그러나 계단 입구는 추락 현장과 같은 방향으로 나 있고, 그것도 바깥으로 드러나 있기 때문에 만일 범인이 그곳으로 내려왔다면 구경꾼들에게 그대로 들켰을 것이라는 결론이었다.

범인은 피해자를 밀어뜨린 후 어디로 사라졌을까, 그것이 현재로서는 가장 큰 수수께끼였다.

"한 가지 가능성을 생각해 볼 수 있습니다."

마미야가 의견을 제시했다.

"범인이 같은 아파트 주민이라면 어떨까요. 범행 후 자기 집에 들어가 버렸다면 누구에게도 들키지 않았겠죠."

경시청 수사 2과 계장의 의견에 사람들은 고개를 끄덕였다.

3

오카자키 미쓰야라는 남자가 후카가와 경찰서에 나타난 것은 마침 가오루와 구사나기가 탐문 수사를 마치고 막 돌아왔을 무렵이었다.

삼십 대 중반의 나이에 마른 체격인 오카자키는 짧은 머리에 가르마가 단정했다. 세일즈맨처럼 보여 가오루가 물어보았더니 정말로 그렇다고 했다. 유명한 대형 가구점에서 영업을 한다는 것이다.

오카자키는 지난밤 자신이 에지마 치나쓰의 집에 갔었다고 했다.

"에지마는 대학 시절 테니스 동아리의 후배입니다. 5년 차이지만 졸업 후에도 자주 놀러 갔기 때문에 얼굴을 알았습니다. 오랫동안 만나지 못하다가 육 개월쯤 전에 길에서 우연히 마주쳤습니다. 그 이후로 메일을 주고받았습니다."

"메일만 주고받았나요? 혹시 데이트를⋯⋯."

가오루의 물음에 오카자키는 황망히 손사래를 쳤다.

"아니, 그런 관계는 아닙니다. 어제 그녀의 집에 간 것은 그 전날 전화를 받았기 때문입니다. 침대를 바꾸고 싶다면서 카탈로그를 가져다 달라고 했습니다."

"후배가 선배를 집으로 불렀다?"

구사나기가 말꼬리에 의문표를 달았다.

"저 같은 경우는 집에 직접 가 보는 것이 가장 좋습니다. 어떤 집인지 알아야 알맞은 제품을 추천할 수 있으니까요."

설령 상대가 후배라고 해도 보통의 고객처럼 대한다는 얘기였다.

"그런 일이 지금까지 몇 번이나 있었습니까? 그러니까, 전에도 에지마 씨에게 물건을 판 적이 있었습니까?"

구사나기가 물었다.

"네, 소파와 테이블을 판 적이 있습니다."

"아, 그랬군요. 그럼 어제는 몇 시쯤 에지마 씨의 집을 찾아갔습니까?"

"여덟 시 약속이었는데, 그리 늦지는 않았을 겁니다."

"그때 에지마 씨에게서 이상한 점은 못 느꼈습니까?"

"별다른 느낌은 없었습니다. 카탈로그를 보여 주고 여러 종류의 침대를 설명했습니다. 에지마는 고개를 끄덕이면서 들었고요. 그 자리에서 결정을 내리지는 못했습니다. 침대는 실물을 보고 나서 결정하는 게 좋다고 충고해 주었거든요."

"어디서 이야기를 나누었지요?"

"거실 소파에 앉아서……."

"얼마나 계셨나요?"

"글쎄요, 아마 여덟 시 사십 분경에는 집을 나섰을 겁니다. 곧 손님이 올 거라고 해서요."

"손님이요? 몇 시에 온다고 하던가요?"

"아, 그것까지는……."

오카자키가 고개를 갸웃했다.

"잠깐만요."

가오루가 끼어들었다.

"현관에 신발장이 있잖아요?"

"예?"

"신발장 말이에요, 에지마 씨 아파트 현관에."

"아……, 있었죠 아마. 그건 원래 있었던 것이고 우리 가게 물건이……."

"그런 게 아니라, 신발장 위에 종이 상자가 하나 놓여 있던데, 못 보셨어요?"

"종이 상자……."

오카자키는 당황한 듯 시선을 이리저리 옮기더니 살짝 고개를 저었다.

"글쎄요, 있었던 것 같기도 한데 정확히는 기억이 나지 않습니다. 죄송하지만."

"그래요? 그럼 됐습니다."

"그 종이 상자가 무슨 문제라도……."

"아뇨, 아닙니다."

가오루는 손사래를 친 다음 구사나기 쪽을 바라보며 가볍게 고개를 숙였다. 함부로 끼어들어 죄송하다는 뜻이었다.

"사건에 대해서는 언제 알게 됐습니까?"

구사나기가 물었다.

"뉴스를 본 건 오늘입니다. 그렇지만 사건에 대해서는 이미 알고 있었다고 할까, 사건이 일어났을 때부터 알고 있었다고 해야 할까……."

오카자키가 말을 더듬거리기 시작했다. 무슨 뜻인지 모를 모호한 말이었다.

"무슨 뜻인가요?"

"사실은 봤습니다. 에지마가 떨어지는 순간을요."

에, 하고 가오루와 구사나기가 동시에 소리를 질렀다.

"에지마의 집을 나선 후 잠시 근방에 있었거든요. 다른 고객이 가까운 곳에 산다는 게 생각나서 인사라도 할까 하고 주위를 돌아다니고 있었습니다. 그러다 그 집을 찾지 못해 다시 에지마가 사는 아파트 쪽으로 돌아오는데 추락 사고가 일어났습니다. 그것만으로도 깜짝 놀랐는데, 오늘 뉴스에서 그것이 에지마라는 소리를 듣고 놀라움을 넘어 무서운 생각마저 들었습니다. 제가 만난 직후에 살해당했으니까요. 그래서 조금이나마 수사에 도움이 될까 해서 이렇게 찾아왔습니다."

"아, 정말 고맙습니다. 귀중한 정보입니다."

구사나기는 고개를 숙였다.

"추락했을 때 근처에 계셨다고 했는데, 당연히 혼자였겠지요?"

"물론 그렇습니다."

"예, 그렇군요."

"그건 왜……."

"아, 이렇게 소중한 정보까지 주셨는데 정말 죄송합니다만, 우리 일이란 게 뭐든 근거를 확보하고 증명하지 않으면 안 되는 것이라서…… 그러니까, 지금 상태라면 오카자키 씨가 에지마 씨의 아파트에 갔었다는 사실밖에는 수사 기록에 남길 게 없으니까……."

그 말에 오카자키는 의아하다는 표정으로 구사나기와 가오루를 번갈아 바라보았다.

"그러니까 제게 의심이 간다는?"

"아, 꼭 그런 말은 아닙니다."

"에지마가 추락했을 때 주변에 사람이 아무도 없었던 건 아닙니다. 제게 말을 건 사람이 있었습니다."

"그게 누군데요?"

"피자 집 배달원입니다. 아마도 '도레미 피자'였던 것 같습니다."

오카자키의 말로는 배달 중인 점원이 자신을 불러 세우고 무슨 불평 같은 걸 했다는 것이다. 에지마 치나쓰가 추락한 것은 바로 직후였다고 한다.

"그 배달원, 이름이라도 물어볼 걸 그랬네요."

오카자키는 억울하다는 듯 입술을 깨물었다.

"아, 그건 우리 쪽에서 확인할 수 있으니 걱정 마세요."

"그렇다면 다행이지만……."

오카자키는 안도의 미소를 흘렸다.

"얼굴 사진이 들어 있는 신분증 같은 것 있습니까? 가능하다면 복사를 좀 하고 싶은데요. 물론 확인한 다음에는 없애버리도록 하겠습니다."

"그렇다면 여기."

오카자키는 사원증을 꺼냈다. 거기에는 정면을 바라보며 입가에 엷은 미소를 머금은 그의 얼굴이 박혀 있었다.

4

오카자키가 돌아간 후 두 사람은 마미야에게 보고를 하러 갔다.

"요컨대 피해자는 가구점 영업 사원이 돌아간 후 누군가와 만날 약속이 되어 있었다, 이 말이지."

마미야가 팔짱을 끼며 말했다.

"이것으로 오드볼의 수수께끼가 풀렸군."

구사나기가 가오루에게 소곤거렸다.

"상황으로 보건대 그 누군가란 피해자와 깊은 관계가 있는 남자라고 해야겠지."

그러더니 마미야는 고개를 갸우뚱하며 허공에 세운 손가락을 앞뒤로 흔들었다.

"그런데 말이지, 그 남자가 사건이 일어난 지 하루가 지나도록 나타나지 않는다는 게 이상해. 그런 점에서 어떤 식으로든 사건과 연관되어 있다고 보아야 할 거야."

"한 가지 마음에 걸리는 게 있는데요, 피해자는 과연 다음 손님과 몇 시에 만날 약속을 했을까?"

가오루가 두 선배 형사를 번갈아 바라보며 말했다.

"가구점 영업 사원이 돌아간 것이 여덟 시 사십 분경이었으니까 아홉 시쯤이 아니었을까?"

가오루는 그렇게 말하는 구사나기의 얼굴을 다시 쳐다보았다.

"그렇다면 범인이 그 집으로 들어선 이후 사건이 일어나기까지 십 분 정도밖에 안 걸린 셈인데요."

"십 분이면 충분하지."

"그건 그렇지만 흉기가 냄비인데."

"그게 뭐?"

"범행이 계획적인 것으로는 보이지 않는다고 하셨잖아요."

아, 하는 소리가 마미야의 입에서 흘러나왔다.

"아, 맞아. 듣고 보니 그렇군."

"뭐가요, 계장님."

"가만있어 봐. 우쓰미의 말을 마저 들어 보자고. 계속해 봐."

"범행이 계획된 것이 아니라 충동적인 것이라면 그렇게 된 이유가 있을 겁니다. 집에 들어선 지 고작 십 분 만에 충동적으로 사람을 죽일 만한 일이 일어날 수 있을까요?"

마미야는 빙글거리며 구사나기를 바라보았다.

"어떤가, 구사나기 형사. 젊은 여형사의 지적이 꽤 날카로운 것 같은데."

"범인이 그 집에 간 시간이 아홉 시 이전이었을지도 모르죠. 여덟 시 사십오 분이라든지."

"약속 시간치고는 어중간하지 않나요?"

"그거야 만나는 사람 마음이지."

"그렇긴 하지만……."

그러자 마미야가 가오루의 얼굴을 뚫어져라 바라보더니 말했다.

"왜, 할 말이 더 있는 것 같은데?"

가오루는 고개를 숙이며 입술을 꼭 다물었다. 하고 싶은 말은 있다. 그러나 자신의 직감을 이 사람들이 과연 이해해 줄지 자신이 없었다.

"하고 싶은 말이 있으면 해 봐. 말을 하지 않으면 알 수가 없잖아."

마미야의 말에 용기를 얻은 가오루가 얼굴을 들었다. 그러고는 숨을 크게 내쉬었다.

"저, 택배로 온 물건 말인데요."

"택배?"

"에지마 치나쓰에게 온 택배가 현관 신발장 위에 놓여 있었어요. 어제저녁에 받은 것이 아닌가 싶어요."

"도대체 그 상자에 왜 그렇게 집착하는 거야?"

구사나기가 물었다.

"가구점 직원에게도 물었지. 그렇게 신경 쓰는 이유가 뭔데?"

"택배가 있었어? 난 처음 듣는 말인데."

마미야가 구사나기를 보며 말했다.

"인터넷 쇼핑으로 에지마 본인이 주문한 물건인 것 같습니다."

"내용물은?"

"거기까지는 아직……."

"속옷입니다."

가오루의 말에 두 남자는 동시에 엇, 하고 소리쳤다.

"결국 열어 보았어?"

구사나기가 따지듯이 물었다.

"아니에요. 그렇지만 알 수 있습니다. 내용물은 아마도 속옷이나 그 비슷한 종류일 거예요."

"보지도 않고 어떻게 알아?"

마미야가 따져 묻자 가오루는 괜한 말을 했다고 후회하며 잠시 주저했다. 그러나 곧 힘을 내어 입을 열었다.

"상자에 인쇄된 회사 이름을 봤어요. 유명한 속옷 메이커였습니다. 최근에 인터넷 판매로 매출을 크게 올리고 있는 회사죠."

그런 다음 다시 한번 망설이다가 덧붙였다.

"여자라면 대개는 알고 있을 겁니다."

선배 형사와 상관은 당혹스런 표정을 지었다. 구사나기는 마치 야한 농담이라도 한마디 하고 싶은데 여자 후배 앞이라 참는다는 표정이었다.

"그런 거……였어? 속옷이었단 말이지. 그래서, 뭐가 문제 인데?"

"상황으로 볼 때, 피해자는 택배를 받은 후 그 상자를 그냥 신발장 위에 두었다고 보아야 할 거예요."

"그래서?"

"손님이 올 예정이었다면 절대로 그러지는 않을 겁니다."

"왜?"

"왜냐면……."

가오루는 저도 모르게 미간을 찌푸렸다.

"다시 말씀드리지만, 그게 속옷이기 때문입니다. 남에게 보이고 싶지 않거든요."

"그렇기도 하겠지만, 그건 새것 아닌가. 더욱이 상자 안에 들어 있고. 딱히 신경 쓸 이유가 없는 것 같은데, 안 그런가?"

마미야가 구사나기에게 동의를 구했다.

"그럼요. 그리고 자네나 안에 뭐가 들었는지 아는 거지, 보통은 잘 몰라. 더욱이 남자는."

가오루는 짜증이 치밀었지만 꾹 참고 설명을 계속했다.

"남자라도 알지도 모른다고 생각하는 것이 보통 아닐까요. 설령 새것이고 상자에 들었다 하더라도 여자라면 자신의 속옷에 대한 정보를 숨기고 싶은 법입니다. 손님이 올 예정이었다면 반드시 치우게 되어 있어요. 받을 당시에 깜빡했더라도 현관문을 열기 전에 알게 되죠."

구사나기와 마미야는 멀뚱한 얼굴로 서로를 바라보았다. 여자의 심리에 관한 것이라 강하게 반론을 펼 수도 없는 노릇이었다.

"그럼 혹시 범인이 거기에 두었다고 보는 건가?"

"그런 말이 아니고요."

"그럼?"

"숨길 필요가 없었던 것 아닐까요?"

"무슨 뜻이지?"

"방금 말씀드렸듯이, 상식적으로는 손님이 오기 전에 상자를 치웠을 겁니다. 상대가 남자라면 더욱더. 그러지 않았다는 것은 그럴 필요가 없었기 때문이라는 겁니다."

"그럴 필요가 없었다니? 손님이 왔잖아, 가구점 직원."

"예, 그렇죠."

"그러니까 필요가 있었던 것 아냐?"

"일반적으로는요. 그렇지만 손님이 온다 해도 속옷을 감추지 않아도 되는 경우가 있습니다."

"어떤 경우?"

"애인일 경우요. 오카자키 미쓰야가 에지마 치나쓰의 애인이라면 일부러 상자를 치우지는 않을 겁니다."

"······!"

도레미 피자 키바 지점은 후카가와 경찰서에서 걸어갈 만한 거리에 있었다.

문제의 시간에 피자를 배달한 사람을 찾아내는 일은 간단했다. 그는 미쓰이 레이지라는 청년이었다.

"예, 분명히 이 사람이에요. 이 사람과 부딪치는 바람에 피자 상자를 놓칠 뻔 했습니다. 그런데 사과도 안 하고 그냥 지나치려고 하더라고요. 그래서 불러 세워 항의했죠. 바로 그 직후에 추락 사고가 일어났어요."

미쓰이 레이지는 오카자키의 사진을 보면서 분명한 어투로 말했다.

"틀림없단 말이죠?"

구사나기가 다짐하듯 물었다.

"네, 틀림없어요. 그런 일이 일어나서 기억에 또렷이 남아 있어요."

"아, 감사합니다. 도움이 많이 됐습니다."

구사나기는 사진을 안주머니에 넣은 다음 가오루를 노려보았다. 이제 만족했느냐는 듯.

"이 사람, 어때 보였어요?"

가오루가 미쓰이에게 물었다.

"어때 보이다니요?"

"이상한 점은 없었어요?"

"글쎄요, 그런 건 없었던 것 같은데……."

미쓰이는 고개를 갸웃하더니 뭔가 생각난 듯 눈을 번쩍 떴다.

"그러고 보니 우산을 쓰고 있었어요."

"우산?"

"그때는 이미 비가 그쳤는데 말이에요. 그런데도 우산을 쓰고 다니니까 괜한 사람하고 부딪치기나 하고 그러죠."

미쓰이는 입을 비죽 내밀었다.

5

"에지마 씨와 그런 이야기를 나눈 적은 거의 없었어요. 다른 형사 분들께도 그렇게 대답했는데요."

마에다 노리코는 미안한 듯 고개를 숙였다. 흰색 블라우스 위에 파란 조끼를 걸치고 있었다. 이 은행의 제복인 듯했다.

가오루는 에지마 치나쓰가 다니던 은행에 와 있다. 니혼바시의 고텐마초 지점이다. 2층 응접실을 잠시 빌려 에지마 치나쓰와 가장 친하게 지냈다는 마에다 노리코에게 묻고 있었다.

그녀가 말하는 '그런 이야기'란 에지마 치나쓰의 남자관계를 가리킨다. 마에다 노리코의 말에 따르면, 에지마 치나쓰는 결혼에 대해 부정적인 사고방식을 가지고 있었다고 한다. 평생 독신으로 살아도 좋다는 이야기를 한 적도 있다고 했다.

"그럼 요즘 들어 이상한 점은 없었나요?"

"글쎄요, 저는 그런 느낌을 받지 못했는데요."

"이 남자를 본 적은요?"

가오루는 사진 한 장을 내밀었다. 그러나 마에다 노리코는 별다른 반응을 보이지 않았다.

"모르는 사람이에요."

가오루는 작게 한숨을 내쉬었다.

"잘 알겠습니다. 바쁘신데 정말 감사합니다. 저, 그런데 에지마 씨의 책상을 좀 볼 수 있을까요?"

"책상……말인가요?"

"예. 어떻게 근무하고 있었는지 좀 확인해 보고 싶어서요."

마에다 노리코는 조금 당혹스런 표정을 짓더니 고개를 끄덕였다.

"윗분에게 한 번 물어보겠습니다."

몇 분 후에 마에다 노리코가 돌아왔다. 허락이 떨어졌다고 했다.

에지마 치나쓰의 자리는 2층 융자 상담 창구 가까운 곳에 있었다. 책상 위는 깨끗하게 정돈된 상태였다. 가오루는 의자에 앉아 서랍을 열었다. 필기도구와 각종 서류들, 도장 따위가 가지런히 놓여 있었다. 그녀가 사는 아파트와 비슷한 분위기라고 가오루는 생각했다. 단, 아파트와는 달리 애인의 존재를 알려 줄 만한 것은 없었다.

몸집이 작은 중년 남자가 다가왔다.

"이 책상, 언제까지 이대로 둬야 하지요?"

"아…… 그건."

가오루는 입속에서 말을 우물거렸다.

"지난번에 오신 형사님께서 잠시 이대로 두라고 하셨지만, 이제는 슬슬 정리해서 다른 사람이 근무할 수 있도록 해야 하는데……"

"예, 잘 알겠습니다. 확인해 보고 알려 드리겠습니다."

남자는 부탁한다는 말을 남기고 가 버렸다.

가오루는 체념하고 그냥 서랍을 닫으려 했다. 그때 한 장의 서류가 눈에 들어왔다.

"이건 뭡니까?"

마에다 노리코에게 물었다.

"비밀 번호 변경 신청서예요."

서류를 본 그녀가 대답했다.

"고객 건가요?"

"아뇨, 치나쓰가 자신의 현금 카드 비밀 번호를 바꾸려 한 것 같은데요, 치나쓰의 이름이 적혀 있는 걸 보니."

"왜 바꾸려 했을까요?"

"글쎄요, 그건⋯⋯."

마에다 노리코는 고개를 갸웃했다.

"무슨 문제가 있었는지도 모르죠."

그 말에 가오루의 뇌리에 뭔가가 스쳐 지나갔다.

"죄송하지만, 한 가지 부탁드려도 될까요?"

저도 모르게 목소리가 커지고 말았다. 가오루의 기세에 놀랐는지 사람들의 시선이 일제히 그녀에게 향했다.

그날 밤 가오루는 후카가와 경찰서의 회의실에 앉아 있었다. 그녀 앞에 놓인 종이 상자 속에는 에지마 치나쓰의 방에서 가지고 온 서류가 가득했다. 그것을 하나하나 조사해 보았지만 별다른 성과는 없었다.

가오루가 한숨을 내쉬는데 문 여는 소리가 들렸다.

구사나기였다. 그는 가오루를 보자 쓴웃음을 지었다.

"뭐 재미있는 거라도 찾아냈어?"

"쉽게 나올 거라고는 생각하지 않아요."

"대체 뭘 그리 열심히 찾아, 무작정 헤매기에는 젊음이 아깝다는 생각 안 들어?"

"무작정 헤매는 게 아니에요. 에지마 치나쓰의 남자관계를 조사하라는 지시를 받고 그녀의 애인을 찾고 있는 거죠."

"계장은 아파트 주민 가운데 에지마 치나쓰와 깊은 관계를 가진 사람이 있는지 조사하라고 하던데?"

그러자 가오루는 숨을 깊이 들이쉬고 나서 고개를 저었다.

"아파트 내에는 에지마 치나쓰의 상대가 없어요."

"어떻게 그렇게 단언할 수 있지?"

"우선 그녀의 휴대폰 통화 내역에 같은 아파트에 사는 사람의 번호가 없거든요. 메일 주소도 마찬가지고요."

"같은 아파트에 사니까 메일이고 전화고 주고받을 필요가 없지 않았을까?"

가오루는 고개를 저었다.

"그렇진 않아요."

"왜?"

"가까이 있으면 더 자주 전화를 하게 되는 법이죠. 여자란 그런 동물이거든요."

가오루의 단호한 말투에 기분이 상했는지 구사나기는 입을 꾹 다물어 버렸다. 여자란 원래 그런 거라는 데야 할 말이 없었다.

"그리고 제가 조사한 바로는 이 아파트에 사는 남자는 모두 결혼한 사람이거나 18세 미만이에요."

"그게 어쨌다는 거야?"

"피해자의 결혼 상대가 될 수 없잖아요."

그러자 구사나기는 어깨를 으쓱하며 말했다.

"남녀 관계에 반드시 결혼이 전제되어야 한다는 법이라도 있어?"

"그건 아니지만, 에지마 치나쓰의 경우는 달라요. 그녀는 결혼을 전제로 사람을 사귀고 있었어요."

"어떻게 단정할 수 있지?"

"서랍장 옆에 잡지꽂이가 있었던 거, 기억하시죠? 그 속에 결혼 정보지가 들어 있었어요. 그것도 지난달 발행된 잡지가요."

가오루의 말에 구사나기는 일단 입을 다물더니 혀로 입술을 스윽 핥았다.

"단순히 결혼을 동경한 게 아닐까? 에지마 치나쓰는 서른 살이잖아. 초조해한다고 해도 전혀 이상하지 않아."

"동경으로 결혼 정보지를 사는 여자는 없어요."

"과연 그럴까? 차를 살 계획이 없는데도 자동차 전문 잡지를 사는 남자는 많은데."

"결혼과 차를 똑같이 생각해서는 안 되죠. 저는 에지마 치나쓰가 결혼을 전제로 사귀는 남자가 있었을 거라고 생각해요."

"만일 그렇다면 통화 기록에 남아 있어야 하지 않을까? 그런데 아직 그럴 만한 남자를 찾아내지 못했어. 그건 왜지?"

"이미 찾았어요. 찾아 놓고도 알아보지 못할 뿐이죠."

구사나기는 두 손을 허리에 얹고 가오루를 내려다보았다.

"오카자키 미쓰야를 두고 하는 말이군."

가오루가 아무 말도 하지 않자 구사나기는 짜증스럽다는 듯 머리를 긁적거렸다.

"자네 말이야, 피해자의 직장에 갔었더군. 여러 가지를 물었다고 들었어. 그러면 곤란해. 직장 조사를 맡은 형사들이 나한테 항의했어."

"죄송합니다."

"하긴 그 친구들도 우쓰미를 너그럽게 봐주는 편이긴 해. 그렇지만 여자라고 해서 특별 취급받는 건 자네가 누구보다 싫어하잖아."

"나중에 제가 사과하겠습니다."

"그러지 않아도 돼. 내가 벌써 했으니까. 그런데 자네, 피해자를 잘 아는 사람들에게 오카자키의 사진을 보여 주고 다닌다면서, 이 남자를 본 적이 없느냐고?"

가오루는 다시 입을 다물었다. 언젠가는 들킬 거라는 각오는 이미 하고 있었다.

"아직도 오카자키를 의심해?"

"제가 보기에는 가장 유력한 용의자예요."

"그 기발한 아이디어에 대해서는 이미 결론이 나온 거 아니야? 그 사람이 진짜 범인이라면 스스로 나서서 조사를 받을 리 없어."

"과연 그럴까요? 저는 오카자키가 스스로 나선 것이, 휴대폰 통화 내역을 조사하면 어차피 드러날 거라고 판단하고 선수 친 것이라고 생각하는데요."

"그럴 거면 뭐하러 에지마의 휴대폰은 가지고 가?"

"시간을 벌기 위해서죠. 스스로 나서기 전까지 오카자키는 어떻게 말해야 할지 열심히 생각했을 겁니다."

"오카자키는 에지마 치나쓰가 떨어지는 것을 봤다고 했어. 증인도 있고. 그럼 피자 집 점원과 짜고 쳤다는 거야?"

"그렇지는 않을 겁니다."

"그럼 어떻게 아래쪽에 있는 사람이 7층에 있는 사람을 떨어뜨릴 수 있다는 거지?"

"물론 살해할 때는 그 방에 있었겠죠. 그리고 나서 어떤 장치를 활용해 자신이 아파트를 나선 후에 시체가 떨어지도록 해 두었을 거예요."

"멀리 떨어진 곳에서 원격 조작으로 시체를 떨어뜨렸다는 말인가?"

"타이머 같은 것을 활용해서……."

그러자 구사나기는 회의실 천장을 올려다보며 두 손 들었다는 제스처를 취했다.

"사건 직후에 에지마 치나쓰의 방에 경찰관이 들어갔어. 그런 장치가 있었다면 당연히 발견했겠지."

"발견되지 않을 만한 장치라면요?"

"어떤 장치?"

"그건……, 저도 모르죠. 하지만 이상한 게 있어요. 피자 배달원 얘기가, 오카자키는 비가 개었는데도 우산을 쓰고 있었다고 했어요. 오카자키 자신은 그때까지 주변을 돌아다니고 있었다고 했고요. 그게 사실이라면 비가 그쳤다는 걸 벌써 알아차렸어야 하지 않을까요?"

구사나기는 천천히 고개를 저었다.

"지나친 상상력이야. 여러 가지로 납득할 수 없는 점이 있긴 하지만, 그것밖에 답이 없을 때는 그냥 받아들여. 오카자키는 관계없어."

그렇게 말하고 구사나기는 돌아섰다.

"선배님."

가오루는 선배 형사의 앞쪽으로 돌아가 그를 가로막고 섰다.

"부탁이 있어요."

"뭔데?"

"그분 좀 소개해 주세요."

"그분?"

구사나기는 의아해하며 눈썹을 찡그리더니, 이내 가오루의 말뜻을 깨달았다는 듯 입가를 일그러뜨리며 웃었다.

"데이도 대학의 유가와 마나부 말이군."

그러더니 눈앞에서 손사래를 쳤다.

"그만두는 게 좋아."

"왜요? 구사나기 선배님은 지금까지 몇 번이나 유가와 교수의 충고로 사건을 해결하지 않으셨어요. 그렇다면 저도 한번 부탁해 봐도 되지 않을까요?"

"그 친구, 이젠 경찰에 협력하지 않을걸."

"왜죠?"

"그건……, 여러 가지 사정이 있어. 그 친구의 직업은 학자이지 탐정이 아니잖아."

"사건을 해결해 달라는 게 아니잖아요. 손 안 대고 시체를 7층 베란다에서 떨어뜨리는 게 과연 가능한 일인지, 그걸 물어보고 싶은 거예요."

"그 친구는 아마 이렇게 말할걸. 과학은 마법이 아니라고. 포기해."

구사나기는 자신을 막아선 가오루를 밀어내고 복도로 나서려 했다.

"잠깐만요. 이것 좀 한번 봐 주세요."

가오루는 가방에서 서류 한 장을 꺼냈다.

구사나기가 귀찮아하는 표정을 지으며 돌아보았다.

"뭔데."

"에지마 치나쓰의 책상 서랍에 들어 있던 거예요. 현금 카드의 비밀 번호를 변경하기 위한 서류죠. 아직 제출은 하지 않았지만 에지마는 비밀 번호를 바꾸려고 했어요."

"그게 어쨌는데?"

"왜 변경하려고 했을까요?"

"누군가가 자신의 비밀 번호를 알아냈나 보지."

"그건 아닐 거예요."

"그렇게 생각하는 이유는?"

"에지마의 비밀 번호는 0829였어요. 그렇기 때문에 그녀는 비밀 번호를 그대로 두어서는 안 되겠다고 생각했을 거예요."

"그게 무슨 말이야?"

가오루는 숨을 크게 한 번 들이쉬었다가 천천히 토해 낸 다음 말을 이었다.

"오카자키 미쓰야의 생일이 8월 29일이거든요."

"뭐!"

"물론 우연일 거라고 생각해요. 에지마 치나쓰가 현금 카드를 만든 것은 오카자키를 만나기 훨씬 전이니까요. 그렇지만 그 우연의 일치를 위험하다고 생각했다는 것 자체가 문제예요. 가령 오카자키와 결혼하게 되면 카드의 비밀 번호가 남편의 생일과 똑같아지는 거잖아요. 은행에 다니는 사람이다 보니 맨 먼저 그런 걱정을 했을 겁니다."

이야기를 듣고 있던 구사나기의 표정이 바뀌었다. 부릅뜬 눈에서 빛이 뿜어져 나오는 것 같았다.

"부탁드려요."

가오루가 고개를 숙였다.

"유가와 교수를 소개해 주세요."

구사나기의 거친 숨소리가 들렸다.

"그래, 한번 부탁해 보지. 그렇지만 소용없을 거야."

6

봉투에서 꺼낸 편지를 단숨에 읽은 유가와는 다시 그것을 봉투 속에 집어넣었다. 그 단정한 얼굴에는 아무런 표정도 떠오르지 않았다. 금테 안경 너머로 보이는 눈빛도 여전히 차가웠다.

그는 봉투를 책상 위에 내려놓더니 고개를 들어 가오루를 바라보았다.

"구사나기는 잘 지내나?"

"건강하게 잘 지내십니다."

"그렇겠지. 다행이군."

"저, 제가 오늘 찾아뵌 것은……."

가오루가 막 용건을 말하려는데 유가와가 그것을 제지하듯 오른손을 들었다.

"편지에 다 적혀 있어. 내키지 않겠지만 조언 좀 해 주라고 말이야. 맞아. 난 도무지 내키지가 않아."

말을 빙 돌려서 하는 타입이라고 가오루는 생각했다. 학자란 대체로 이런 식일까.

"그렇지만 예전에는 조언을 많이 해 주셨다고……."

"전에는 그랬지. 그렇지만 지금은 아냐."

"왜요?"

"개인적인 이유니까 알 필요는 없겠지."

"그럼 제 이야기만이라도 좀 들어 주세요."

"그럴 필요가 있겠어, 협조할 생각도 없는데? 그리고 이야기 안 해도 벌써 다 알아. 편지에 쓰여 있다니까. 손대지 않고 사람을 베란다 아래로 떨어뜨릴 수 있는 방법을 알고 싶다, 이거지?"

"사람이 아니라 시체요."

"어쨌든. 난 그런 걸로 고민할 만큼 한가한 사람이 아냐. 미안하지만 이야기는 이걸로 끝내 주면 좋겠는데."

그러고서 유가와는 봉투를 가오루에게 내밀었다. 가오루는 안경 너머 물리학자의 눈동자를 똑바로 바라보았다.

"그러니까, 불가능한 일이라는 말씀이세요?"

"그건 모르지. 다만, 나와는 관계가 없는 일이라는 것뿐이야. 경찰 수사에는 관여하고 싶지 않아."

유가와의 말에 왠지 모르게 불만과 짜증이 섞여 있는 느낌이었다.

"경찰 수사라고 생각하지 마시고, 단순히 물리에 관한 질문이라고 생각해 주실 수는 없나요? 과학을 잘 모르는 사람이 물으러 왔다고요."

"그렇다면 나 말고 다른 사람을 찾아봐."

"교수란 모르는 사람에게 뭔가를 가르치는 사람 아닌가요? 모르는 걸 물으러 온 사람을 이렇게 쫓아내실 건가요?"

"우쓰미 양은 내 학생이 아니잖아. 이러는 건 경찰의 권위를 내세워 남을 편의대로 이용하는 것밖에 안 돼."

"전 그런 적 없습니다."

"어허, 왜 목소리를 높이고 그러지? 좋아. 그럼 하나 묻겠는데, 우쓰미 양, 지금까지 과학에 대해 얼마나 공부를 해 봤어? 과학을 잘 모른다고 했는데, 그렇다면 알려고 노력해 본 적은 있나? 무작정 포기해 버리고 과학에서 눈을 돌리지 않았어? 하긴 그것도 나쁘진 않지. 평생 과학과 무관하게 살다가 필요하면 과학자에게 경찰 신분증을 내밀며 수수께끼를 풀어 보라고 명령하면 될 테니까."

"제가 언제 명령을……."

"어쨌든 자네의 기대에는 부응하지 못하겠어. 가르치는 사람에게도 상대를 선택할 권한쯤은 있겠지."

가오루는 고개를 숙이며 입술을 깨물었다.

"여자라선가요?"

"뭐라고?"

"제가 여자라서 어려운 과학 같은 건 이해하지 못할 거라고 생각하시는 거 아닌가요?"

그러면서 가오루는 물리학자를 노려보았다.

유가와의 입가에 웃음이 떠올랐다.

"그랬다가는 전 세계의 여성 과학자들에게 돌팔매질을 당할걸."

"그렇지만……."

"그리고 말이야."

그는 날카로운 눈으로 가오루를 바라보며 말했다.

"상대가 바라는 대로 반응하지 않을 때마다 여자니까 어쩌고 할 바에는 당장 그 일 그만두는 게 낫지 않을까?"

유가와의 그 말에 가오루는 어금니를 꽉 깨물었다. 인정하기는 싫지만 그의 말을 부정할 수 없었다. 경찰의 권위를 내

세워 과학자에게 수수께끼를 해결해 달라고 한다는 그 지적
도 틀린 말은 아니었다. 유가와 마나부를 찾아가 의논하면 해
결책을 얻을지도 모른다는 안이한 생각을 한 것이 사실이다.

"죄송합니다. 저는 조언을 꼭 듣고 싶어서……."

"여자라서 어쩌고 하는 거, 나랑은 상관없는 일이야. 나는
경찰 수사에 관여하지 않겠다고 마음먹었을 뿐이니까."

유가와의 말투가 부드러워졌다.

"잘 알겠습니다. 바쁘신데 죄송했습니다."

"음, 나도 미안해. 힘이 되어 주지 못해서."

가오루는 고개를 숙이고 유가와에게서 등을 돌렸다. 그 순
간, 가기 전에 말이라도 한번 꺼내 보자는 생각이 들었다.

"촛불을 사용한 게 아닌가 생각되는데……."

"촛불?"

"시체를 끈으로 묶어서 베란다에 매달아 두는 거죠. 그 끈
을 어떤 곳에 고정시켜 두고 거기에 촛불을 장치해 두어 초가
짧아지면 끝에 불이 옮겨 붙어 끊어진다. 그런 방법도 생각할
수 있지 않을까요?"

유가와가 아무 말도 하지 않자 가오루는 뒤를 돌아보았다.
유가와 교수는 머그 컵에 담긴 커피를 마시며 창밖을 바라보
고 있었다.

"저……."

"해 보면 되지 않을까?"

그가 입을 열었다.

"아이디어가 있으면 직접 실험해 보면 돼. 그편이 나 같은 사람한테 의논하는 것보다 훨씬 의미 있는 일일 텐데."

"실험해 볼 가치가 있을까요?"

"세상에 가치가 없는 실험은 없어."

유가와는 단호하게 말했다.

"네, 알겠습니다. 방해해서 죄송합니다."

가오루는 유가와의 등을 향해 고개를 숙였다.

데이도 대학을 나서자마자 그녀는 편의점에 들렀다. 거기서 초와 초를 세울 수 있는 받침대, 비닐 끈을 산 다음 에지마 치나쓰의 집으로 향했다. 방 열쇠는 경찰서를 나설 때 미리 챙겨 두었다. 만일 유가와가 수사에 협력해 준다면 그를 데리고 가 보여 주리라는 생각에서였다.

집에 들어선 가오루는 곧바로 실험을 시작했다. 시체를 대신할 뭔가를 베란다에 매달고 싶었지만 그렇게 무거운 물건을 7층에서 아래로 떨어뜨릴 수는 없는 노릇이었다. 그래서 비닐 끈만 베란다 난간에 묶었다.

문제는 끈의 다른 한쪽을 어디에 묶을 것이냐였다. 시체의 무게를 견뎌야 하니 든든한 뭔가가 있어야 한다. 그런데 아무리 실내를 둘러보아도 그럴 만한 것이 없었다.

할 수 없이 끈을 부엌까지 끌고 가서 수도꼭지에 묶기로 했다. 그 바로 옆에 양초를 세우고 불을 붙였다. 불꽃은 팽팽한 비닐 끈에서 5밀리미터쯤 위에 있다.

시계를 보면서 기다렸다. 초가 서서히 짧아져 간다.

마침내 불꽃과 끈이 만났을 때, 지지직, 소리를 내며 비닐 끈이 타 들어가기 시작했다. 그리고 베란다에서 부엌까지 팽팽하게 걸려 있던 끈은 소리 없이 바닥에 떨어졌다.

바로 그 순간, 어디서 박수 소리가 들렸다. 가오루는 깜짝 놀라 부엌 밖으로 나갔다. 검은색 재킷 차림의 유가와가 거실 입구에 서 있었다.

"잘했어. 실험에 성공한 것 같군."

"교수님, 어떻게 이곳에……."

"수사에는 관심이 없지만 실험에는 흥미가 생기더군. 그리고 아마추어 학자가 어떻게 실험을 하는지 보고 싶기도 하고. 이 아파트는 구사나기가 가르쳐 주었어."

"지금 저를 놀리시는 건가요?"

가오루는 화난 표정을 지으며 부엌으로 돌아갔다. 그리고 가만히 서서 여전히 타고 있는 촛불을 바라보았다.

"뭘 보는 거지?"

뒤따라 들어온 유가와가 물었다.

"촛불을 보고 있어요."

"왜?"

"다 타면 어떻게 되는지 확인하려고요."

"아, 그렇군. 현장에 촛농의 흔적이 없었으니까 다 탈 때까지 기다려 보아야 한다는 거군. 괜찮은 생각이긴 한데, 그럴 목적이라면 그렇게 긴 초로 실험할 것까지는 없지 않을까? 그거, 다 타려면 시간이 꽤나 걸릴 것 같은데."

유가와의 말을 듣고 보니 그도 그렇겠다는 생각이 들었다. 울화통이 치밀었지만 말없이 촛불을 끄고 양초를 1센티미터 정도 길이로 잘라서 다시 불을 붙였다.

"지켜볼 필요까지는 없을 거야. 촛불은 가만 내버려 두어도 제가 알아서 꺼질 테니까."

그렇게 말하고 유가와는 부엌을 나가 소파에 걸터앉았다.

가오루는 가위를 들고 베란다로 나갔다. 베란다에 묶어 놓은 끈을 자르고 방으로 돌아왔다.

"혹시나 해서 물어보는 건데, 시체에 그런 비닐 끈이 붙어 있었나?"

유가와가 물었다.

"아뇨."

"그렇다면 그 끈은 어디로 가 버렸지?"

"그건……, 앞으로 확인해야 할 과제예요. 시체를 살짝 묶어서 떨어질 때 날아가 버리도록 했을 수도 있고."

"범인이 그런 편리한 결과를 기대했고, 결과적으로 범인의 생각대로 됐다는 말이로군."

"그러니까 아직 과제로 남았다고 한 거죠."

가오루는 촛불을 보러 부엌으로 갔다. 불은 꺼져 있었다. 그러나 초의 흔적이 뚜렷이 남아 있었다. 어느 정도 예상은 했지만 실망스런 결과였다.

"가령 다 타고 나서 흔적이 남지 않는다 하더라도 범인은 초를 사용하지 않았을 거야."

가오루의 등 뒤에 와서 선 유가와가 말했다.

"왜 그렇게 생각하시죠?"

"사건 후 사람들이 언제 이 집에 들이닥칠지 범인이 예상할 수 없기 때문이지. 생각보다 빨리 사람들이 들어오면 그때껏 타고 있는 초를 발견하게 될 테니까."

앞머리를 쓸어 올리던 가오루는 그대로 두 손으로 머리를 감싸 쥐었다.

"교수님 참 음험하시네요."

"뭐?"

"그런 생각을 하셨으면 좀 더 빨리 말해 주실 수도 있었잖아요. 이런 실험 해 봤자 아무 의미도 없다고."

"의미가 없어? 나는 문제점을 지적했을 뿐, 의미가 없다는 말은 안 했어. 가치가 없는 실험이란 존재하지 않아."

유가와는 다시 소파에 앉더니 다리를 꼬았다.

"일단 해 본다는 자세가 무엇보다 중요해. 자연계 학생 가운데도 머리만 굴리고 몸을 움직이려 하지 않는 녀석들이 많은데, 그런 녀석은 절대로 대성할 수 없지. 아무리 당연해 보이는 일이라도 일단 해 봐야 하는 거야. 실제로 일어나는 현상을 통해서만 새로운 발견이 가능하니까. 구사나기에게 물어서 여기까지 찾아오긴 했지만, 아마 자네가 이런 실험을 하고 있지 않았다면 그냥 돌아갔을 거야. 다시는 수사에 협력할 생각도 하지 않았을 테고."

"그거, 저를 칭찬하시는 얘기인가요?"

"물론."

"…… 감사합니다."

자신이 생각해도 참 애교라고는 눈곱만치도 없는 낮고 퉁명스런 목소리였다.

"구사나기의 말로는 유독 우쓰미 양 혼자만 어떤 사람을 용의자로 지목했다던데, 그 근거를 물어봐도 될까?"

"여러 가지가 있어요."

"전부 말해 봐. 될 수 있는 대로 간단히."

가오루는 현관 신발장 위에 놓여 있던 속옷이 든 종이 상자와, 피해자가 오카자키의 생일과 일치하는 비밀 번호를 변경하려 했던 사실 등에 대해 설명했다.

유가와는 고개를 끄덕이더니 손가락 끝으로 안경을 슬쩍 밀어 올렸다.

"그럴듯해. 설명을 듣고 보니 정말 그 사람이 수상하다는 생각이 드는군. 그런데 그에게 완벽한 알리바이가 있단 말이지. 추락하는 장면을 밑에서 직접 보았다니 할 말이 없겠군."

"그렇지만 전 그 추락 자체가 마음에 걸려요."

"왜지?"

"범인은 피해자의 머리를 가격했어요. 그것이 피해자를 기절시킨 정도였는지 아니면 아예 숨을 거두게 했는지는 모르죠. 하지만 어느 쪽이든, 베란다 아래로 떨어뜨릴 필요까지는 없었다고 생각해요. 죽었으면 그냥 놔두면 그만이고, 기절했다면 목을 졸라 죽이면 그만이죠. 체중이 아무리 가볍다고 해도 성인 여성을 베란다로 옮기는 것은 힘든 일일 테고, 누군가에게 목격될 위험도 있었어요. 아무리 생각해도 범인에게 득이 될 게 없어요."

"자살로 위장하려 했다고 볼 수도 있지 않을까?"

"구사나기 선배와 계장님의 의견도 그래요. 하지만 만일 그랬다면 흉기를 처리했어야죠. 다른 형사들은 당황해서 그랬을 거라고 하지만, 범인은 지문을 지울 정도로 냉철한 면이 있어요. 맞지 않는 얘기예요."

"하지만 피해자가 추락한 것만은 사실 아니야?"

"그렇죠. 그러니까 범인에게는 자살로 위장하는 것 이외에 또 다른 이유가 있다는 거예요."

"그게 바로 알리바이 공작이라는 말이고."

"네, 그래요. 엉뚱한 생각일까요?"

유가와는 말없이 소파에서 일어나 거실을 어슬렁거리기 시작했다.

"다른 장소에 있으면서 시체를 베란다에서 떨어뜨린다, 그 것 자체는 그다지 어려운 과제가 아냐. 문제는, 아까부터 몇 번이나 말했듯이 어떻게 흔적을 지울 것이냐, 이거지. 무슨 도구 같은 걸 이용했다면 반드시 흔적이 남게 돼 있어."

"그렇지만 아무것도 없었어요."

"그렇게 보일 뿐이지. 흔적을 흔적이라 여기지 않고 있을 뿐이야. 이 방에 존재하는 모든 것에 눈을 돌리고 트릭을 성립시킬 수 있는 조건을 꿰뚫어 보아야 해."

"그렇긴 한데……."

가오루는 실내를 다시 둘러보았다. 그녀의 눈에는 원격 조작을 위한 기계도, 타이머 같은 것도 보이지 않았다.

"우쓰미 양의 추리는 기본적으로 옳아. 시체를 매달려면 끈이 필요하지. 시체가 떨어진 다음에 모습을 감출 수 있는 끈이라면 문제는 해결돼."

"모습을 감추는 끈?"

"그 끈을 끊어 버리려면 어떻게 하면 될까. 흔적을 남기지 않으려면 무엇을 어떻게 사용해야 할까."

유가와는 발길을 멈추고 허리에 두 손을 갖다 댔다.

"이 상태가 정말로 사건이 일어났을 때와 똑같은가?"

"그럴 거예요."

유가와는 미간에 주름을 잡고는 턱을 쓰다듬기 시작했다.

"정말 정돈이 잘된 방이야. 바닥에 거의 아무것도 없군."

"저도 그 점에는 감탄했어요. 흉기 이외에는 흐트러진 것이 없었으니까요."

"흉기?"

유가와가 바닥을 둘러보았다.

"그건 어디 있지?"

"감식하려고 가져갔어요."

"흠, 그 흉기가 뭐였어?"

"스테인리스 냄비예요."

"냄비?"

"긴 손잡이가 달린 냄비였어요. 묵직한 거라 한 방 맞으면 죽지는 않더라도 기절은 할 거예요."

"냄비란 말이지. 그게 어디에 떨어져 있었지?"

"이 부근일 거예요."

가오루는 유리문 부근을 손가락으로 가리켰다.

"그리고 뚜껑이 이 정도 거리에 떨어져 있었어요."

가오루가 벽 쪽을 가리켰다.

"엇! 뚜껑이 있었어?"

"네."

"그렇군. 냄비에 뚜껑이라……."

유가와는 베란다를 향하여 똑바로 섰다. 그는 그런 자세로 잠시 움직이지 않았다.

이윽고 그의 시선이 옆에 놓인 청소기로 향했다.

갑자기 그의 입가에 미소가 떠올랐다. 웃으며 몇 번이나 고개를 끄덕였다.

"저, 교수님……."

"자네한테 부탁할 게 있는데. 쇼핑 좀 할 수 있겠지?"

"뭘 사야 하는데요?"

"물을 것도 없지."

유가와는 빙긋 웃으며 말했다.

"냄비 말이야. 범행에 사용한 것과 똑같은 놈으로 사다 줘."

7

"……이 냄비에 물을 조금 넣고 가스 불에 올립니다."

모니터에는 유가와의 모습이 비치고 있었다. 장소는 아파트 부엌. 에지마 치나쓰의 집과 같은 크기지만 인테리어는 달랐다. 같은 아파트 2층에 있는 집을 사용했기 때문이다.

　"물이 끓고 이렇게 수증기가 피어오르기 시작하면 뚜껑을 덮습니다. 그런 다음 갑자기 식힙니다."

　유가와는 개수대에 미리 준비해 둔 커다란 양푼에 뜨거운 냄비를 담갔다. 양푼 속에는 물이 가득 담겨 있었다. 그런 다음 그는 사방 2센티미터 정도의 얼음을 손에 들었다.

　"이 얼음으로 뚜껑의 증기 구멍을 막습니다. 얼음이 조금 녹으면 증기 구멍에 착 들러붙게 됩니다. 이렇게 되면 뚜껑이 냄비에 달라붙어 절대로 떨어지지 않습니다."

　유가와는 뚜껑을 들어 올렸다. 그의 말대로 뚜껑이 냄비에서 떨어지지 않았다.

　"이것은 냄비가 식으면서 그 속의 수증기가 다시 물로 변했기 때문입니다. 내부의 압력이 낮아서 대기압에 눌려 떨어지지 않는 것입니다. 주부라면 그릇이 바닥에 달라붙어 떨어지지 않는 경험을 해 보았을 겁니다. 똑같은 원리라고 할 수 있습니다."

　유가와는 냄비를 들고 거실로 이동한 다음 그것을 바닥에 내려놓았다. 그 곁에는 길쭉한 형태의 모래주머니와 청소기가 놓여 있었다.

"이 모래주머니의 무게는 약 40킬로그램입니다. 에지마 치나쓰 씨와 거의 같은 무게지요. 에지마 씨는 사망 당시 운동복 차림이었으므로 모래주머니에도 같은 천으로 된 커버를 씌웠습니다. 운동복에는 목과 팔이 들어가는 부분이 있으니까 이 커버에도 두 군데 구멍을 뚫어 두었습니다. 이 구멍에 청소기의 코드를 통과시킬 겁니다. 우선 코드를 끝까지 뽑아냅니다."

그는 청소기에서 코드를 끝까지 잡아당겼다. 그런 다음 그것을 모래주머니 커버의 양쪽 구멍 속으로 통과시켰다.

"이 다음이 조금 어렵지만 한번 해 보겠습니다. 우선 모래주머니를 베란다까지 들고 갑니다. 으랏차."

베란다에 모래주머니를 옮기고 난 유가와는 청소기를 베란다와 거실 사이의 유리문 바로 앞까지 이동시켰다. 그러고는 유리문을 5센티미터 정도만 남기고 닫았다.

"이렇게 하면 코드를 끌어당겨도 청소기는 유리문에 걸려 나오지 않습니다. 이것으로 코드 한쪽을 고정합니다. 그럼 코드의 또 다른 쪽이 문제인데, 그 전에 시체를 먼저 매달도록 합시다."

유가와는 유리문의 반대편 쪽 끝을 열고 다시 베란다로 나갔다. 그는 모래주머니를 들어 올리더니 이불을 널듯 난간에 걸쳤다. 그리고 코드의 플러그 쪽을 손에 쥐고 천천히 모래주머니를 바깥을 향해 밀었다. 모래주머니는 바깥으로 미끄러지려 했지만 유가와가 코드를 잡아당기자 아슬아슬하게 균형을 잡고 있었다.

카메라가 청소기를 비춘다. 코드가 끌어당기고 있지만 청소기는 유리문에 걸려 빠져나오지 않는다.

유가와가 코드를 잡은 채 거실로 돌아온다.

"여기서 아까의 그 냄비가 등장합니다."

그는 여전히 한 손으로 코드를 쥔 채 나머지 손으로 냄비를 끌어당겼다. 그리고 그 뚜껑의 둥근 손잡이에 코드를 두르더니 플러그를 코드 사이로 밀어 넣었다. 그런 다음 유리문의 다른 쪽 끝도 몇 센티미터만 남기고 닫았다. 코드가 감긴 냄비는 청소기와 마찬가지로 유리문에 걸린 꼴이 되었다. 그것을 확인한 다음 유가와는 천천히 손을 놓았다.

"이것으로 장치가 완성되었습니다. 어떻게 되는지 봅시다. 우선 냄비 뚜껑의 증기 구멍에 달라붙은 얼음의 변화를 살펴보죠. 당연히 녹을 겁니다. 다 녹으면 증기 구멍을 통해 공기가 안으로 빨려 들어갑니다. 그러면 냄비 속의 공기 압력이 높아져 대기압의 압박이 적어지므로 뚜껑이 열립니다. 지금은 얼음이 빨리 녹도록 평소보다 실내 온도를 높여 두었습니다."

카메라가 장치 전체를 비추었다. 유가와의 모습은 프레임에서 벗어나 있었다.

순간 쾅, 하는 소리와 함께 냄비 뚜껑이 날아올랐다. 그와 동시에 뚜껑 손잡이에 감아 둔 코드가 풀려 뱀처럼 몸을 뒤틀 며 튀어 올랐다. 다음 순간, 모래주머니는 베란다 난간에서 사라져 버렸다.

다시 유가와가 화면에 나타났다. 그는 베란다로 나가 바깥 쪽을 내려다보며 말했다.

"괜찮아요? 아, 됐어요. 그대로 두세요. 나중에 정리하면 되 니까요. 감사합니다."

그는 이쪽으로 몸을 돌려 청소기를 바라본다.

"코드는 멋지게 청소기 속으로 빨려 들어갔습니다. 그리고 냄비가 바닥에 떨어져 있습니다. 이상, 실험 완료."

유가와가 고개를 숙이는 모습을 본 뒤 가오루는 비디오 덱 과 모니터의 스위치를 껐다. 그리고 긴장된 표정으로 형사들 을 둘러보았다.

마미야는 불퉁한 표정으로 의자에 몸을 묻고 있었다. 구사 나기는 팔짱을 낀 채 천장을 올려다보았다. 다른 선배 형사들 도 어이가 없다는 듯 입을 쩍 벌리고 있었다.

"이렇게 된 겁니다."

가오루가 말했다.

"구사나기."

1 떨 어 지 다

마침내 마미야가 입을 열었다.

"자네가 갈릴레오 선생에게 부탁한 건가?"

"저는 편지를 써 줬을 뿐입니다."

"흠."

마미야가 오른손으로 턱을 괴며 말했다.

"그렇지만 오카자키가 저렇게 했다는 증거는 없잖아."

"물론입니다. 하지만 이런 방법이 있다는 것을 안 이상 오카자키가 무죄라고 주장할 근거도 없어졌습니다."

"그런 건 말 안 해도 다 알아."

마미야는 내뱉듯이 말한 다음 부하들을 둘러보았다.

"자, 지금 이 자리에서 회의를 다시 시작한다. 수사의 궤도를 수정해야 하니까."

구사나기가 가오루를 향해 엄지를 우뚝 세웠다.

8

문을 열자 하얀 실험복의 등이 보였다. 그는 시험관에 든 투명한 액체를 알코올램프로 가열하면서 그 변화하는 양상을 비디오카메라로 촬영하고 있다.

"위험하니까 가까이 오지 마."

유가와가 등을 돌린 채 말했다.

"뭐하고 있어?"

구사나기가 물었다.

"간단한 폭발 실험."

"폭발?"

유가와가 시험관에서 물러서며 바로 곁의 모니터를 가리켰다.

"여기에 숫자가 나와 있지? 시험관에 든 액체의 온도를 나타내는 거야."

"95, 어, 96으로 올라갔어."

숫자는 점점 더 올라갔다. 마침내 100을 넘어 105에 이르렀을 때, 시험관에서 갑자기 액체가 뿜어져 나왔다. 그 방울이 구사나기의 발 앞까지 날아왔다.

"105로군. 거의 예상한 대로 나왔어."

유가와는 시험관 앞으로 다가가 알코올램프의 불을 껐다. 그리고 구사나기 쪽을 돌아보았다.

"시험관 속 액체가 무엇인 것 같아?"

"내가 그걸 어떻게 알아."

"보이는 대로 얘기해 봐."

"그냥 물로밖에는 안 보이는데."

"맞았어. 그냥 물이야."

유가와는 수건으로 젖은 책상 위를 닦아 내며 말했다.

"다만 이온 교환으로 만들어 낸 순수한 물이지. 보통의 물은 100도에서 끓어. 그렇지만 갑자기 끓는 것이 아니라 처음에는 작은 기포가 발생하고 뒤이어 커다란 기포가 발생하는 단계를 거치게 되지. 그런데 조건이 갖추어지면 그런 단계를 밟지 않고 곧장 끓어오르는 경우가 있어. 그럴 경우 물의 비등점인 100도를 넘어서면 갑자기 폭발해 버려. 물은 100도가 되면 수증기가 된다는 상식을 너무 믿다가는 화상을 입고 마는 거지."

구사나기는 쓴웃음을 지으며 방 안을 둘러보았다.

"자네의 그런 강의를 듣는 것도 꽤 오랜만이군. 이 연구실도 그렇고."

"여기서 무슨 연구라도 한 모양이지?"

"실험이라면 몇 번 본 적이 있지."

그렇게 말하고 구사나기는 종이봉투에서 길쭉한 상자를 꺼내 책상 위에 올려놓았다.

"뭐야, 그건."

"와인. 점원이 권하는 대로 하나 사 왔지."

"자네가 선물을 다 들고 오고, 정말 놀랄 일이네."

"감사의 인사야. 후배를 잘 돌봐 줬으니까."

"별로 한 것도 없어. 간단한 물리 실험을 했을 뿐이야."

64

"그 덕분에 사건을 해결했으니 감사의 인사를 해야지. 단, 한 가지 애석한 소식이 있어."

"내가 한번 맞혀 볼까?"

유가와는 가운을 벗고 의자에 앉으며 등을 기댔다.

"그 수수께끼 풀이가 틀렸다는 거겠지."

구사나기는 친구의 얼굴을 빤히 바라보았다.

"알고 있었어?"

"나는 사건의 진상이 그거라고는 애당초 생각지도 않았어. 단지 그 집 안의 물건으로 시체를 떨어뜨리는 시한장치를 만들 수 있느냐 하는 문제에 도전했을 뿐이지. 자네는 방금 애석한 소식이라고 했지만, 애당초 나에게는 애석할 일이 없었어. 아무래도 좋은 일이야. 그 여형사가 어떻게 생각했는지는 모르겠지만."

"그 친구는 좀 섭섭해하고 있지."

"그럼 사건의 진상은?"

"자살이었어."

"역시. 그럴 거라고 생각했지."

유가와는 고개를 끄덕였다.

"어떻게?"

"인스턴트커피라도 한잔할래?"

유가와는 여전히 지저분해 보이는 머그 컵을 내밀었다. 구사나기는 쓴웃음을 지으며 커피를 한 모금 마시고는 말했다.

"오카자키가 에지마 치나쓰의 연인이었다는 증거를 찾는데 꽤 고생했어. 결정적인 증거는 에지마 치나쓰가 가지고 있던 한 장의 카드였지. 조사해 보니 지바에 있는 러브호텔의 멤버십 카드였어. 거기에는 오카자키의 지문이 묻어 있었고. 오카자키가 그것을 호텔 쓰레기통에 버렸는데 에지마 치나쓰가 슬쩍 주운 거야."

"왜 그런 짓을?"

유가와가 의아한 표정으로 물었다.

"별 이유도 아냐. 그 카드가 있으면 다음에 호텔에 올 때 할인이 되니까."

"그랬군. 그래서, 오카자키가 체념한 건가?"

"아냐, 사귄 것은 인정했지만 사건에 대한 관련성은 부인했어. 피해자가 떨어지는 것을 목격한 자신이 범행을 저지른다는 것은 불가능하다고 말이야."

"그래서 경찰은 어떻게 했는데?"

"반칙이긴 하지만 그 비디오를 보여 줬지. 자네가 열연한 그 실험 비디오."

"오카자키 그 친구, 깜짝 놀랐을 테지."

"눈을 동그랗게 뜨더라."

당시의 오카자키 미쓰야의 표정을 떠올릴 때마다 구사나기는 그만 웃음을 터뜨리곤 한다.

"이런 방법이 있는 줄은 몰랐다, 자신은 이런 거 모른다, 꽤 당황하며 말하더군. 그러더니 자백했어. 때린 건 사실이라고."

"그 스테인리스 냄비로 말이지?"

구사나기는 고개를 끄덕였다.

"오카자키에게는 부인과 자식이 있어. 에지마 치나쓰와는 단지 즐기는 기분으로 만나고 있었는데, 그만 여자가 심각해지고 만 거야. 오카자키 말로는 자신은 그런 약속을 한 적도 없는데 어느 사이 에지마 치나쓰 혼자서 오카자키가 이혼하고 자신과 결혼할 거라고 믿어 버렸대. 하긴 죽은 자는 말이 없으니, 진실이 뭔지는 알 수 없지만. 어쨌든 그날 밤, 오카자키는 끝을 내려고 찾아갔는데, 그만 만나자는 말을 듣고 에지마 치나쓰가 흥분해서는 당장 오카자키의 집에 전화를 걸겠다고 하더래."

"그래서 이번에는 오카자키가 흥분했단 말이지."

"본인 말로는 너무 경황이 없어 자세한 건 기억을 못하겠다더군. 여자가 쓰러지자 죽은 줄 알고는 도망쳐야겠다는 생각밖에 안 나더래. 아파트를 나서서 그 추락 현장을 보게 됐는데, 떨어진 사람이 에지마 치나쓰일 줄은 꿈에도 생각하지 못했대. 그런데 다음 날 뉴스에서 그 사실을 알고 사정을 이해하게 된 것이지. 자신이 때려서 죽은 것이 아니라 그 이후에 뛰어내렸다는 것을."

"우연히 피자 배달원과 부딪친 일을 기억해 내고는, 자신에게는 완벽한 알리바이가 있으니까 괜찮을 거다, 그렇게 마음을 다잡으며 경찰서에 출두한 거란 말이지."

"응, 그렇게 된 거야."

"그랬군."

유가와는 빙긋 웃으면서 커피를 마셨다.

"상해죄로 기소당할 거야. 살인은 무리고. 그런 트릭을 사용했다는 증거도 없으니까."

"그 트릭은,"

유가와는 커피를 마저 다 마시고는 빈 머그 컵을 흔들었다.

"무리야. 실행이 불가능해."

구사나기는 조금 의아한 표정을 지으며 친구의 얼굴을 바라보았다.

"그런가? 그렇지만 비디오에서는……."

"물론 그 비디오에서는 성공했지. 내가 그걸 촬영하느라 얼마나 고생한 줄 모르지? 열 번도 더 실패했거든."

유가와는 큭큭거리며 웃었다.

"청소기 코드가 제대로 빨려 들어가지 않기도 하고, 냄비 뚜껑이 금세 떨어지기도 하고, 아무튼 실패의 연속이었어. 우쓰미라고 했던가? 그 여형사, 정말 참을성 있게 붙어서 실험을 도왔어."

"그 친구, 그런 말은 한마디도 하지 않던데."

"그렇겠지. 말할 필요가 없으니까. 제대로 된 결과만 발표하면 돼. 과학자의 세계에서는 그게 상식이야."

"그 자식, 참……."

"어때서. 덕분에 사건이 해결됐는데. 아주 훌륭한 형사가 될 거야. 나도 오랜만에 재미있는 경험을 했고."

"재미있어? 그럼 앞으로……."

구사나기가 그렇게 말하자 더 말하지 말라는 듯 유가와가 검지를 세워 자신의 입술에 갖다 댔다. 그리고 빙긋 웃더니 그 손가락을 좌우로 흔들었다.

2
조준하다

1

구니히로는 입가에 냉소를 띤 채 창을 등지고 서 있었다. 상대에 대한 배려라고는 눈을 씻고 찾아보려야 찾아볼 수 없는 태도다. 어떻게 자랐기에 저렇게 냉혹한 인간이 되어 버렸을까, 나미에는 지금까지 수도 없이 반복했던 생각을 또 속으로 되뇌었다.

"내 마음은 변하지 않는다고 했잖아."

구니히로는 입술을 일그러뜨리며 말했다.

"나갈 마음 없어. 여긴 우리 집이니까. 왜 내가 나가야 하는데? 만일 누군가 하나가 반드시 나가야 한다면, 그건 내가 아냐. 나 말고 다른 사람이 나가야지. 안 그래, 나미에 씨?"

구니히로가 그녀를 바라보며 말했다.

나미에는 고개를 숙이고 말았다. 눈을 마주치고 싶지 않았다.

"나미에가 나가야 할 이유는 없어."

유키마사가 쉰 목소리로 말했다. 그는 휠체어에 앉은 채 아들을 험악한 눈길로 노려보았다.

그러나 구니히로는 가볍게 어깨만 으쓱할 뿐 표정에 아무런 변화도 보이지 않았다.

"그래? 그렇다면 내가 나갈 이유는 더더욱 없겠지. 불만이 있으면 변호사 상의해 보라고. 어떤 변호사라도 똑같이 말할걸. 내게는 이 집에서 살 권리가 있어."

"그러니까 네게 그만한 대가를 지불하겠다고 하잖아."

그 말에 구니히로는 흥, 코웃음을 쳤다.

"뭘 주겠다는 건데? 이 집 말고 재산다운 재산이나 있어?"

"어디서 큰 소리야. 너, 누구 때문에 이 꼴이 된 줄 알기나 해!"

"난 내 권리를 행사했을 뿐이야. 당신이 죽으면 어차피 다 내 것이 될 텐데, 뭐. 그걸 좀 빨리 사용하는 게 뭐가 나빠?"

"너, 너라는 놈은……."

유키마사는 지팡이로 바닥을 짚으며 일어서려 했다. 그러나 비틀거리다가 뒤편 책장에 그냥 몸을 기대고 말았다.

"아버지!"

나미에가 달려와 그를 부축해서는 다시 휠체어에 앉혔다.

"너무 흥분하지 말라니까 그러네. 머릿속 혈관이 또 한 번 터지기라도 하는 날에는 휠체어에도 못 앉을걸."

구니히로가 비꼬듯 말했다.

"쓸데없는 걱정은 필요 없어!"

유키마사가 어깨를 들썩이며 숨을 몰아쉰다.

"이 이야기는 다시 하기로 하고, 그거나 가지고 가야겠다."

"그러시든지. 그런 쓰레기는 대체 왜 찾는 거야."

"네놈이 상관할 바 아니야. 나미에, 네가 좀 가지고 오너라."

그렇게 말하며 유키마사는 나미에를 올려다보았다.

"미안하지만 저놈이랑 같이 좀 갔다 와. 소중한 물건이니까 조심해서 다뤄야 해."

마음은 내키지 않았지만 하는 수 없이 나미에는 고개를 끄덕였다. 그게 그에게 얼마나 소중한 것인지 잘 알기 때문이었다.

"나는 신용 못한다 이거지."

구니히로는 혀를 차면서 방에서 나갔다. 나미에가 그 뒤를 따라나섰다.

복도를 지나 옆방으로 들어갔다. 구니히로가 침실로 사용하는 방이라 더블베드가 놓여 있었다. 나미에는 그쪽을 보지 않으려고 애써 눈길을 돌렸다.

구니히로가 옷장을 열고 종이 상자를 꺼냈다.

"이 안에 있을 거야. 저 아저씨, 내가 건드릴까 봐 걱정인 모양이니 네가 확인해 봐."

나미에는 쭈그리고 앉아 종이 상자 속을 확인했다.

거기에는 보틀 십이 들어 있었다. 위스키 병 속에 범선 모형이 들어 있는 것이다. 물론 배의 크기는 병의 주둥이보다 크다. 핀셋으로 부품을 넣어 병 속에서 조립한 것이다.

보틀 십은 전부 세 개로, 모두 유키마사의 작품이었다.

"이제 됐어요."

나미에는 종이 상자를 닫았다. 그 순간, 갑자기 구니히로가 뒤에서 나미에를 덮쳤다. 나미에는 터져 나오려는 비명을 억지로 참았다. 유키마사가 들어서는 안 된다.

"왜 이래!"

작은 소리로 말했다.

"소리치고 싶으면 소리쳐. 어차피 저 아저씨는 꼼짝도 못하니까. 이쯤 해서 우리 관계를 알려 주는 것도 나쁘지 않을 것 같은데."

"웃기지 마!"

나미에는 구니히로를 힘껏 밀어젖혔다.

그때 유키마사의 목소리가 들렸다.

"나미에, 못 찾았니?"

"찾았어요. 가져갈게."

나미에는 종이 상자를 끌어안고 구니히로의 눈길을 피하며 방 밖으로 나왔다.

유키마사가 휠체어를 밀며 복도로 나와 있었다. 의구심 섞인 표정으로 나미에를 바라봤다.

"무슨 일 있니?"

"아니, 아무 일도 없어요. 이거 맞죠?"

그러면서 나미에는 상자 속을 보여 주었다.

"그래, 됐다. 이제 가자."

유키마사는 상자를 자신의 무릎 위에 올려놓았다.

그때 구니히로가 방에서 나와 벽에 비스듬히 기대고 섰다.

"오늘 밤에 파티한다면서, 제자들이 오는 건가?"

"어디서 들었어?"

"술 가게 주인한테. 그런 일은 나한테도 말해 줘야 하는 거
아냐?"

"네놈과는 상관없는 일이야."

"왜 상관이 없어? 집에서 떠들고 놀면 내가 피해를 보는
데."

"오늘 오는 사람들은 모두 점잖은 어른들이야. 너랑 같은
줄 알아?"

"조금이라도 떠들어만 봐라, 집 안에다 폭죽을 터뜨려 버릴
테니까."

"폭죽? 네가 어린애냐, 그런 걸로 장난이나 하게? 그리고
말이야, 네놈이 멋대로 연못에 띄워 놓은 카누에 대해 동네
사람들이 불평이 많아. 어린애가 올라 타기라도 하면 위험하

니까 빨리 정리해 달라는 거야. 어차피 네놈이 치울 리 없으니, 내가 반상회에 가서 마음대로 처리하라고 말해 두지."

"그랬다가는 어떤 꼴을 당할지 잘 알 텐데."

구니히로가 협박하듯이 말했다.

"장난감을 빼앗기고 싶지 않거든 알아서 정리해. 가자, 나미에."

나미에는 휠체어를 밀며 현관을 나섰다. 턱이 져 있어서 꽤 힘들었다. 그러나 자신보다도 휠체어를 탄 유키마사가 더 괴로울 것이다. 그래도 그는 불평 한마디 한 적이 없다. 별채 입구에도 슬로프를 설치했어야 하는데. 이제 와서 후회막급이다.

별채와 본채는 이십 미터 정도 떨어져 있었다. 예전에는 잔디가 깔려 있었지만 지금은 흙이 그대로 드러나 있다. 몇 년째 손질을 못해서다.

"저놈한테는 신경 쓰지 마라. 언제까지나 저렇게 살 수는 없어. 언젠가는 천벌을 받을 거다."

그의 말에 나미에는 말없이 고개만 끄덕였다. 과학자인 그가 천벌이라는 말을 사용하다니, 의외다 싶었다.

"지금 몇 시지?"

그녀는 휴대폰을 꺼냈다.

"다섯 시 조금 지났어요."

"그럼 슬슬 준비를 시작해야겠군."

"본채에 돌아가는 대로 시작할게요. 한데, 정말 괜찮을까요, 철판구이 정도로? 뭔가 좀 부족하다는 생각이 드는데."

"괜찮다. 그 녀석들은 옛날부터 고기하고 맥주만 있으면 만사 오케이니까."

"그렇지만 그건 학생 시절 이야기죠. 다들 삼십 대 후반이라면서요. 미식가들도 많을 텐데……."

"괜찮다니까. 입맛이 까다로운 녀석이 하나 있긴 하지만 진짜 맛을 알고 그러는 것도 아니야. 괜히 고집으로 그러는 거지."

유키마사가 누굴 두고 하는 말인지 아는 나미에는 쿡쿡 웃음을 터뜨렸다.

"유가와 씨 말이죠?"

"그놈은 야채 써는 방법 하나에도 까다롭게 군다니까."

"참, 그리고 보니 유가와 씨한테서 연락이 왔었어요. 조금 늦을 것 같다고."

"늦어? 오긴 온다던?"

"늦더라도 꼭 오겠다고 했어요. 역 앞에 있는 비즈니스호텔을 예약해 두었으니 천천히 놀다 가겠다고."

"그랬어? 거 잘됐다. 요즘 논문도 별로 내놓지 않는 것 같아서 설교라도 좀 해 줄까 하던 참이었는데."

유키마사의 목소리에 생기가 돌았다. 그가 옛날부터 뛰어난 제자일수록 더 엄격하게 대한다는 사실을 나미에도 잘 알고 있었다.

2

도모나가 유키마사는 예전에 데이도 대학에서 조교수 생활을 했다. 왜 정교수가 되지 못했는지 나미에는 모른다. 다만, 그의 연구 주제가 고전적이면서 소박한 것이라 논문 지도 교수로 선택하는 학생이 적었다는 것 정도는 돌아가신 어머니에게 들어 알고 있었다.

그렇지만 학생들에게는 존경받는 선생이었던 것 같다. 천성적으로 따스한 성격의 소유자였던 그는 다른 연구실 학생이라도 친절하게 의논 상대가 되어 주기도 하고 때로는 취업을 위해 열심히 뛰어다니기도 했다고 한다. 그래서인지 지금도 유키마사 앞으로 연하장이 많이 날아온다.

오늘 밤 모인 사람들은 당시의 학생들 중에서도 특히 유키마사가 좋아하는 사람들이었다. 연구실은 서로 다르지만 묘하게 죽이 맞아 술자리를 자주 같이했었다고 한다. 지금도 몇년에 한 번씩은 회식을 하는데, 올해는 유키마사가 그들을 초

대한 것이다.

"야, 이거 대단하네요. 이런 걸 만드실 정도라면 아무 문제 없겠는데요."

야스다라는 제자가 보틀 십을 두 손으로 눈높이까지 들어 올리며 말했다. 배가 나오기 시작한 동글동글한 몸매에 얼굴이 정말 컸다.

"그렇긴 하지만 시간이 문제야. 그거 하나 만드는 데 얼마나 걸린 줄 알아? 석 달이야, 무려 석 달. 그것도 거의 하루도 쉬지 않고. 건강할 때라면 단 사흘에 끝내 버렸을 일이 말이야."

유키마사는 철판 주위에 모인 세 명의 제자를 둘러보았다. 그의 목소리에는 평소에 찾아보기 힘든 활기가 가득했다.

"선생님은 옛날부터 손재주가 좋으셨잖아요."

이무라라는 남자가 말했다. 다른 사람들은 양복 차림인데 그만 유독 평상복이었다. 지금은 입시 학원을 경영하고 있다고 한다.

"그럼, 그럼. 납땜은 아무도 못 따라갔어."

이렇게 말한 사람은 오카베. 맥주 기운으로 벌써 얼굴이 불콰하다.

"당시의 조교수는 허드렛일만 했으니까."

유키마사가 쓴웃음을 지었다.

"자네들도 자기 손으로 직접 뭘 만들기도 하나?"

모두들 아니라며 고개를 저었다.

"고작 인터넷 쇼핑으로 산 가구 따위나 조립하는 정도지요."

야스다가 고개를 저으며 말했다.

"저는 서류만 작성하고 있습니다. 물리학과는 인연이 멀어요."

오카베가 팔짱을 끼며 말했다.

"자네는 우주 물리학이었지. 그건 졸업하면 아무 데도 못 써먹어."

야스다가 놀리듯 말한다.

"도대체 물리학과를 졸업한 놈이 출판쟁이라니, 그게 말이나 돼?"

"과학 잡지를 만들려고 했지, 처음에는. 그런데 요즘 아이들이 자연계를 기피하다 보니 과학 잡지는 속속 폐간 처분되는걸, 뭐. 그러는 자네는 스포츠 용품 회사에 들어가서 분자 물리학을 마음껏 써먹고 있는 모양이지?"

"써먹긴 뭘 써먹어. 그런 건 졸업과 동시에 싹 잊어버렸다고."

유키마사는 농담을 주고받으며 밝게 웃는 세 사람을 가늘게 뜬 눈으로 흐뭇하게 바라보았다. 설령 배운 것은 잊는다

해도 그 경험은 언제고 유용하게 쓸 일이 반드시 있을 것이라고 늘 주장하던 그였다.

"결국 대학에서 배운 걸 제대로 써먹는 친구는 유가와뿐인 셈이네."

이무라의 말에 다른 두 사람이 고개를 끄덕였다.

"뭐든 열심히 공부하는 친구였으니까."

야스다가 말했다.

"인스턴트커피를 제 손으로 만드는 걸 본 적이 있어. 나중에 '역시 돈을 주고 사는 게 합리적이다'라는 결론을 내리더라고."

"그러고 보니 유가와 이 녀석이 꽤 늦네." 하며 이무라가 시계를 보았다.

"벌써 여덟 시야."

그러자 유키마사가 그 말에 민감하게 반응했다.

"앗, 벌써 그렇게 됐나? 그럼 난 가서 잠시 쉴까. 유가와 군이 오면 다시 시작하기로 하고."

"그러세요, 선생님. 저희는 적당히 마시고 있을게요."

오카베가 말했다.

"맥주고 위스키고 마음껏 들도록 하라고. 단, 자기 몸이랑 잘 의논해서."

나미에가 휠체어를 밀었다. 복도로 나서자 유키마사가 나는 됐으니 놔두고 가라고 말했다.

"저 친구들도 제 마음대로 냉장고 문 열기가 좀 뭣할 거야.
나는 괜찮다. 혼자 갈 수 있어."

그렇게 말하고 유키마사는 휠체어를 밀며 방으로 들어갔
다. 거기에는 가정용 엘리베이터가 설치되어 있다. 그걸 타고
2층으로 올라가면 거기서부터 침실까지는 휠체어가 다니기
쉽도록 문턱이 하나도 없었다. 게다가 이제는 휠체어에서 침
대로 이동하는 것쯤 혼자 힘으로 충분히 할 정도로 숙달되어
있었다.

그가 엘리베이터를 타는 걸 보고 나미에는 거실로 돌아왔다.

"재활은 어떻게 되어 가고 있습니까? 지난번에는 혼자서 걸
으시는 게 무리일 거라는 말을 들었는데요."

야스다의 물음에 다른 두 사람도 진지한 표정으로 나미에
를 바라보았다. 아까의 그 들뜬 분위기와는 전혀 딴판이었다.

"지팡이를 짚고 일어서는 것까지는 겨우 하시게 됐어요. 그
렇지만 그 이상은 힘들 것 같아요."

그 말을 들은 이무라가 한숨을 내쉬었다.

"재활 훈련만 잘하면 회복되실 줄 알았는데."

"그래도 이 정도면 꽤 좋아지셨다고 생각해야 할 것 같아.
이런 걸 만들 수 있을 정도니까."

야스다가 보틀 십을 바라보며 말했다.

"'메탈의 마술사'는 건재하군."

다른 두 사람이 그 말에 고개를 끄덕인다.

"메탈의 마술사, 요?"

나미에가 물었다.

"선생님의 현역 시절 별명입니다. 연구 내용 때문에 그런 별명이 붙었어요."

야스다의 대답을 듣고 그녀는 그러냐며 고개를 끄덕였다. 유키마사가 무슨 연구를 했었는지, 그녀는 아는 바가 없었다.

오카베가 일어서서 발코니에 면한 유리문을 열고 크게 숨을 들이쉬었다.

"아, 정말 좋은 곳이야. 풀 냄새도 나고. 도쿄에서는 상상도 못할 공기라고, 이건."

"유리문을 열어도 배기가스가 안 들어오니 얼마나 좋아." 이무라가 맞장구를 쳤다.

"눈앞은 연못이고. 정말 우아해. ……어!"

오카베가 뭔가를 본 듯 목을 앞으로 쭉 뽑더니 나미에 쪽을 돌아보며 물었다.

"저 집은 뭡니까?"

별채를 두고 하는 말이었다. 별채라고 하자 와, 하며 감탄한 듯 고개를 끄덕였다.

"불이 켜져 있는데 누가 사나요?"

"예, 아버지의 장남이……."

"선생님의……, 아, 그렇군요."

"어이." 하고 이무라가 얼굴을 찌푸리며 오카베를 쏘아보았다.

"에? 아, 아, 네."

오카베는 목을 움츠리며 창에서 떨어졌다.

"맥주라도 더 가지고 올게요."

나미에가 방을 나서 부엌으로 향하는데 등 뒤에서 "이 바보야!" 하고 이무라가 오카베를 나무라는 소리가 들렸다. 그들도 이 집안의 복잡한 사정을 잘 알고 있는 것 같았다.

나미에는 냉장고에서 꺼낸 차가운 맥주 두 병을 트레이에 싣고 거실로 돌아왔다.

"자, 그럼 선생님이 쉬시는 동안 건배나 한번 다시 하지. 나미에 씨도 이리 오세요."

야스다의 건배 제안을 받고 그녀도 글라스를 들었다. 오카베가 맥주를 따라 주었다.

"그럼 도모나가 조교수님과 유가와 조교수, 가 아니라 부교수가, 진짜 학자 두 사람은 부재중이지만 건배하도록 하지. 건배!"

모두의 잔이 쨍, 부딪치는 순간, 바깥에서 뭔가가 깨지는 듯한 소리가 들렸다. 그 소리가 왠지 나미에의 가슴을 철렁하게 만들었다.

모두들 서로의 얼굴을 바라보았다.

뭘까, 하며 오카베가 발코니로 나섰다. 나미에가 그 뒤를 따랐다.

다음 순간, 별채에서 연기가 솟아오르기 시작했다.

"불이다!" 하고 오카베가 외쳤다.

"전화, 빨리!"

이무라가 휴대폰을 집어 들었다. 다급한 표정으로 귀에 갖다 대며 입을 열려는 순간 다시 별채 쪽에서 무슨 소리가 났다.

내다보니 별채에서 솟아오르는 연기의 기세가 한층 드세어지더니 마침내 불꽃을 뿜어내기 시작했다.

3

"생전 들어 본 적도 없는 동네야. 동네라고는 해도 주택가나 오피스가도 아니고, 변두리 중에서도 변두리야. 과연 도쿄가 넓긴 넓어. 그런데 도대체 왜 우리가 한 시간도 넘게 걸리는 여기까지 와야 하는 거야. 그것도 이런 시간에. 봐, 이제 곧 자정이라고, 자정."

조수석의 구사나기가 빠른 어투로 투덜대었다. 기분이 별

로 안 좋아 보였다. 오랜만에 일을 빨리 끝내고 밤거리로 나
가 한잔 걸치려는 참에 호출이 왔으니 그럴 만도 하다. 하지
만 근무 후에 조금의 여유도 없이 불려 나온 건 자신도 마찬
가지가 아니냐고 가오루는 속으로 투덜거렸다. 오늘 밤은
DVD를 보면서 와인이라도 마시려고 했는데.

"어쩔 수 없죠, 뭐. 단순한 방화가 아니라 살인 사건일 수도
있다니까."

"그건 나도 알아. 그러니까 관할 서가 아닌 본청 사람이 나
가야겠지. 그건 좋다 이거야. 그런데 왜 하필 그게 우리냐고.
하긴 자네는 그럴 만도 해. 신참이란 원래 그런 거니까. 하지
만 나는 아니잖아?"

한밤중에 불려 나온 데다 운전까지 해야 하는 신참 신세는
어떻고요, 가오루는 그렇게 외치고 싶었다.

"신참만으로는 불안한 거겠죠."

"불안하긴 뭐가 불안해? 마미야 아저씨, 그 꼰대는 내일 아
침에 우리 보고를 들은 후에나 여유 부리며 현장에 올 생각인
거야. 아, 배 아파. 오늘 밤은 정말 여유 있게 마실 생각이었는
데."

그러면서 구사나기는 시트 위에서 기지개를 켰다.

"그런데 참, 뭐라 그랬지? 방화라는 사실을 어떻게 알았다
고?"

"불탄 자리에서 시체가 나왔답니다."

"그야 집에 불이 나면 타 죽는 사람이 있을 수도 있지."

"그런 게 아니고, 현장에서 칼에 찔려 죽은 시체래요. 진화 작업이 신속해서인지 별로 손상되지는 않았답니다."

"그래? 그렇다면 분명 살인이군."

구사나기가 고개를 푹 꺾는 모습이 가오루의 눈에 들어왔다.

"허 참, 이런 시골에 수사본부를 설치하면 우리는 옴짝달싹 못하는 신세가 되고 마는데. 찻집 하나 없을 거야."

그의 말대로였다. 가면 갈수록 길은 어두웠다. 헤드라이트 의 불빛만으로는 불안해서 가오루는 안개등까지 켰다.

이윽고 앞쪽에 아주 환한 불빛이 나타났다. 그것은 여러 대 의 소방차에서 나오는 불빛이었다.

불이 난 곳이라면 어디서나 볼 수 있는 구경꾼조차 없었다. 밤이 깊어서인지 아니면 애당초 주변에 사람이 살지 않아서 인지 알 수가 없다.

그 집에는 담이 없었다. 집 왼편에서 소방서와 경찰 요원들 이 비닐 시트와 로프로 주변을 둘러치고 있었다. 그들이 다가 가자 몸집이 자그마한 남자가 달려왔다. 구사나기가 자기소 개를 하자 상대는 다소 긴장된 몸짓을 하며 관할 경찰서의 형 사 고이도라고 자신을 소개했다.

"사망자는 한 사람뿐입니까?"

구사나기가 물었다.

"네, 한 사람입니다. 사체는 경찰서로 옮겼습니다. 아마 내일 부검이 있을 것 같습니다."

그렇겠지, 라며 구사나기는 가오루 쪽을 돌아보았다.

"현장 검증은 끝났습니까?" 하고 가오루가 물었다.

"아니요, 오늘 밤은 불을 끄는 게 고작이었습니다. 날이 어두워진 데다 비도 내릴 것 같아 자세한 현장 검증은 내일 낮에 하는 게 좋겠다고 합니다."

올바른 판단인 것 같았다. 하지만 그렇다면 자신들이 지금 이곳까지 달려올 이유는 없었던 것 아닐까.

"집주인은 누구지요?"

구사나기의 물음에 고이도가 주머니에서 수첩을 꺼냈다.

"도모나가라는 사람입니다. 불은 이 집의 별채에서 났습니다."

"별채? 그렇다면,"

구사나기는 오른편의 큰 주택을 올려다보았다.

"이쪽이 본채라는 말이군요."

"그렇습니다."

살해당한 사람은 도모나가 구니히로라는 인물로, 별채에서 혼자 살았다고 한다.

"본채에는 누가?"

"아, 그⋯⋯."

고이도가 수첩을 보았다.

"피해자의 아버지하고⋯⋯ 그러니까, 이건 무슨 관계라고 할지. 딸, 이라고 하기도 좀 그렇고."

"뭡니까?"

구사나기가 물었다.

"아, 관계가 좀 복잡해서 말입니다. 피해자의 아버지와 내 연인 사람의 딸이라고 할까요, 아무튼 같이 살고 있습니다. 그리고 오늘 밤은 아버지의 제자가 세 명, 아니 네 명인가? 무슨 모임이 있어서 온 모양입니다."

제자라는 말에서 아버지의 직업이 교사일 것이라고 가오루는 생각했다.

"그 사람들이 지금 본채에?"

구사나기가 물었다.

"아닙니다. 제자 네 명 가운데 세 명은 돌아갔습니다. 내일 아침 일찍 일이 있어서 다들 오늘 밤 안으로 돌아가야 한다면서. 마지막 열차 시간 전에 가야 하니까요."

"다른 한 사람은?"

"아직 있습니다."

"이야기를 좀 나눌 수 있을까요?"

"가능할 겁니다."

"그럼 한번 만나 볼까요. 안내, 부탁합니다."

"예, 이쪽으로 오시지요."

고이도가 이끄는 대로 구사나기와 가오루는 본채로 향했다.

본채 현관에는 '도모나가'라고 적힌 명패가 붙어 있었다. 일본식 목조 주택이었지만 입구는 현대식이었다. 고이도는 입구 옆에 붙은 인터폰을 누르고 집 안의 사람과 뭐라고 말을 주고받았다.

이윽고 문이 열렸다. 이십 대 후반으로 보이는, 키가 크고 비쩍 마른 여자가 나타났다. 긴 머리를 뒤로 묶은 모습이었다.

고이도가 구사나기와 가오루를 소개했다.

"아까처럼 이분들에게 다시 한번 상황을 좀 얘기해 주시면 좋겠는데요."

"아, 그리죠. 들어오세요."

여자는 형사 두 사람을 심각한 표정으로 바라보며 말했다.

실례합니다, 하고 구사나기가 신발을 벗자 가오루도 그 뒤를 따랐다. 고이도는 소방대원과 의논할 게 있다면서 돌아갔다.

방으로 가는 도중에 구사나기는 여자에게 이름을 물었다. 여자는 멈춰 서서 신도 나미에라고 자신을 소개했다. 흘러내린 앞머리를 쓸어 올리는데 왼손 손가락에 낀 반지가 반짝, 빛을 냈다.

"저는 어머니가 데리고 온 자식이에요. 어머니는 십 년 전에 세상을 떠났고요."

"아, 그렇습니까. 그런데 성이 다르네요."

"어머니와 제가 이 집으로 온 것은 이십 년 전입니다만, 아버지와 어머니는 정식으로 결혼을 하지 않았습니다. 그래서 어머니와 저는 신도라는 성을 그대로 썼습니다. 어머니는 다른 사람들 앞에서만 도모나가라는 성을 썼지요."

"아, 그렇게 된 거군요. 그럼, 이런 걸 물어도 될지 모르겠지만, 왜 호적에 올리지 않았나요?"

그러자 나미에는 살포시 웃음을 머금고 구사나기와 가오루를 번갈아 보며 말했다.

"이유는 간단해요. 할 수가 없었으니까요. 아버지에게는 호적상의 아내가 있었거든요."

"아, 그런 사정이 있었군요."

그렇게 말하고 구사나기는 등을 쭉 펴며 고개를 끄덕였다.

"잘 알겠습니다. 그럼 다른 분들께 좀 안내해 주시겠습니까."

"네, 이쪽으로 오세요."

나미에가 다시 발걸음을 옮기기 시작하자 구사나기가 가오루를 힐끗 돌아보았다. 그 눈매가, 뭔가 냄새를 맡은 듯했다. 가오루 역시 같은 느낌을 받았기에 말없이 고개를 끄덕였다.

열 평 정도 넓이의 거실에서 이 집의 주인인 도모나가 유키마사가 기다리고 있었다. 도모나가는 침통한 표정으로 휠체어에 앉아 있었다.

"늦은 밤에 실례합니다."

구사나기가 고개를 숙였다.

"이미 경찰과 소방대원에게 이야기를 하셨겠지만, 다시 한 번 저희에게도 부탁드립니다. 우선 목격한 내용부터."

"아, 난 그 순간을 목격하지 못했어요." 하고 도모나가가 말했다.

"아버지는 피곤하다며 침실에서 쉬고 계셨어요."

나미에가 옆에서 보충 설명을 해 주었다.

"꾸벅꾸벅 졸고 있는데 갑자기 주변이 시끄러워서 창밖을 내다보았죠. 그랬더니 별채에서 연기가 피어오르고 있었어요."

"그때 따님은 어디에?"

구사나기가 나미에에게 물었다.

"저는 손님들과 여기 있었어요. 그랬는데 갑자기 바깥에서 이상한 소리가 들렸습니다."

"이상한 소리요? 어떤 소리가……."

"유리 깨지는 소리였던 것 같아요. 다른 분들에게도 그렇게 들렸다고 합니다."

"몇 시쯤이었습니까?"

"아마도 여덟 시가 넘어서였을 겁니다."

"시간은 뭐하러 물어보나."

갑자기 뒤에서 목소리가 들려왔다. 게다가 가오루가 들어본 적이 있는 목소리였다.

돌아보니, 너무도 잘 아는 사람이 서 있었다. 오늘 밤에는 어쩐 일로 양복 차림이었다.

유가와 선생님, 가오루가 입술을 조그맣게 달싹거렸다.

"유가와, 자네가 어떻게 여기에?"

구사나기는 당혹스런 표정으로 유가와와 도모나가를 번갈아 보았다.

"아는 분이신가?"

도모나가가 유가와에게 물었다.

"이 친구도 데이도 대학 출신입니다. 사회학부에 다녔습니다. 배드민턴부에서 같이 활동했죠."

그러면서 유가와는 도모나가의 옆에 앉았다.

"그런가. 이거 드문 우연이로군. 형사님은 유가와가 여기와 있다는 사실을 몰랐습니까?"

"몰랐습니다. 정말 우연입니다."

구사나기는 유가와의 얼굴을 멀뚱히 바라보았다.

"이런 우연이 일어나면 난 의심부터 하는 습관이 있어서 말이지. 뭔지 모를 필연이 감추어져 있는 건 아닐까 하고. 그러나 이번만은 그런 생각을 버려야 할 것 같군."

그렇게 말한 유가와가 구사나기에게서 가오루 쪽으로 시선을 옮기고는 가볍게 고개를 끄덕, 했다. 가오루도 가볍게 고개를 숙였다.

"그렇다면 도모나가 씨도 대학에서 학생들을 가르치고 계십니까?"

구사나기의 물음에 도모나가는 고개를 끄덕였다.

"예전에는 그랬지요. 데이도 대학 공학부에서 조교수로 있었습니다."

만년 조교수였다고 그는 덧붙였다.

"그런 인연이었군요."

구사나기는 잘 알았다는 듯 고개를 끄덕이고 유가와를 바라보았다.

"아까 시간을 뭐하러 물어보느냐고 했는데, 그건 왜지?"

그러자 유가와가 어깨를 으쓱하며 말했다.

"그런 건 기록을 보면 정확히 남아 있을 거 아냐. 친구들이 화재 발생 순간을 목격했어. 그래서 곧바로 연락을 취한 거야. 다시 말해 소방서나 경찰 기록을 보면 여덟 시 조금 지나서라는 모호한 시간이 아니라 정확한 시각을 알 수 있다는 거지. 만일을 위해서 그 친구의 휴대폰에 남아 있는 시각을 물어 두었어. 정확히 여덟 시 십삼 분."

"그래, 참고로 하지."

구사나기가 퉁명스럽게 말했다. 가오루는 수첩에 8시 13분이라고 적어 넣었다.

"자네는 목격하지 못했겠지."

구사나기가 물었다.

"내가 도착한 것은 불이 막 꺼지고 나서야. 잠깐 피해 있던 도모나가 선생님과 친구들도 여기로 돌아와 있었고. 그때는 친구들이 아직 있을 때여서 그들에게 상세한 이야기를 들었어. 그렇게 된 거야."

유가와는 다리를 꼬고 앉아 구사나기와 가오루를 올려다보았다.

"오늘 밤 일에 대해서는 나한테 물어봐. 가끔은 이렇게 조사 대상이 되는 것도 나쁘지 않은 일이니까."

4

유가와가 친구들에게 상황을 상세히 들어 두었기 때문에 구사나기와 가오루는 이날 밤 어떤 일이 일어났는지 금방 파악할 수 있었다.

그러나 구사나기는 사정 이야기를 다 듣고 나서노 떠날 생각을 하지 않았다.

"돌아가신 분은 선생님의 아드님이시죠. 무슨 일을 하고 있었습니까?"

그 질문에 도모나가는 얼굴을 찌푸리더니 고개를 가로저었다.

"그놈은 아무것도 하지 않았지요. 매일 어슬렁거리고 놀기만 했어요. 서른이나 됐는데도 말이오. 답답한 놈이었어요."

죽은 아들에 대해서 이렇게까지 신랄하게 말할 줄 예상치 못했던 가오루는 메모하던 손을 멈추고 저도 모르게 도모나가의 주름진 얼굴을 바라보았다.

구사나기도 잠시 의아하다는 표정을 지었다. 그러자 도모나가는 흥, 하고 코웃음을 쳤다.

"이상하다고 생각할 겁니다. 아버지라는 사람이 이런 말을 하니까."

"무슨 특별한 사정이라도?"

도모나가는 나미에를 힐끗 바라본 다음 구사나기에게 눈길을 돌렸다. 나미에는 조금 떨어진 자리에서 고개를 숙이고 있었다.

"어차피 우리 집 사정에 대해서도 조사할 테니까 지금 말씀드리지요. 딸애의 어머니는 십 년 전에 세상을 떠났는데 저와 정식으로 혼인 신고를 하지 않았습니다."

"그건 아까 들었습니다. 선생님께는 따로 부인이 계셨다고요."

도모나가가 고개를 끄덕였다.

"지금으로부터 삼십 년 전에 저는 아는 사람 소개로 선을 보아 결혼했습니다. 금방 자식이 생기긴 했는데 아내와는 모든 점에서 잘 맞지 않았어요. 결국 별거를 하게 되었는데, 정식으로 이혼 수속을 밟지 못했습니다. 그리고 몇 년 후 이 아이의 어머니를 만났지요. 이쿠에라고 합니다. 도쿄 출신이에요. 성은 신도고요."

"그럼 아드님은 부인 쪽에?"

"그렇습니다. 아내가 집을 나갈 당시 아들은 돌이 갓 지난 나이였습니다."

"부인과 이혼하고 신도 이쿠에와 결혼할 생각은 하지 않으셨습니까?"

"물론 생각이야 했지요. 그런데 아내가 이혼을 해 주지 않는 겁니다. 자식을 키우고 있으니 생활비도 필요했을 테지요. 이쿠에가 꼭 혼인 신고를 하지 않아도 된다고 해서 그냥 지냈습니다."

있을 법한 일이라고 가오루는 생각했다.

"아, 그렇게 된 거군요. 그러면 지금은 어떻게 아드님이 여기서 살았습니까?"

"아내가 죽었습니다. 이 년 전에요. 그리고 그 얼마 후에 그놈이 이곳으로 왔습니다. 살 곳이 없으니 어떻게 좀 해 달라면서. 제대로 자란 남자라면 절대로 입에 담을 수 없는 말을 아무렇지도 않게 뱉어 내더군요."

"그래서 별채에?"

도모나가는 고개를 끄덕이더니 한숨을 내쉬었다.

"삼십 년이나 못 보긴 했지만 자식은 자식이니까요. 다행히 별채가 비어 있어 거기서 살게 했습니다. 단, 일 년 동안만이라는 조건으로. 그사이에 일을 찾고, 그런 다음에는 살 집도 스스로 마련하라고 했습니다."

"그 기한이 언제까지였죠?"

"벌써 지났어요. 하지만 그놈은 집을 나가기는커녕 일거리를 찾을 생각도 안 했어요. 자신에게 맞는 일이 없다는 핑계를 댔지만, 애당초 일할 마음이 없었던 겁니다. 여기 있으면 평생 일하지 않고 먹고살 수 있다고 생각했을 겁니다. 멍청한 놈. 아버지라는 사람도 은퇴한 지 오랜데."

이야기를 들어 보니 도모나가가 자식의 죽음을 그리 슬퍼하지 않는 이유가 짐작되었다. 요컨대 도모나가 구니히로는 친자식이지만 이 집안의 골칫거리였다.

유가와는 시선을 아래로 향한 채 조용히 듣고 있었다. 놀라는 기색이 없는 것으로 보아 이미 알고 있는 내용인 것 같았다.

"사정은 잘 알았습니다. 솔직히 말씀해 주셔서 감사합니다."

구사나기는 머리를 숙였다.

"부끄러운 집안 사정이라 남에게 이야기할 것이 못 되지만, 어차피 경찰에서 간단히 조사해 낼 것 같아 미리 말씀드린 겁니다. 또, 이 주변 사람이라면 다 아는 이야기고요. 다들 친하게 지내고 있으니 말입니다."

"여기 사신 지는 몇 년이나 됐습니까?"

"글쎄 그게……."

도모나가는 고개를 갸웃했다.

"할아버지 대부터 살았어요. 저 별채도 원래는 아버지가 나를 위해서 지은 겁니다. 구니히로가 오기 전까지는 서재나 취미 생활을 하는 데 사용했지요."

이 집이 고풍스런 일본 전통 주택의 분위기를 띠면서도 서양풍이 곁들여진 것도 세대주의 취향에 따라 개축되었기 때문일 것이다.

"조금 미묘한 문제를 여쭤 봐야 할 것 같은데요, 들으셨겠지만 오늘 밤 사건은 단순한 화재가 아니라 누군가가 의도적으로 저지른 살인 방화일 가능성이 큽니다. 아드님도 살해당했을 가능성이 높고 말입니다."

"예, 저도 들었습니다."

도모나가가 대답했다.

"혹시 짚이시는 데라도 있습니까? 흉기를 사용했다는 것은 단순한 방화가 아니라 아드님을 죽일 목적이었다는 뜻입니다."

도모나가는 지팡이 위에 두 손을 모으고 고개를 저었다.

"매일 어슬렁거리며 놀았다고 말씀드렸지만, 사실 그놈이 뭘 하며 시간을 보냈는지 아는 게 없습니다. 여기 오기 전까지 뭘 했는지도 모릅니다. 다만, 어차피 놈팡이처럼 지냈을 테니 남의 원한을 사는 일도 많지 않았을까 싶긴 합니다."

"그러니까, 선생님은 자세한 내용을 모른다는 얘깁니까?"

"후……. 내 자식인데, 정말 서글픈 일입니다."

"마지막으로 아드님을 만난 게 언제입니까?"

"오늘 낮입니다. 저기 저 보틀 십을 찾으러 갔을 때."

도모나가는 선반 위에 놓인 작품을 손가락으로 가리켰다.

"선생님 혼자서요?"

"아닙니다. 이 아이랑 같이 갔어요."

"그때 아드님이랑 대화를 나눴습니까?"

"특별한 이야기는 없었어요. 그놈이 나를 피하니까."

"뭔가 특별한 점은요? 태도가 왠지 이상했다든지, 누군가와 전화로 이야기를 나누었다든지."

"그런 일은 없었습니다."

구사나기는 나미에를 돌아보았다.

"나미에 씨는요?"

"저도 별달리……."

그녀는 작은 목소리로 대답했다.

구사나기는 고개를 끄덕이고는 가오루 쪽을 바라보았다. 질문이 더 없냐는 뜻이었다.

"실례지만 몸은 언제부터……."

그녀는 휠체어를 바라보며 물었다.

"이거 말입니까? 그러니까 몇 년 전이더라."

도모나가는 나미에를 바라보았다.

"육 년 전 겨울입니다."

그녀가 대답했다.

"욕실에서 갑자기 넘어지셔서……."

"뇌경색이었어요. 젊었을 때 술을 너무 마신 덕분입니다. 뭐, 담배도 좋지 않았겠지요. 자네도 조심하게."

도모나가는 옆에 앉은 유가와를 향해 희미한 미소를 던졌다.

"걷기도 힘드신가요?"

가오루가 계속해서 물었다.

"지팡이를 짚으면 일어설 정도는 됩니다. 다만 걷는 건 두세 걸음 정도가 고작이에요."

"손은 어떠세요?"

"왼손에 마비가 조금 남아 있어요. 재활 훈련으로 많이 회복되긴 했지만."

도모나가는 왼손 손가락을 움직여 보였다.

"외출은 가끔 하시나요?"

"하고 싶지만 거의 못합니다. 최근 일 년 정도는 집 밖에 나간 적이 없어요. 그렇지만 나가지 않아도 불편한 건 없습니다. 마음에 걸리는 게 있다면 이 딸아이이지요. 나 때문에 여행도 못 가요. 괜찮으니까 마음껏 여행이라도 하라고 하는데도."

"그럼 나미에 씨도 늘 집에?"

"내가 쓰러지기 전까지는 출판사에서 일했어요. 그런데 내가 이 꼴이 되고 나니 일을 그만둘 수밖에 없었던 겁니다. 정말 딸아이에게 미안해요."

"그런 말 하지 마세요."

나미에가 미간을 찌푸리며 아버지를 나무랐다. 그러고는 가오루 쪽을 돌아보았다.

"가끔씩 번역 일을 맡아 하고 있어요. 그러니까 일을 하지 않는다는 말은 맞지 않죠. 집에서 자유롭게 일하는 게 회사에 나가는 것보다 제게 잘 맞는 것 같아요."

지금의 생활에 불만이 없다는 주장처럼 들렸다.

"이제 됐나?"

구사나기가 가오루에게 낮은 소리로 물었다.

"죄송하지만 한 가지만 더."

그녀가 검지를 세우며 대답했다.

"나미에 씨의 어머니는 십 년 전에 돌아가셨다고 했지요. 그 후 나미에 씨를 양녀로 입적시키는 건 생각해 보지 않았습니까?"

"왜 안 했겠습니까. 그렇지만 불가능했어요."

"왜죠?"

"뻔한 것 아닙니까. 입양하려면 배우자의 동의가 필요합니다. 아내가 그런 걸 허락해 줄 리 없지요."

"그렇지만 그 부인도 지금은 세상을 떠났으니까."

"우쓰미 양!"

갑자기 유가와가 끼어들었다.

"사람에게는 나름대로 사정이 있기 마련이야. 수사에 필요하지 않은 일은 꼬치꼬치 캐묻는 게 아니라고 생각하는데."

"아……, 죄송합니다."

가오루는 목을 움츠리듯 하며 고개를 숙였다. 그것을 본 도모나가와 나미에는 어색해하며 입을 다물었다.

도모나가의 집을 나선 구사나기와 가오루는 가오루가 운전하는 파제로를 타고 달렸다. 유가와는 그 집에 더 머물겠다고 했다. 가까운 비즈니스호텔을 잡아 두었으니 오늘 밤은 그곳에서 머무를 예정이라고 한다.

구사나기는 휴대폰으로 이날 밤의 일을 마미야에게 보고했다. 전화를 끊은 그는 후, 하고 숨을 내쉬었다.

"내일 아침 본청에 들렀다가 이쪽 관할 서에 집합하래. 검시 결과를 확인하고 그 후의 방침을 결정한다는군. 현장 검증은 감식반과 소방서가 같이 한대."

"일단 피해자의 인간관계를 조사해야 할 것 같아요."

"그래야겠지. 도모나가 씨의 이야기로 봐서는 먼지가 아주 많이 나올 것 같더군. 조사할 가치가 있어 보여."

"그런데 아까 그거, 어떻게 생각하세요?"

"아까 그거라니, 뭐?"

"도모나가 씨가 나미에를 양녀로 삼지 않은 거요. 별 상관없는 일일 수도 있지만 유가와 교수님이 그렇게 눈을 부라리는 걸 보니 이상하다는 생각이 들었어요."

"아, 그거 말이지. 난 어쩐지 알 것 같기도 해."

"뭔데요?"

"생각해 봐. 누가 뭐라든 도모나가와 나미에는 피가 섞이지 않은 남남이야. 나미에의 어머니가 세상을 떠난 지도 십 년이니, 같은 집에서 살다 보면 다른 감정이 생길 수도 있지 않을까?"

"남녀 관계라는 말인가요?"

"난 그런 생각이 들어. 양녀로 삼지 않은 것은 결혼을 생각했기 때문 아닐까. 유가와도 그런 눈치가 보여서 그러지 않았을까 싶고. 휠체어 신세인 노인과 이십 대 여자, 영 어울리지 않을 듯싶지만 남녀 사이는 누구도 모르는 법이야."

전방에 적색 신호등이 켜졌다. 가오루는 브레이크를 밟아 차를 멈추고는 고개를 갸웃했다.

"전 그게 아니라고 생각해요."

"왜?"

"나미에 씨에게는 따로 애인이 있는 것 같았거든요."

"애인? 그걸 어떻게 알아?"

"왼손에 반지를 끼고 있었어요."

"그랬어?"

"티파니의 새 모델이던데요. 최근에 남자에게 선물 받은 것 같았어요."

"그 남자가 도모나가가 아니라는 증거라도 있어?"

"도모나가 씨는 최근 일 년 동안 외출하지 않았다고 했어요."

아, 하고 구사나기가 고개를 끄덕였다. 신호가 녹색으로 바뀌자 가오루는 브레이크에서 발을 뗐다.

"아니면 제 손으로 샀을지도 모르잖아."

가오루는 앞을 바라본 채 고개를 저었다.

"그런 반지를 제 손으로 사는 여자는 없어요. 그건 남자가 선물로 사 주기를 기다리는 반지예요."

"흠, 그런가. 과연 여자는 눈썰미가 다르군."

감탄과 야유가 뒤섞인 묘한 어투로 구사나기가 말했다.

"그게 나쁜가요?"

"아니지, 형사에게는 오히려 큰 장점이라고 해야겠지. 그렇지만 자네 같은 여자랑 결혼하는 남자는 아주 조심해야겠어. 바람이라도 피웠다가는 금방 탄로 나고 말 테니까."

"칭찬으로 들을게요. 고맙습니다."

전방에 고속도로 표시가 보였다.

5

장식장을 열어 코냑 병을 꺼냈다.

"정말 조금만이에요."

나미에가 말했다.

"그래, 알았어."

유키마사가 고개를 끄덕였다.

"오늘 밤만. 유가와 군이 어렵게 여기까지 왔는데 술 한잔

정도는 대접해야지."

"아, 선생님, 저는 신경 쓰지 마세요."

건너편 자리에 앉은 유가와가 손사래를 쳤다.

"내가 마시고 싶어서 그래. 자네를 핑계로 말이야. 귀찮겠지만 잠시만 시간을 내 주게. 어차피 이대로는 잠도 못 들 것 같아."

"예, 그럼 그렇게 하십시오."

나미에는 두 사람 앞에 글라스를 내려놓고 코냑을 따랐다. 깊고 달콤한 향기가 피어오른다.

"재회를 축하하며 건배를 하기도 좀 그렇군."

유키마사는 입술을 살짝 비틀며 코냑을 음미했다.

"혀가 마비되는 것 같아. 흠, 역시 좋군."

나미에도 의자에 앉았다. 그녀는 찻주전자에 든 홍차를 잔에 따랐다.

"아드님이 돌아온 줄은 몰랐습니다." 하고 유가와가 말했다.

"돌아왔다는 느낌은 없지, 나한테는. 그놈도 그럴 거야. 우리는 남이나 마찬가지니까. 같은 피가 흐르긴 해도 마음이 하나가 아니면 가족이라 할 수 없지. 그렇지 않은가?"

"저야 뭐, 자세한 사정도 모르는데요."

"자네는 남의 일에 무관심했지. 옛날부터 죽 그랬어."

그러면서 유키마사는 나미에 쪽을 돌아보았다.

"야스다 군이나 이무라 군도 유능하긴 했지만, 여기 있는 유가와 군만큼은 아니었어. 이 친구는 천재라고 불렸지. 지금도 여전히 그런 말이 합당한 사람이야."

"에이, 그만두세요, 선생님."

"이런 말을 싫어했지, 이 친구는. 나미에, 우수한 연구자에게 가장 필요한 자질이 뭔지 아니?"

그녀는 잠시 생각하더니 말했다.

"성실함, 아닌가요?"

"그것도 필요하지만 성실하다고 다 되는 건 아니야. 때로는 허튼 짓이 대발견으로 이어지는 경우도 많아. 연구자에게 필요한 자질은 뭐니 뭐니 해도 순수성이야. 어떤 것에도 영향받지 않고 어떤 색으로도 물들지 않은 새하얀 마음이야말로 연구자에게 가장 필요한 미덕이지. 이게 아주 간단해 보이지만 실은 정말 어려운 거야. 왜냐하면 연구란 돌을 하나씩 쌓아 올리는 작업과도 같거든. 노력하는 연구자는 목표를 향해 더 높이 돌을 쌓게 되지. 당연히 자신이 쌓아 올린 작업에 자신감이 있어. 틀림없다는 확신 말이야. 그러나 그것이 생명을 끊어 버리는 경우가 있어. 처음 놓은 돌이 정말 그 위치에 합당한지, 아니 그 이전에, 사실은 그게 돌이 아니라 흙덩어리가 아닌지 의심이 생기는데도 지금까지 쌓아 올린 모든 것을 과감히 무너뜨리지 못하는 경우가 많아. 지금까지 자신이 쌓아 올린 업적에 사로잡혀 있기 때문이지. 그래서 순수함을 지 킨다는 게 얼마나 힘들고 괴로운 일인지 몰라."

유키마사는 꼭 쥔 왼손을 흔들며 그렇게 말했다.

나미에는 여태까지 그가 이렇게 열정적으로 말하는 모습을 본 적이 없었다. 아직 취하지도 않은 것 같은데 그러는 걸 보 면 구니히로의 죽음 때문에 감정이 살짝 흔들리는 것 아닌가 싶기도 했다.

"유가와 군은 아무리 애를 써서 쌓아 올린 것이라 해도 그 게 의심스러우면 아무런 미련 없이 버릴 수 있는 사람이야. 모노폴 연구, 기억하나?"

"아, 그거 말입니까?"

유가와는 쓴웃음을 지으며 코냑 글라스를 기울였다.

"자석에는 S극과 N극이 있잖나?"

유키마사는 나미에를 바라보며 이야기하기 시작했다.

"S극과 N극은 하나의 짝이라서 아무리 자석을 작게 만들어 도 S극이나 N극 하나만 존재할 수는 없어. 그러나 소립자 레 벨에서는 가능하지 않을까, 그런 생각을 하게 됐지. 아직은 발견되지 않은 그 가상의 물질을 우리는 모노폴이라고 불렀 어. 유가와 군은 대학원 시절 모노폴에 큰 관심을 가지고 그 것을 증명하기 위해 시행착오를 거듭하며 연구했어. 아주 독 창적인 연구 방법으로 교수들에게 주목을 받았지. 그렇지만 그 교수들 가운데 누구도 실제로 그 연구가 성공하리라고 생각한 사람은 없었을 거야. 전 세계의 과학자들이 실패한 것을 일개 대학원생이 성공할 리 없다고 말이야. 하긴 솔직히 말해 나도 그랬으니까."

"그리고 그 예상이 맞아떨어졌죠."

유가와는 나미에 쪽을 바라보며 미소를 머금었다.

"일 년 이상 걸려 만들어 낸 이론이었지만 근본적인 부분에서 큰 잘못이 발견됐죠. 그래서 전부 쓰레기가 되어 버렸어요."

"그 순결함에 나는 감탄했어. 대개는 자신의 잘못을 인정하지 않고 막다른 골목길에 멈춰 서서 어쩔 줄 몰라들 하지. 그렇게 갈팡질팡하며 시간을 낭비하는 과학자를 나는 여럿 봤어. 그러나 자네는 달랐네. 모노폴 연구의 꿈을 산뜻하게 버리고 거기서 얻은 경험을 다른 분야에서 살리려 했지. 자성체를 고밀도로 만들어 내는 새로운 방법을 고안한 거야. 정말 놀라운 일이었어. 양자 역학을 하는 사람이 갑자기 자기 기록 기술에 도전했으니까."

"돌을 캐다가 금을 만난 거죠. 솔직히, 그때는 오기로 그랬어요."

"이름도 아주 특이하게 지었지. 자계 톱니바퀴. 자네, 솔직히 말해 봐. 그걸로 특허를 땄을 때 엄청난 부자가 될 거라는 생각 안 했나?"

"그런 생각은……."

"생각을 안 했을 리 있나. 미국 기업에서 문의가 얼마나 많았는데."

유키마사는 나미에 쪽을 바라보며 눈을 크게 떴다.

"와!" 하고 감탄하며 그녀는 유가와 쪽을 바라보았다.

"그렇지만 결국 어느 회사도 계약하지 않았습니다. 아주 특수한 상황에서만 통용되는 기술이라는 사실이 드러났으니까요."

"정말 아까운 일이었어. 하지만 일본 물리학계로서는 다행스런 일이었지. 자네가 큰 부자가 되어 연구에서 발을 뺐더라면 얼마나 손실이 컸겠나."

"전 이제 틀렸습니다. 오랫동안 연구를 했지만 아무런 성과도 내지 못했어요. 나이만 먹고 말이죠."

"아직은 그렇게 마음이 약해질 나이가 아냐. 그러고 보니 자네 아직 독신이군. 결혼은 생각해 보지 않았나?"

유키마사의 말에 나미에는 놀란 듯 눈을 깜빡거렸다. 당연히 유부남일 거라고 생각했기 때문이다.

"무슨 일이든 흐름이 있지 않습니까. 아무래도 저 같은 경우는 상류 쪽에서 그 흐름이 막혀 버린 것 같습니다."

"그냥 독신이 편하다는 생각에서 그러는 건 아니고?"

빙긋 웃으면서 코냑을 한 모금 입에 머금은 유키마사는 진지한 표정으로 말했다.

"그렇지만 결혼에 신중한 태도가 결코 나쁜 건 아니야. 나도 늘 '그때 조금만 더 신중했더라면' 하고 생각하곤 해. 머릿속에 온통 연구밖에 없어서 결혼이니 가정이니 하는 데는 관심이 없었거든. 잘 아는 사람이 권하는 대로 선을 보고 나서 결혼하겠다고 결정한 것도 딱히 거절할 이유가 없다는 이유에서였어. 인생에서 그토록 소중한 일을 그따위로 안이하게 결정해서는 안 되는 거였는데. 당시에는 자식을 데리고 나가 버린 아내를 원망했지만, 지금 생각해 보면 나에게도 문제가 있었어. 그런 때에 매사추세츠 공대에서 제안이 들어온 거야. 2년간 공동 연구를 하자고 말이야. 나는 아내에게 알리지도 않고 미국으로 가 버렸지. 그리고 2년 예정은 3년이 되어 버렸어. 그사이 연락도 한번 하지 않았고. 아내가 마음을 바꿔 먹는 것도 당연한 일이었지."

유키마사는 코냑 잔을 비우고 나서 빈 글라스를 테이블 위에 올려놓았다. 그리고 다시 술병으로 손을 뻗었다.

"아버지."

"이제 그만 하시죠."

유가와도 그를 말렸다.

"오늘 밤만. 이게 마지막."

마지막이라는 데야 나미에도 말리기가 힘들었다. 할 수 없이 그녀는 술병을 들어 유키마사의 글라스에 따랐다.

"조금만 더 따라 봐."

"안 돼요. 이걸로 끝."

그녀는 병뚜껑을 닫았다. 그때 부엌에 놓인 전화벨이 울렸다. 이런 밤중에 전화를 걸 사람은 한 사람뿐이다.

"받아야지. 그 사람일 거야."

"……그럼 잠깐 실례할게요. 유가와 씨, 아빠 술 더 못 드시게 지켜봐 주세요."

알았다는 유가와의 대답을 듣고 나미에는 부엌으로 갔다. 아니나 다를까, 전화한 사람은 아마노 무네스케였다.

"미안해, 방금 돌아왔어. 어머니한테 이야기 들었어. 큰일이 있었다면서."

아마노는 같은 동네에 산다. 두 사람은 초등학교와 중학교 동창생이다. 그러나 나이 차이가 있어서 같이 다니지는 않았다.

"응, 그 일 때문에 지금 엉망이야."

"저어, 그런데, 별채에 불이 나서 거기 있던 사람이 죽었다는 말을 들었는데……."

아마노가 더듬거리며 말했다. 감정을 억제하려고 애쓰는 느낌이 그대로 전해져 왔다.

"응, 그 사람이 죽었어."

나미에도 애써 감정을 억누르며 말했다. 그러냐고 대답한 후 아마노는 입을 꾹 다물어 버렸다. 나미에 역시 아무 말 하지 못했다. 두 사람이 같은 생각을 하는 것만은 분명했지만 누구도 먼저 말을 꺼내려 하지 않았다.

　"자기는 어때, 다친 데는 없어?"

　이윽고 아마노가 먼저 입을 열었다.

　"괜찮아. 본채는 아무 피해가 없으니까. 아빠도 괜찮고."

　"다행이네. 누가 불을 질렀다며? 그 집에 그냥 있어도 괜찮을까? 범인이 아직 가까이 있을지도 모르는데."

　"그 점은 걱정하지 않아도 돼. 경찰이 오늘 밤은 바깥에서 보초를 서 준대. 그리고 아버지의 제자 분도 와 계셔."

　"그럼 됐어. 그런데 왜 그런 일이 일어났을까? 불이 별채에만 난 게 그나마 다행이긴 하지만. 만일 범인이 본채를 노렸더라면……, 생각만 해도 소름 끼쳐."

　"하긴 그래. 그렇지만 이제 걱정하지 않아도 될 거야."

　"왜?"

　"범인은 그 사람을 노렸을 테니까."

　"그럴까? 우연히 거기에 불을 지른 게 아니고?"

　"그렇지는 않은 것 같아. 자세한 것은 다음에 만나서 천천히."

　지금 여기서 사건에 대해 길게 이야기하는 것 자체가 불순

116

하다는 생각이 들었다.

"그래. 그럼 오늘 밤은 일단 쉬어. 언제 만날까?"

"지금은 모르겠어. 내일 메일 보낼게."

"알았어. 그럼 잘 자."

나미에도 잘 자, 하고 말하며 전화를 끊었다.

거실로 돌아가니 유가와가 보틀 십을 이리저리 살펴보고 있었다.

"이제 슬슬 호텔로 가야지. 십 분 후에 택시가 올 거야."

유키마사의 말에 나미에도 유가와를 향해 고개를 숙였다.

"이렇게 늦게까지 계셔 주셔서 감사합니다."

"아닙니다. 저도 좋은 시간을 보냈습니다. 내일부터 여러 가지로 힘든 일이 많을 텐데, 건강 살피십시오."

"감사합니다."

"오늘 밤에 온 구사나기와 우쓰미 형사는 둘 다 좋은 사람입니다. 어려운 문제가 있으면 그 사람들과 의논하면 될 겁니다. 만일 그들에게도 말하기 어려운 일이 있으면 저한테 연락을 주시고요."

"그렇게 할게요. 정말 고맙습니다."

나미에는 또 한 번 깊이 머리를 숙였다.

유가와는 보틀 십을 원래 위치에 돌려 놓았다.

"이거 정말 멋지게 완성된걸요. 손가락은 완전히 회복되신 모양입니다."

"아니야, 옛날만큼은. 그렇지만 뭘 만든다는 건 정말 즐거워. 아, 그리고, 이것도 내가 만들었어."

유키마사는 지팡이 하나를 유가와 앞으로 내밀었다.

"이걸요?"

유가와는 그 지팡이를 손으로 잡고 자세히 살펴보았다.

"그 손잡이 부분, 한번 돌려 보게."

"이렇게 말인가요?"

유가와는 손잡이를 돌렸다. 그러자 지팡이가 실린더 장치처럼 30센티미터 정도 튀어 나오는 게 아닌가.

"부러진 참에 우산대를 사용해 보았지. 떨어진 곳에 있는 것을 끌어당길 때 사용하기 좋아. 안 닿을 때는 이렇게 길이를 더 늘이고."

"아, 그렇군요."

유가와는 손잡이를 원래대로 돌려 놓았다. 그때 뭔가가 눈에 들어왔다.

"그런데 이 스위치는……."

그가 스위치를 누르자 벽에 작고 빨간 화살표가 나타났다. 레이저 포인터였다.

"이건 어디에 쓰려고 다셨습니까."

유가와가 물었다.

"물론 레이저 포인터 본래의 용도지. 이렇게 사용하면 돼."

유키마사는 지팡이를 돌려받아 스위치를 눌렀다. 장식장 위에 있는 상자에 화살표가 나타났다.

"유가와 군, 저 상자 좀 가져다줘, 라고 말이야. 다리가 불편하면 이런 도구가 필요하지."

유가와는 고개를 끄덕이고는 나미에를 향해 미소지었다.

"이 정도라면 선생님, 아주 오래 사시겠습니다."

"그럼요."

나미에도 고개를 끄덕였다.

잠시 후 택시가 오고 유가와는 돌아갔다. 차를 보내는 유키마사의 등이 몹시 쓸쓸해 보인다고 나미에는 생각했다.

6

도모나가의 집 앞 도로에서 약 100미터 떨어진 곳에 가시와라 씨의 집이 있었다. 거기 사는 65세의 주부가 도모나가 집안의 사정을 잘 알고 있었다. 꽤 오랜 세월 알고 지낸 이웃이라고 했다.

"그러니까, 도모나가 씨가 처음에는 아들이 돌아왔다는 사실을 이웃 사람들에게 숨겼다는 거죠?"

가오루는 수첩을 펼치면서 물었다.

그녀는 마루 끝에 걸터앉아 있었다. 정원에서 빨래를 너는 요코에게 말을 걸자 그녀가 대뜸 마루에 앉으라고 권했다. 그리고 요코는 바구니에 귤을 가득 담아 왔다. 어젯밤 사건에 대해서 벌써 소문이 퍼졌는지, 경찰이 오기를 내심 기다리고 있었던 듯했다. 어젯밤에는 친척 집 장례식에 갔다가 돌아왔는데, 그때는 이미 소방차도 돌아간 뒤였다고 한다.

"그런 놈팡이 자식이었으니 이웃한테 말하지 못한 것도 이해가 가요. 게다가 아기 때 헤어진 이후로 한 번도 만나지 못했다죠? 이웃에 소개하기가 괴로웠을 거예요. 별채에 살게 한 것만 해도 대단한 호의죠. 역시 자식이라 정에 끌렸던 거죠."

"그런데 가시와라 씨는 그 집 아들이 돌아왔다는 것을 어떻게 알게 되었나요?"

"나미에에게 들었어요. 그렇지만 그 전에 눈치는 채고 있었죠. 이토록 좁은 마을이다 보니 소문이 금방 퍼져 나가요. 이상한 사람이 어슬렁거리면 누구라도 신경을 쓰게 되지 않겠어요? 질이 안 좋아 보이는 사람들과 밤새 떠들고 노는 일이 한두 번이 아니었어요. 정원에서 폭죽을 마구 터뜨리질 않나, 연못에 제멋대로 카누를 띄우질 않나, 정말 꼴불견이었죠. 그러다 보니 도모나가 씨도 이웃들에게 더는 숨길 수 없다고 생각했는지 친한 사람들에게 사정을 설명하기로 한 것 같아요.

그렇지만 도모나가 씨는 몸이 좀 그렇잖아요? 결국 실제로 사죄하며 다닌 사람은 나미에였죠. 그 애가 제일 불쌍해요. 어머니가 호적에 오르지 못한 탓에, 이거 좀 뭣한 얘기지만, 도모나가 씨가 돌아가셔도 유산 한 푼 못 받잖아요? 정말 말도 안 되는 일이죠, 저렇게 헌신적으로 간호하는데."

울분을 토하듯 요코가 말했다.

"구니히로가 이웃 사람들에게 문제를 일으킨 적은 없나요?"

"왜 없겠어요. 방금 말했듯이 아주 제멋대로였다니까요. 그래도 우리는 가능한 한 상대하지 않으려고 노력했어요. 그 집에 수상쩍은 사람들이 꽤 들락거렸거든요."

"수상쩍은 사람들이라면?"

누가 가까이 있는 것도 아닌데 요코는 한 손으로 입을 가리며 말했다.

"빚쟁이 말이에요. 그 패륜아가 글쎄 그냥 들어온 것도 아니고 막대한 빚까지 끌어안고 왔대요."

어젯밤 도모나가 입에서는 나오지 않은 이야기였다. 자신의 입으로는 말하기 힘들었을 것이라고 가오루는 생각했다.

"어디서 돈을 빌렸다고 하던가요?"

"거기까지는 모르겠지만 제대로 된 금융 기관은 아닌 것 같았어요. 꽤 험악하게 생긴 사람들이 빚을 받으러 오곤 했으니까요. 그런데 형사님, 어젯밤 사건, 단순한 방화는 아니죠? 경찰들이 칼을 든 사람을 못 보았느냐고 묻고 다닌다고 하던데."

"아, 그건…… 전 잘 모릅니다."

가오루는 이쯤에서 물러나기로 했다. 하도 권하는 바람에 하는 수 없이 귤 두 개를 받아 들었다.

"한마디로, 썩어 빠진 인간이야."

구사나기가 말했다.

"구니히로의 어머니인 카즈요는 도모나가와 헤어진 후 세무사 일을 하는 친정아버지를 도우며 살았대. 그런데 세무사인 아버지가 갑자기 세상을 떠나자 수입이 없어지고 만 거지. 그래서 도모나가 씨가 이혼을 요청해도 거부할 수밖에 없었을 거야. 도모나가 씨가 착실하게 생활비를 보내 주어 그 덕분에 구니히로는 어렵지 않게 고등학교를 다닐 수 있었지. 그후 여러 가지 직업을 가졌지만 어느 한 곳에 정착하지 못하고 놀음과 밤놀이에 푹 빠져 버린, 썩어 빠진 인간이었어. 우쓰미가 알아낸 빚이란 것도 노름과 관련된 것이더군. 카드 회사의 블랙리스트에 오른 지는 이미 오래되었고. 그렇지만 같이 놀았던 사람들 말에 따르면, 새로 이사한 후로 그 빚을 모두 갚았다는 거야. 다시 말해 도모나가 씨가 갚아 준 거지."

"그렇게 된 거군요."

가오루는 왠지 가슴이 찡하고 아팠다. 구사나기가 피해자를 사람 이하로 취급하는 이유도 알 것 같았고, 도모나가 유키마사가 너무나 처량하게 보이는 것도 수긍이 갔다.

"빚의 액수에 대해서는 기시야가 조사하고 있어. 내 직감으로는 몇백만 수준은 절대로 아냐. 적어도 그 열 배는 될걸. 멍청한 놈."

"멍청이건 아니건 살해당한 이상 범인을 잡지 않을 수 없어."

그러면서 마미야는 귤 껍질을 벗기기 시작했다.

"자, 어디서부터 공략할까."

"흉기는 아직 발견되지 않았나요?"

가오루의 물음에 마미야는 떨떠름한 표정을 지었다.

"관할 서가 꽤 철저히 조사했는데도 나오지 않았다는군. 역시 범인이 가지고 갔다고 보는 게 타당할 것 같아."

"일본도라면 단칼에 보내 버릴 수 있겠지."

"일본도래요?"

"그런 모양이야."

"아냐, 아직 완전히 결론이 난 건 아냐."

마미야는 귤을 입 안으로 밀어 넣으며 말했다.

"피해자는 등 쪽에서 가슴으로 관통당했어. 상처의 폭은 약

5밀리미터, 길이는 약 3센티미터. 꼭 일본도 크기라는 의견이 많아. 아주 강한 힘으로 단숨에 찔렀어. 일본도가 맞는다면 솜씨가 꽤 좋은 검객일 것이라는 게 검시관의 견해래. 다른 외상은 없고. 폐에 연기가 들어간 걸로 봐서 그다음에 불을 지른 게 분명하고."

"일본도가 아니더라도 관통상을 입혔으니 꽤 긴 흉기인 것만은 분명하네요."

"최하 30센티미터는 되겠지."

구사나기가 말했다.

"게다가 피가 잔뜩 묻었을 텐데 그런 걸 들고 길거리를 다닐 수는 없어. 범인 자신도 피를 뒤집어썼을지 모르고. 차가 아니고서는 도주하기 힘들겠지. 만약 불이 난 직후에 검문을 했더라면 걸려들었을지도 몰라."

"무리야, 그건. 살해라는 걸 안 건 시체를 발견한 후니까."

주변에 있는 관할 서의 경찰관들을 의식해서인지 마미야는 낮은 목소리로 말했다.

"구사나기는 피해자의 인간관계를 좀 더 조사해서 금전 문제로 인한 트러블은 없었는지 알아봐. 우쓰미는 도모나가의 집으로 가. 빚에 대해 도모나가 씨에게 직접 물어보도록 해."

"알았습니다."

가오루와 구사나기가 동시에 대답했다.

"그래요, 그놈의 빚을 내가 대신 갚아 주었지요."

유키마사는 착 가라앉은 목소리로 대답했다. 기력이 정정한 노인처럼 보이려 애쓰고 있지만, 나미에의 눈에는 초췌해 보이기만 했다.

"어떤 데서 빌려 썼습니까?"

우쓰미 가오루가 물었다.

"여러 군데였어요. 잘 알려진 대부업체에서부터 수상쩍은 사금융까지. 영수증을 가지고 있으니 나중에 보여 드리지요."

"네, 부탁드립니다. 금액은 어느 정도나……."

"전부 합하면 5천만 엔은 넘었을 겁니다."

우쓰미 가오루는 눈을 동그랗게 뜨며 수첩에 메모했다.

옆에서 아버지와 가오루가 나누는 이야기를 들으며 나미에는 당시의 일을 떠올렸다.

빚을 받으러 온 사내들은 나름 신사적이긴 했지만 타협이나 온정 따위의 말과는 인연이 없는 사람들이었다. 그들은 구니히로에게 유키마사라는 돈줄이 있다는 사실을 알고 눈에 불을 켜고 달려들었다. 직접적인 위협은 가하지 않았지만 마치 부드러운 천으로 목을 조르듯, 조금씩 조금씩 유키마사를 막다른 골목으로 몰아넣었다. 구니히로는 아버지의 그런 고통을 가슴 아파하기는커녕 빚쟁이보다 더 잔혹하게 그를 몰아세웠다.

"누구 때문에 이렇게 된 줄 알아!"

구니히로가 입에 달고 사는 말이었다. 부모의 잘못된 삶 때문에 자신이 이 지경이 되고 말았다는 얘기였다. 보통의 부모라면 돈뿐만 아니라 온갖 정성과 노력으로 자식을 잘 키우려 애썼을 텐데 그런 노력을 하지 않았으니 거기에 합당한 대가를 치르는 게 당연하지 않은가. 더욱이 자신은 대학도 가지 못했다. 충분한 교육과 애정을 받았더라면 당연히 대학에 갔을 것이다. 그러므로 교육비와 대학에 갔을 경우에 들었을 비용을 자신이 취득할 권리가 있다.

어떻게 그런 억지 논리를 만들어 낼 수 있는지 감탄스러울 정도로 구니히로의 입에서는 돈을 요구하는 말이 끝도 없이 쏟아져 나왔다. 빚쟁이들조차 옆에서 쓴웃음을 지을 정도였다.

파산을 선고하면 그만 아니냐고 나미에는 내심 생각했다. 그러나 그런 말을 할 용기는 없었다. 어차피 자신은 타인에 지나지 않는다는 서글픈 자각이 있었던 데다, 무엇보다 유키마사의 마음을 잘 알고 있었기 때문이다. 그는 마음 깊이 구니히로에게 사죄하고 있었다. 구니히로의 그 말도 안 되는 논리에 반론 한번 하지 않은 것도 자식이 타락한 원인이 바로 자신에게 있다고 생각했기 때문이다.

결국 유키마사는 도모나가 집안의 토지 일부를 팔아서 빚을 갚았다. 나미에는 도모나가 집안의 자산이 얼마나 되는지 모르지만, 한없이 부유하지만은 않다는 것 정도는 알고 있었다.

우쓰미 가오루는 계속해서 빚을 둘러싼 트러블이나 이웃 사람들과의 다툼 따위에 대해 집요하게 질문 공세를 폈다.

"그런데 구니히로 씨 주변에 혹시 일본도를 가진 사람은 없었습니까?"

"일본도?"

"일본도가 아니더라도 긴 칼을 가진 사람이 있다는 이야기를 들어 본 적은 없습니까?"

글쎄, 하고 유키마사는 고개를 갸우뚱했다.

"떠오르는 게 없어요. 아들을 찌른 흉기가 일본도랍디까?"

"아직 확실하지는 않습니다만 긴 흉기라는 것만은 틀림없습니다. 생각나는 게 없으시면 됐습니다."

그녀는 몇 가지 질문을 더 던진 후 대부업자에게 받은 영수증 사본을 받아 들고 자리를 떴다.

"하는 걸로 봐서는 앞으로 몇 번 더 찾아올 것 같구나."

유키마사가 한숨을 내쉬는데 인터폰 벨이 울렸다. 나미에가 다가가 보니 아마노 무네스케였다.

"일 때문에 이 부근에 왔다가 들렀어."

인터폰 저쪽에서 그가 말했다.

유키마사가 들이라고 하자 나미에는 아마노를 거실로 들였다. 유키마사는 자신의 방으로 물러났다. 둘이 사귄다는 것을 아는 터라 배려해 주는 것이었다.

"별채를 보고 왔어. 꽤 많이 상했더라."

동안의 무네스케가 눈을 동그랗게 뜨니 더 어려 보였다.

"전소한 거나 다름없어. 정리하는 데도 돈이 꽤 들 것 같아."

"당분간 그냥 저렇게 두면 안 돼?"

"그건 안 돼."

나미에는 무네스케를 위해 홍차를 끓였다. 고마워, 하고 그가 찻잔을 받아 들었다.

무네스케는 자동차 딜러로 일하고 있다. 부모와 셋이서 생활하는데, 아버지는 거의 누워 있는 상태로, 어머니가 돌보고 있었다.

"칼에 찔렸다며."

홍차 한 모금을 마시며 그가 말했다.

"어제 자기가 한 말의 의미를 알았어. 범인은 그놈을 노린 거야."

응, 하고 나미에는 고개를 끄덕였다.

"이런 말 하면 안 되는 줄은 알지만, 그래도 말하고 싶어. 나 말이야, 그 범인에게 인사라도 하고 싶은 기분이야. 죽여 줘서 감사하다고 말이야."

"무네스케, 그런 말 하면 안 돼."

"물론 해서는 안 되겠지. 그냥 자기 앞이니까 한번 해 본 거야."

무네스케는 입술을 축이고 나서 말을 이었다.

"자기도 그렇게 생각하지 않아?"

나미에는 입을 다물었다. 그것이 그녀의 대답이기도 했다.

"그놈은 도모나가 씨가 죽을 때까지 빌붙어 살 생각이었을 거야. 죽은 다음에 재산을 빼앗으려고. 재산은 어떻게 돼도 상관없지만 그대로 두면 나미에가 불행해졌을 거야. 나랑 결혼도 못 할 거고. 그렇잖아, 자기는 도모나가 씨를 버리지 못할 테니까."

"그건 그래. 피를 물려받은 것도 아니고 호적상으로도 남이지만 소중한 아버지니까."

"그러니까 잘된 일이라는 거야."

"부탁인데, 다른 데서는 절대로 그렇게 말하지 마."

"알아, 나도 그 정도는."

무네스케는 찻잔을 내려놓고 그녀의 손가락을 바라보았다.

"그 반지, 잘 어울려."

"그래? 아버지가 걱정하시더라. 무네스케 군이 이렇게 무리해도 괜찮으냐고."

"아무리 가난한 월급쟁이지만 이 정도는 할 수 있어. 미리 말해 두는데, 절대로 대출은 받지 않았어."

"응, 그렇다면 나도 마음이 놓여."

두 사람이 마주 보고 있는데 또 차임벨이 울렸다. 나미에가 고개를 갸웃하며 문 쪽으로 걸어갔다. 경찰이었다. 우쓰미 가오루나 구사나기가 아닌 다른 사람이었다.

"경비를 서는 경찰에게 들었는데 아마노 무네스케 씨가 오셨다면서요?"

그렇게 물었다.

"예, 그런데요……."

"죄송하지만 잠깐 이야기를 나눌 수 있을까요?"

"아, 예……."

나미에는 아마노에게 어떻게 된 거냐고 물었다. 정원으로 들어서는데 경찰이 불러 세웠다고 했다.

그녀는 아마노와 함께 현관으로 갔다. 문 바깥에는 두 남자가 서 있었다.

"아마노 무네스케 씨, 맞죠?"

험상궂은 얼굴에 나이가 든 남자였다.

"그런데요, 무슨 일로?"

남자는 경찰수첩을 꺼냈다. 그리고 말했다.

"어제저녁 여덟 시경에 어디 계셨습니까?"

8

넓은 등이 가오루 쪽을 향해 있다. 양손의 손가락은 눈부신 스피드로 움직이고 있었다. 키보드가 부서지는 건 아닌지 걱정스러울 만큼. 그러나 팔꿈치 앞쪽만 움직일 뿐 곧추선 등허리는 꼼짝도 하지 않는다.

탁. 마지막 키를 두드린 다음 유가와는 의자를 빙그르르 돌렸다.

"요즘은 메일에 답장 보내는 것도 큰일이야. 같은 사람이 하루에도 몇 번씩 보내니까 효율이 너무 떨어져. 용건을 정리해서 한 번에 보내 주면 좋을 텐데 말이야."

유가와는 안경을 위로 벗어 올리더니 손가락으로 눈꺼풀을 비비고는 가오루를 바라보았다.

"기다리게 해서 미안해."

"아니에요. 괜찮습니다."

가오루는 유가와의 연구실에 와 있다. 수사의 진전 상황을 알고 싶으니 시간이 나면 한번 들러 달라는 메일을 받았기 때문이다.

"어떻게 돼 가고 있어? 아, 우선 커피라도 한잔할까?"

"전 괜찮습니다. 수사는 난항을 겪고 있어요. 예전에는 생활도 문란하고 다른 사람들과 트러블도 많이 일으켰지만 요즘 들어서는 조용했던 것으로 나타났어요."

"트러블이 없었으니 원한을 살 일도 없었을 거라고 단정할 수는 없지 않을까."

유가와는 개수대 앞에서 인스턴트커피를 타고 있었다.

"그건 그렇지만……. 그런데 커피세트가 안 보이네요."

"자취하는 학생에게 줘 버렸어. 나는 역시 이런 게 좋아. 현장에서 단서가 될 만한 건 안 나왔어?"

"애석하게도 아직까지는요."

"찔려 죽었다고 하던데, 흉기는 찾았어?"

"찾지 못했습니다. 꽤 특수한 흉기였던 것 같아요."

그러면서 가오루는 흉기에 대한 상세한 정보를 유가와에게 들려주었다.

"흠, 일본도란 말이지. 그걸로 한 방에……."

"피해자 주변에는 일본도를 가진 사람이 없었습니다. 이 점을 어떻게 생각하세요?"

"그런 걸 내게 물어본들 대답이 나올까?"

유가와는 의자에 앉아서 커피를 마셨다.

"우쓰미 양도 들었겠지만, 친구들 말로는 집이 타오르기 전에 기묘한 폭발음 같은 게 있었다더군. 불꽃의 색깔도 무척 화려했고 말이야. 거기 대해서 뭐 좀 나온 건 없어?"

"아, 그건 폭죽 때문입니다."

"폭죽?"

"피해자의 방에는 폭죽이 많이 보관되어 있었어요. 이웃 사람들의 말로도 피해자는 자주 폭죽을 가지고 놀았다고 하더군요."

"흠, 폭죽이란 말이지. 그렇다면 수수께끼 중 한 가지가 풀렸군."

"그것 말고도 수수께끼가 있다는 말씀이세요?"

"불이 나기 전에 유리 깨지는 소리가 들렸다고 하던데 말이야. 그건 뭐라고 생각하지?"

"거기에 대해서는 결론이 나왔어요. 범인이 깨뜨린 거랍니다."

"왜?"

"침입하기 위해서요. 범인은 연못에 면한 창으로 침입한 것 같습니다."

유가와는 커피 잔을 내려놓고 팔짱을 꼈다.

"거기로 침입했다면 탈출은 어디로 했지? 깨진 창으로는 내 친구들이나 나미에의 시선에서 벗어나기 힘들었을 텐데."

"그러니까 옆방의 창문일 수밖에 없을 거예요. 거기라면 본 채에서 안 보이거든요."

"옆방 창문의 자물쇠는? 현장 검증 때 열려 있던가?"

"그건…… 확인할 수 없었대요. 화재를 진압하는 과정에서 부서지고 말았으니까요. 그렇지만 그게 열려 있지 않았다면 좀 이상하지 않나요? 범인이 집에서 나가지 않은 셈이 되고 마니까요."

"뭐라고?"

"그러니까, 유리가 깨진 창은 다른 사람에게 보이는 상태였고, 현관문도 닫혀 있었으니 옆방 창문이 잠겨 있었다면 범인은 바깥으로 나가지 않은 셈이 되고 말아요. 그건 좀 이상하죠."

이런 당연한 사실을 거듭 설명하지 않으면 안 될 만큼 유가와는 둔한 사람이 아니다. 가오루는 의아해하며 그를 바라보았다.

유가와는 손가락으로 안경의 위치를 고쳤다.

"시체는 방의 어디쯤에 쓰러져 있었지?"

"창 바로 곁이었어요. 소방대원들은 시체를 옮기는 데 정신이 팔려서 정확한 위치는 기억하지 못하겠다고 했지만 창가라는 것만은 분명한 것 같았습니다."

"창가라…… 피해자는 방에서 뭘 하고 있었는데?"

"글쎄요. 그 방에는 액정 텔레비전과 DVD 세트가 있었으니……"

"그걸 보려고 의자나 소파 같은 걸 창가에 놓아두었다는 말인가?"

"아닙니다. 창가에는 별다른 게 없었습니다."

그러자 유가와는 오른 팔꿈치를 책상 위에 세우더니 주먹에다 대고 숨을 후, 불었다.

"우쓰미 양, 한번 상상해 봐. 자네가 방에 있었다 치자고. 갑자기 유리창이 깨지면 어떻게 하겠어. 달아나지 않을까?"

"물론 그러겠지요. 하지만 피하지 못할 수도 있어요. 도망치다가 잡혀서 찔렸을 수도 있죠."

"어쨌든 조금이라도 도망쳤을 테니 창 바로 앞에 쓰러져 있지는 않을 거야."

"도망치다가 결국 창가에서 찔렸을 수도 있지 않을까요?"

그 말에 유가와는 미간을 찌푸렸다.

"방 안을 빙글빙글 돌며 도망쳤다고? 바깥으로 나갈 생각은 하지 않고?"

"그건…… 듣고 보니 좀 이상하긴 하지만 그럴 수도 있지 않을까요? 당황하면 누구든 상식 이하의 행동을 하게 되잖아요."

유가와는 이해가 안 간다는 표정을 짓더니 손으로 턱을 괴었다. 그러고는 멍하니 책상을 내려다보았다.

"메탈의 마술……."

그가 중얼거렸다.

"뭐라고요?"

"아냐, 아무것도. 혼자 하는 말이야."

"마음에 걸리는 거라도 있나요?"

"그런 건 아냐. 습관적으로 이런저런 문제를 제기하는 것뿐이야."

그는 손사래를 치며 말했다.

"하나 더 물어볼 게 있어. 아까 자네는 수상쩍은 인물을 발견하지 못했다고 했는데 정말로 그런가? 나는 경찰이 그 두 사람을 의심하지 않는 게 이상하다고 생각하는데."

두 사람이란 게 누구를 두고 하는 말인지 가오루는 짐작이 갔다.

"도모나가 씨와 나미에 씨라면 물론 의심해 보았어요. 그렇지만 곧 용의선상에서 제외됐습니다."

"알리바이가 있어서?"

"네. 그리고 도모나가 씨와 나미에 씨가 범행을 저지른다는 것은 좀 무리가 있어요. 하긴 나미에 씨라면 트릭을 사용해서 범행이 가능할지도 모른다는 의견이 나오긴 했습니다."

"트릭이라면?"

"피해자가 칼에 찔린 건 화재가 일어나기 이전이라는 거죠. 그리고 화재는 범행 시각을 감추기 위한 트릭이고요. 그렇지만 검시를 해 본 결과 있을 수 없는 일이라는 결론이 내려졌어요. 사망 추정 시각이 화재 발생 시각과 거의 일치했거든요."

"아, 그건 참 다행이야."

다만, 하고 가오루는 말을 이었다.

"공범자가 있을 가능성은 있어요. 아니 그보다 주범은 따로 있고 그 두 사람이 공범자일 가능성이 있다고 하는 게 정확할 거예요."

"아주 재미있는 가설이로군. 유력한 용의자가 나왔어?"

말을 해야 할지 말아야 할지 망설이다가 가오루는 입을 열었다.

"나미에 씨에게 연인이 있어요. 아마노라는 사람입니다. 그런데 아마노 씨에게 알리바이가 없어요. 사건 당시 직장에 혼자 있었다고 하는데, 증명해 줄 사람이 없습니다. 조금 전에 그 사람의 집을 임의로 조사해 보았지만, 흉기가 될 만한 건 발견되지 않았어요."

그래, 하고 유가와가 중얼거렸다.

"더 알고 싶은 건 없으세요?"

"아냐, 충분해. 바쁜 시간에 와 줘서 고마워."

"아니에요. 그럼 전 이만."

가오루는 가방을 어깨에 메고 문 쪽을 향했다. 그때 유가와가 그녀를 다시 불러 세웠다.

"우쓰미 양."

가오루가 몸을 돌렸다. 그러나 유가와는 아무 말이 없었다.

미간에 망설이는 기색이 역력했다.

"무슨 하실 말씀이라도……."

"아냐."

유가와는 눈길을 돌렸다.

"뭔데요? 말씀해 보세요."

그러자 유가와는 크게 숨을 들이쉰 다음 가오루를 똑바로 바라보았다.

"현장을…… 한번 볼 수 있을까?"

"현장을요? 불탄 별채 말인가요?"

"아, 아냐. 됐어."

그는 다시 눈길을 돌렸다.

"억지로 볼 수야 없지."

가오루는 묘한 가슴 두근거림을 느꼈다. 이 물리학자는 중요한 것을 깨달았을 때면 반드시 몸에서 모종의 기운을 뿜어낸다. 가오루가 지금 그것을 느낀 것이다. 그의 표정도 평소와는 달라 보였다.

"윗사람과 한번 상의해 보겠습니다."

유가와가 고개를 끄덕이는 것을 보고 그녀는 다시 문으로 향했다.

유가와가 맨 처음 집어 든 것은 시커멓게 변색된 책이었다.
아마도 책을 집어 들 것이라는 근거 없는 예감이 가오루에게
도 있었기에 그녀는 가슴이 두근거렸다.

"정말 아까워……."

유가와는 중얼거렸다.

"하나같이 쉽게 손에 넣을 수 없는 귀한 책들인데 말이야."

그의 발 아래는 시커멓게 그슬린 데다 물에 흠뻑 젖기까지
한 책들이 흩어져 있었다.

"한쪽 벽이 책으로 가득했다고 하더군요. 가장 심하게 탄
것을 보면 여기서 불이 나기 시작한 것 같습니다. 폭죽도 책
장 가까운 곳에 있었던 것 같고요."

감식과의 다이도라는 젊은 형사가 말했다. 유가와에게 상
황을 자세히 설명해 주기 위해 일부러 온 것이다. 마미야의
배려였다.

유가와는 방의 한가운데 서 있었다. 불에 탄 책장을 살펴본
후 돌아서서 창 쪽으로 다가갔다. 창 너머로 연못이 보였다.

"이 창에서 지문은 채취되었습니까?"

그는 발 아래 흩어진 파편을 내려다보며 말했다.

"조사는 해 보았지만 단서가 될 만한 것은 나오지 않았습니

다. 피해자의 지문이 몇 개 발견되었을 뿐입니다."

유가와는 고개를 끄덕이고는 쭈그리고 앉더니 장갑 낀 손으로 뭔가를 집어 들었다.

"무선 전화기인 것 같아요."

가오루가 곁에서 말했다.

"흠, 본체는 어디 있지?"

그러면서 유가와는 주변을 둘러보았다.

"여기 있습니다."

다이도가 소파의 잔해 옆을 가리켰다.

유가와는 무선 전화기를 들고 그쪽으로 가더니 본체 위에 세웠다. 그리고 창 쪽을 바라보았다.

"왜 전화기가 저기 떨어져 있을까? 본체에 세워져 있는 게 보통일 텐데."

"피해자가 사용하고 있었던 게 아닐까 싶어요." 하고 가오루가 말했다.

"그렇게 생각하는 게 자연스럽겠지."

"전화국에 바로 문의해 보겠습니다. 통화를 했다면 상대가 누구인지도 알 수 있을 거예요."

가오루가 수첩에 메모를 했다.

유가와는 다시 한번 불탄 실내를 둘러보고는 다이도에게 물었다.

"혹시 방의 도면 있어요?"

다이도는 손에 든 파일 속에서 A4 크기의 복사지를 꺼냈다.

유가와는 그것을 받아 들고 잠시 들여다본 다음 다시 창가로 다가갔다.

"이 유리 파편을 하나 가져가도 될까요?"

"유리 파편을요?"

다이도가 의아하다는 듯이 물었다.

"네. 어떤 식으로 깨졌는지 알아보고 싶어서요."

"아……."

다이도는 잠시 망설이는 표정을 짓더니 휴대폰을 꺼내 들었다.

"잠시만 기다려 주십시오. 윗분에게 물어보겠습니다."

"유리 파편에 이상한 점이라도 있나요?"

옆에 있던 가오루가 물었지만 유가와는 대답하지 않은 채 말없이 창밖만 바라보았다.

"저건 뭡니까?"

유가와가 불쑥 물었다.

가오루는 그가 보고 있는 방향으로 시선을 돌렸다. 연못에 뭔가가 떠 있었다.

"카누 같아 보이는데요. 그러고 보니 이웃 아주머니가 피해자가 연못에 이상한 배를 띄워 놓았다고 했어요. 그건가

본데요."

"카누라."

유가와가 중얼거리고 있는데 다이도가 다가왔다.

"허락이 떨어졌습니다. 그런 목적이시라면 저희 쪽에서 회수해서 오늘 중으로 연구실로 보내 드리겠습니다. 혹시 교수님께서 유리에 찔려 다치시기라도 하면 안 되니까요."

"알겠습니다. 잘 부탁합니다."

다이도를 향해 가볍게 머리를 숙인 후 유가와는 가오루를 바라보았다.

"나미에 씨를 좀 불러 주겠어?"

"여기로요?"

"응, 물어보고 싶은 게 있어서."

"알겠습니다."

가오루가 본채로 가 보니 나미에는 점심을 준비하는 듯 앞치마를 두른 모습이었다. 유가와의 말을 전하자 의아하다는 표정을 지으며 앞치마를 벗었다.

가오루가 나미에를 별채로 데리고 가자 유가와는 가볍게 인사를 하고 나서 입을 열었다.

"사건 당일 점심에 나미에 씨와 선생님은 이 방에서 구니히로 씨를 만났다고 했지요? 그때 일을 자세히 들려주시겠습니까?"

"그때 일을……요?"

불안한 표정을 짓는 나미에에게 유가와는 웃음을 지으며 말했다.

"화재 현장은 학자에게는 귀중한 연구 재료가 되기도 합니다. 걱정하실 건 없습니다. 있는 그대로 설명해 주시면 됩니다."

그 말에 납득이 가는지 나미에는 기억을 더듬으며 천천히 이야기를 시작했다. 가오루가 옆에서 나미에의 얘기를 기록했다.

도모나가는 보틀 십을 가지러 온 참에 구니히로에게 이제 별채에서 나가라고 말했다. 물론 구니히로는 받아들이지 않았다. 그들은 늘 그렇듯 험악한 분위기 속에서 헤어졌다. 이것이 나미에의 설명이었다.

유가와는 그 대화를 나눌 때 누가 어디에 있었는지, 또 보틀 십은 어디에 있었는지, 그리고 누가 그것을 가지러 갔는지에 대해 자세히 물었다.

"저것에 대해서는 아무 말씀 안 하시던가요?"

유가와는 창밖을 가리켰다.

"저 카누 말입니다."

"아, 저거요."

나미에의 얘기로는, 동네에서 불평이 많으니 빨리 치우라고 도모나가가 구니히로에게 말했다고 했다. 역시 구니히로는 들은 척도 하지 않았단다.

"저 카누가 무슨 문제라도……."

"아닙니다. 여기에 어울리지 않는 게 있어서 물었을 뿐입니다. 이제 됐습니다. 그런데, 선생님은 어떻게 지내시죠? 인사라도 했으면 싶은데."

"제가 가서 여쭤 보고 올게요."

나미에가 본채 쪽으로 가는 것을 보고 유가와는 다이도에게 다가섰다.

"화약 성분은 조사해 보았습니까?"

"예?"

"타다 남은 화약이 있다고 하던데 잔류 화약의 성분을 분석해 봤어요?"

"아, 거기까지는……. 화약에 무슨 문제라도 있습니까?"

유가와는 미간에 주름을 세우고 뭔가를 생각하더니 고개를 저었다.

"아닙니다. 그냥 물어본 겁니다."

그러고는 장갑을 벗었다.

잠시 후 나미에가 돌아왔다.

"잠깐 들르라고 하시네요."

"아, 그럼." 하고 유가와는 장갑을 가오루에게 건네준 다음 본채로 향했다.

　유가와가 나가고 나자 가오루는 다이도 옆으로 다가갔다.

　"저, 부탁이 있는데요."

　"알아." 하며 다이도는 빙긋 웃었다.

　"화약 성분을 조사해 달라는 거잖아? 그러지 않아도 할 생각이었어."

　"고맙습니다."

　"그런데 저 유가와 교수 말이야, 왜 성분을 조사해 달라고 좀 더 강력히 말하지 않는지 모르겠어."

　"글쎄요."

　가오루는 본채를 바라보며 대답했다.

10

　나미에가 문을 열었을 때 유키마사는 아직 침대에 누워 있었다.

　"유가와 교수님 오셨어요."

　"아, 그러냐."

　그는 서둘러 스위치를 조작했다. 모터 소리가 나면서 침대 윗부분이 천천히 들렸다.

"안녕하세요, 선생님."

유가와가 방 안으로 들어섰다. 나미에는 침대 곁에 있는 의
자를 그에게 권했다.

"커피와 홍차, 어느 것으로 하시겠어요?"

"아, 난 괜찮아요. 금방 돌아가야 하니까."

"나도 됐다."라고 유키마사가 말했다.

나미에는 자리를 피해야 할지 말아야 할지 망설이다가 결국
의자를 끌어당겨 옆에 앉았다. 사실은 유가와가 마음에 걸렸
다. 왜 그가 화재 현장에서 그런 질문을 했는지, 이유가 궁금
했다.

"건강은 좀 어떠세요."

"괜찮네. 그런 일이 일어나는 바람에 매일 경찰을 상대하다
보니 조금 피곤한 것뿐일세."

"적당히 하라고 부탁해 두겠습니다."

"걱정 마. 그런데 자네도 경찰 수사에 협력하고 있다면서?"

"협력까지는 아닙니다."

"이전에 신문에서 자네에 관한 기사를 읽은 적이 있지. T대
학 물리학자가 경시청에 협력해 어려운 문제를 해결했다고
말이야. Y조교수라고 나왔는데, 그거 자네 맞지?"

유키마사의 물음에 유가와는 쓴웃음을 지으며 눈길을 떨어
뜨렸다.

"연구는 안 하고 무슨 짓이냐고 야단치실 것 같은데요."

"아닐세. 배운 것을 좋은 일에 사용하는 건 학자로서 당연히 해야 할 일이야. 세상에는 그와는 정반대로 배운 것을 악용하는 사람도 많지. 배운 것을 사람 죽이는 데 써먹지를 않나……."

그렇게 말하는 유키마사의 얼굴을 바라보는 유가와의 표정이 굳어 있었다. 그는 그 표정 그대로 실내를 둘러봤다.

"마치 지금도 연구를 하시는 듯한 분위깁니다."

방은 책으로 둘러싸여 있고 현역 시절에 사용하던 작업대도 있었다. 부품이나 약제를 보관하는 캐비닛도 그대로였다.

"그럴 리가 있나. 후후. 바라보며 감상에 젖을 뿐이야. 버리기가 너무 아쉬워서."

"그 마음 저도 잘 압니다."

유가와는 자리에서 일어나 창밖을 바라보았다.

"경치가 정말 좋습니다. 연못도 내려다보이고."

"지겨운 풍경이야."

"그렇지만 자연 그대로의 경치라 인공적인 것과는 달리 매일 색깔이 변하지 않습니까."

"그건 그렇지만."

"여기서 별채도 보이네요. 별채의 창도 보이고요."

"보이지. 그래서 불이 났을 때도 여기서 보고 있었지."

이야기를 나누던 유가와가 자세를 고쳐 앉더니 갑자기 자신의 가슴께를 더듬는 시늉을 했다.

"아차, 휴대폰을 잊고 왔네요. 죄송하지만, 저 전화를 좀 써도 될까요?"

그는 침대 옆에 있는 전화기를 가리키며 말했다.

"그러게."

유키마사가 고개를 끄덕이자 유가와는 수화기를 들어 귀에 갖다 댔다. 그러고는 고개를 살짝 기울이더니 이렇게 물었다.

"외부로 걸 때는 이 버튼을 누르면 됩니까?"

그러자 나미에가 옆에서 손을 뻗으며 말했다.

"죄송해요. 전화기가 구식이라서."

그 말에 유가와는 미소를 머금은 채 전화를 걸었다.

"여보세요. 아, 유가와야. …… 오늘 연구실에 물건이 도착하게 되어 있는데, 미안하지만 내가 돌아가지 못하면 대신 좀 받아 줘. …… 응, 부탁해."

전화를 끊은 후 그는 손목시계를 보았다.

"이제 가 봐야 할 것 같습니다."

"벌써 가나. 정말 바쁜 모양이로군."

"그럼 다음에 또 뵙겠습니다."

유가와는 깊이 머리를 숙였다.

나미에가 그를 현관까지 배웅하고 나서 유키마사의 방으로 돌아와 보니 그는 벌써 침대를 눕히고 누워 있었다.

"아마노 군은 별말 없어? 알리바이를 물었다고 하던데."

"집에서 아무것도 발견되지 않으니까 경찰도 그 후로는 아무 말 않는대요. 그렇지만 의심하는 건 분명해요. 직장에도 경찰이 찾아왔다는 걸로 봐서는."

"그거…… 그러면 안 되는데."

"경찰이 그를 의심하는 것도 무리는 아니라고 생각하지만, 그 사람, 절대로 그런 일을 저지를 사람이 아니에요."

"괜찮을 거다. 그러다 말겠지."

그렇게 말하고 유키마사는 창 너머로 하늘을 바라보았다.

11

팔짱을 끼고 있는 마미야의 입술이 묘하게 일그러져 있다. 볼에 살이 많아 그런 표정을 짓고 있으면 마치 불도그처럼 보인다.

"빈 컵라면 용기가 발견됐다고?"

"그렇습니다."

마미야 앞에 서 있는 사람은 구사나기. 손을 뒤로 하고 상사를 내려다보고 있었다.

"자네, 아마노에게 알리바이가 없다는 것을 확인하러 간다고 하지 않았어?"

"아, 그렇다기보다는 본인의 진술이 사실인지 아닌지를 조사한 겁니다. 그날 밤, 아마노는 사무실에서 야근을 하고 있었습니다. 저녁 여덟 시경에 컵라면을 먹었다고 했는데 바로 그 용기가 발견된 겁니다. 아마노의 지문도 묻어 있었고요. 용기가 든 쓰레기봉투가 회수된 것이 사건 당일 저녁 여덟 시 반입니다. 복도에 놓인 쓰레기봉투만 치웠기 때문에 청소부는 아마노가 사무실에 있었는지까지는 모르겠다고 하더군요. 하지만 사건 발생이 저녁 여덟 시 넘어서였고, 현장에서 아마노의 직장까지 최소한 한 시간은 걸리니까 아마노가 범인이라면 그 쓰레기봉투에 라면 용기를 넣는 것은 불가능합니다."

"그 전에 버렸을 가능성은?"

"없습니다. 그날 아마노는 오후 일곱 시에 회사로 돌아올 때까지 외근을 했습니다."

구사나기가 담담하게 대답했다.

"그럼 아마노에게도 알리바이가 있는 것 아닌가."

"결국 그런 셈입니다."

"그런데 자네, 쓰레기를 뒤졌어?"

"왜요, 안 됩니까?"

"아니, 아주 잘 했어."

마미야는 불퉁한 목소리로 그렇게 말하고는 두 손으로 머리를 벅벅 긁었다.

"덕분에 용의자가 사라지고 말았어. 제길, 그 자식이 가장 수상쩍었는데 말이야."

보고를 마친 구사나기가 뒤돌아서서 가오루 쪽으로 다가왔다.

"아마노 무네스케의 혐의가 풀린 모양이네요."

"당연하지. 애당초 그 친구는 범인이 아니라고 생각했어."

"형사의 감인가요?"

"그게 아니라 아마노의 학생 시절 체육 성적을 봤거든. 창을 깨고 침입해서 일본도로 순식간에 사람을 죽일 수 있는 운동신경이 아니야."

"와, 정말 논리적인 분석이네요. 유가와 교수님의 영향인가요?"

"지금 나를 놀리는 거야?"

구사나기가 가오루를 노려보고 있는데 한 남자가 수사본부 안으로 들어섰다. 감식반의 다이도였다. 그는 마미야에게 다가가서 서류 같은 것을 내밀었다. 그것을 본 마미야는 부하 형사들을 불렀다.

"잠깐 이리들 와 봐."

구사나기와 가오루가 마미야의 자리로 다가가자, 이것 좀 보라며 그가 문서 하나를 내밀었다. 그것은 화재 현장에서 채취한 화약 성분의 분석 결과였다.

"트리메틸렌트리니트라민? ……뭡니까, 이게?"

구사나기가 물었다.

"폭약의 일종입니다. 플라스틱 폭탄 등에 사용하죠. 소량이긴 하지만 사건 현장에서 사용되었을 가능성이 있습니다." 하고 다이도가 대답했다.

"폭죽에는요?"

가오루의 질문에 다이도는 바로 고개를 저었다.

"폭죽에 사용하는 건 흑색 화약이야. 물론 그것도 현장에서 검출되었어."

"범인이 폭약으로 불을 질렀다는 말인가?"

마미야가 물었다.

"그건 모릅니다. 피해자가 보관하고 있던 것일 수도 있고요."

"이런 결과로 인해 감식의 견해에 어떤 변화가 있을 수 있을까? 폭죽이 폭약으로 변했을 뿐이라는 생각이 드는데."

"그건 아직 잘 모르겠습니다. 결과가 나온 지 얼마 되지 않아서."

"아, 잠깐만요."

구사나기가 서류를 손에 든 채 가오루 쪽을 돌아보았다.

"자네, 이걸 들고 유가와에게 갔다 와."

"그거 좋은 생각입니다. 그 교수님은 뭔가 느낀 게 있는 것 같았으니까요. 직접 찾아가서 들어 보는 게 좋을 것 같습니다." 하고 다이도가 말했다.

마미야도 허락한다는 듯 고개를 가볍게 끄덕였다.

가오루는 "그럼 다녀오겠습니다."라고 말하며 서류를 받아 들었다.

데이도 대학 물리학과 제13연구실 문에 달린 행선지 표시판에는 '외출'이라고 되어 있었다. 연구실의 학생에게 물어보니 교수는 제8연구실에 가 있다고 한다. 가오루가 그곳으로 찾아갔을 때 유가와는 혼자서 자료 같은 것을 잔뜩 펼쳐 놓고 있었다.

그는 가오루를 보자 읽고 있던 파일을 서둘러 덮었다.

"오면 온다는 연락이라도 줘야지."

"휴대폰으로 연락했지만 받지 않으셔서요."

"아……, 연구실에 두고 왔군."

"여기는 뭐하는 곳이죠? 다른 연구실에서 연구하는 일도 있는 모양이네요."

가오루는 그가 방금 닫은 파일을 내려다보며 말했다. '폭발 성형에서 금속의 유체적 반응의 해석'이라는 글자가 보였다.

무슨 의미인지 알 수는 없지만 폭발, 이라는 단어가 마음에 걸렸다.

"다른 연구실에 볼일이 있을 때도 있지, 뭐."

유가와는 파일을 들었다.

"얘기는 밖에 나가서 하지. 바깥에서 잠시만 기다려 줘."

"예."

잠시 후 복도로 나온 유가와의 손에는 파일이 없었다.

"그래 그 후 무슨 진전이라도 있었어?"

복도를 걸으며 유가와가 물었다.

"아마노 씨의 용의가 풀렸습니다. 구사나기 선배님이 알리바이를 찾아냈거든요."

"그랬군. 과연 민완 형사야. 꽤 하네."

"그리고 이거⋯⋯."

가오루는 멈춰 서서 가방에서 서류를 꺼냈다.

"구사나기 선배님이 교수님께 보여 드리라고 했어요."

유가와는 서류를 받아 들고 재빨리 훑어보았다. 그의 표정에 그늘이 졌다.

"성분을 조사했군."

"예. 무슨 문제라도?"

유가와는 아니라고 고개를 젓고 서류를 가오루에게 건네주었다.

"여기에 대한 감식반의 견해는?"

"아직 정식 코멘트는 없었습니다."

"그래?"

유가와는 말없이 창가로 다가가 바깥을 내다보았다. 뭔가를 깊이 생각하는 듯한 얼굴이었다.

가오루가 교수님, 하고 부르려는 순간 그가 먼저 그녀 쪽으로 고개를 돌렸다.

"혹시, 차 가지고 왔어?"

"네, 그런데요?"

"그럼 부탁 좀 할까. 지금 나랑 같이 도모나가 선생님 댁으로 가 줄 수 있어?"

"도모나가 씨 댁으로요? 그거야 괜찮지만, 무슨 용건으로……."

"그건……, 가 보면 알게 돼, 도모나가 선생님을 만나면."

유가와의 눈에는 가오루가 여태 보지 못한 깊은 슬픔 같은 것이 어려 있었다. 더는 질문하기가 어려웠다.

"알았습니다. 차를 정문 쪽으로 가지고 올게요."

"고마워. 바로 갈게."

유가와는 가운을 펄럭이며 자신의 연구실 쪽으로 사라졌다.

12

조수석에 앉은 유가와는 가는 내내 거의 말이 없었다. 말없이 앞을 바라보고 있지만 경치를 즐기는 것이 아니라는 걸 가오루는 알 수 있었다.

"음악이라도 들을까요?"

아무 대답이 없다. 가오루는 체념하고 운전에 집중하기로 했다.

"도모나가 선생님은,"

이윽고 유가와가 입을 열었다.

"독창적인 영감으로 승부를 거는 학자는 아니었어. 누군가가 연구해 놓은 물리적 사실을 자신의 손으로 확대하고 응용하는 스타일이었지. 수없이 실험을 거듭하여 데이터를 축적하곤 했어. 뭐랄까, 이론파라기보다는 실천파라고 해야겠지. 물론 그런 연구도 귀중하고 데이터도 충분한 가치가 있지만 교수들의 평가는 별로였어. 새로운 게 없다며 공학부 연구자들이나 다를 게 뭐냐는 평가를 받았지. 퇴직할 때까지 조교수 신분을 못 벗어났던 것도 그런 이유 때문이야."

가오루로서는 처음 듣는 말이었다. 도모나가 유키마사의 경력에 대해서는 다른 형사들이 조사해 놓은 것을 봐서 알고 있었지만, 어떤 연구자였는가에 대한 것까지는 파악되지 않았다.

"그렇지만 나는 선생님의 그런 스타일이 좋았어. 물론 이론도 중요하지만 실천도 필요해. 실천하고 실패를 겪다 보면 거기서 새로운 발견이나 착상이 나올 수도 있으니까. 선생님은 내게 그런 진리를 가르쳐 주신 분이지. 그러니까 소중한 은인이야."

"그런데 선생님 댁에는 무슨 일로 가시는 거죠?"

그러나 그 질문에는 역시 대답하지 않았다. 가오루는 다시 물어 볼 수가 없었다. 그가 무얼 하려는지 알았기 때문이다.

이 사람에게 모든 걸 맡기자, 가오루는 생각했다.

갑자기 찾아온 두 사람을 보고 나미에는 적잖이 놀라는 표정이었다. 유가와 한 사람이라면 몰라도 가오루까지 같이 왔다는 데에 경계심이 생긴 것 같았다.

도모나가는 거실에서 책을 읽고 있었다. 고개를 들어 두 사람을 바라본 그는 입가에 미소를 떠올렸다. 평온한 표정이었다.

"오늘은 형사님이랑 같이 왔구먼. 그렇다면 문병은 아닐 것 같은데."

"애석하게도 그렇게 되었습니다. 중요한 이야기가 있어서 왔습니다."

"그렇겠지. 자, 앉게."

예, 라고 대답해 놓고도 유가와는 자리에 앉지 않고 나미에 쪽을 바라보았다. 그녀는 뭔가를 눈치 챈 듯 눈을 깜빡이더니 벽에 걸린 시계를 쳐다보았다.

"아버지, 난 쇼핑 좀 갔다 올게요. 삼십 분이면 될 거예요."

"응, 그렇게 해라."

나미에가 현관문을 닫고 나가는 소리를 듣고 유가와는 도모나가 앞에 앉았다. 가오루는 두 사람과 조금 떨어져 식탁 옆에 앉았다. 그녀의 위치에서는 유가와의 표정이 보이지 않았다.

"나미에가 안 듣는 게 좋을, 그런 이야기겠지."

도모나가가 입을 열었다.

"언젠가는 나미에 씨에게도 말을 해야겠지만 오늘은 선생님께만 하고 싶어서요."

"그래, 얘기해 보게."

유가와의 등이 위아래로 움직였다. 심호흡을 하는 것이라고 가오루는 생각했다.

"현장에서 작열 화약을 발견했다고 합니다. 트리메틸렌트리니트라민, 예전에 선생님이 '폭발 성형에서 금속의 유체적 반응의 해석'에서 사용하셨던 겁니다."

그 말을 들은 도모나가는 잠시 생각에 잠기는 듯하더니 유가와를 지그시 바라보며 말했다.

"그 논문 테마를 기억하고 있었구먼. 다 그리운 옛날 일이야."

선생님, 하고 유가와가 말을 이었다.

"사정은 잘 알고 있습니다. 어쩔 수 없이 하신 일이라고 생각합니다. 그렇지만 죄는 죄가 아니겠습니까. 이쯤에서 자수하시는 게 어떻겠습니까?"

그 말을 듣는 순간 가오루의 심장이 쿵쿵 뛰기 시작했다. 예상은 했지만 실제로 그 말을 들으니 동요하지 않을 수 없었다.

그러나 도모나가는 당황하는 기색을 보이기는커녕 한층 더 다정스런 눈길로 옛 제자의 얼굴을 바라보았다.

"내가 구니히로를 죽였다는 말인가, 이런 몸으로?"

"그 방법에 대해서는 벌써 추론해 두었습니다. 보통 사람이라면 절대로 할 수 없는 일일 테지요. 그렇지만 선생님이라면 가능합니다. 선생님은 '메탈의 마술사' 아니십니까."

도모나가의 얼굴이 유쾌하게 찌푸러졌다.

"그 별명 또한 그리워. 얼마 만에 듣는 말인지."

"제가 들은 것은 17년 전입니다. 실험에 참가했을 때 그런 말을 들었습니다."

"그런가, 17년이나 됐단 말이지."

"선생님, 제발 자수하십시오."

유가와가 간곡한 어조로 말했다.

"지금 시점에서 선생님이 범행을 자백하신다고 해서 그게 법률적으로 자수가 될지 안 될지는 모르겠습니다. 그렇지만 경찰은 선생님을 의심하고 있지 않습니다. 지금 모든 것을 밝히시면 틀림없이 재판에서 정상 참작이 될 겁니다. 부탁입니다. 선생님."

그러자 도모나가의 얼굴에서 웃음기가 싹 사라졌다. 가면처럼 무표정한 얼굴에 냉철한 눈빛으로 유가와를 바라보았다.

"그 정도로 확신을 가지고 말할 땐 무슨 근거가 있어서겠지?"

"유리 파편을 분석했습니다."

"유리를, 그래서?"

"파편 하나하나의 단면을 조사해서 컴퓨터로 분석했습니다. 그 결과, 유리는 바깥쪽에서가 아니라 안쪽에서 가해진 어떤 힘에 의해 깨졌다는 것이 밝혀졌습니다. 참고로 덧붙이자면 유리의 안팎은 담배 연기의 부착 여부로 판별했습니다."

"그래서, 유리가 안쪽에서 가해진 힘으로 깨졌으면 내가 범인이 되는가?"

"단순히 깨진 게 아니라, 뭔가가 아주 빠른 스피드로 유리를 관통했고, 그 영향으로 유리에 금이 가면서 깨진 것입니다. 상황으로 보건대 구니히로 씨의 몸을 관통한 것과 동일한 물체라고 생각됩니다. 경찰이 일본도가 아닐까 하고 추측한 물질의 정체는 초고속으로 날아간 칼이었습니다. 그런 기술은 '메탈의 마술사'가 아니고서는 절대로 구사할 수 없습니다."

유가와의 말에 가오루는 경악했다. 메모하고 싶은 충동이 일었다. 그러나 오늘의 대화는 기록하지 말아 달라는 유가와의 부탁이 있었기에 간신히 참았다.

"선생님이 자수하지 않으신다면 제가 선생님을 대신해서 경찰에 진상을 알려 줄 수밖에 없습니다. 그리고 그것을 입증하는 실험까지 해야 합니다. 선생님, 제가 그런 일을 하지 않게 해 주십시오."

평소처럼 담담한 말투였지만 그 목소리에는 유가와의 간절한 부탁이 담겨 있었다.

그러나 도모나가는 천천히 고개를 저었다.

"그렇게는 할 수 없네. 나는 아들을 죽이지 않았어. 범인은 내가 아닌 다른 사람이야. 일본도를 가진 누군가."

"선생님!"

"미안하지만 돌아가게. 자네의 그런 망상을 들어 줄 여유가 없어."

"어째서요, 선생님은 자수할 생각 아니었습니까?"

"무슨 말인지 모르겠구면. 언제까지 그런 망상을 할 텐가? 형사님, 주인이 나가 달라고 하는데 손님이 안 가겠다면 어떻게 해야지요? 무슨 죄를 적용하면 됩니까?"

도모나가의 말에 가오루는 어쩔 줄 모르고 유가와의 등만 바라보았다.

"정말 그렇게 못 하시겠습니까?"

그가 재차 물었다.

"그런 말도 안 되는 소리를 들어 줄 만큼 여유로운 사람이 아닐세, 나는."

도모나가가 낮게 깔린 목소리로 대답했다.

유가와는 자리에서 일어섰다.

"알겠습니다. 그럼 이만 가 보겠습니다."

그는 가오루 쪽을 바라보며 가자고 말했다.

"괜찮으시겠어요?"

"어쩔 수 없지. 내 추론이 틀린 모양이야."

"배웅은 하지 않겠네. 현관문은 그대로 두게."

유가와는 스승을 향해 고개를 숙이고 현관으로 향했다.

13

일회용 라이터를 몇 번이나 엄지로 켠 끝에 구사나기는 겨우 담뱃불을 붙였다. 바람 때문이다. 그러나 코트 자락이 펄럭일 정도는 아니었다.

"화기 엄금이라고 했는데요."

가오루가 지적했다.

"장치가 가까우면. 나도 알아."

연기를 뿜어내며 구사나기는 멀리 시선을 던졌다.

풀숲 한가운데에 망루 같은 것이 하나 놓여 있었다. 감식반원들이 진지한 표정으로 작업에 열중하고 있다. 유가와와 다이도는 망루 곁에서 뭔가 이야기를 주고받고 있었다.

"구사나기."

유가와가 그를 불렀다.

"이봐, 들켰어."

"시끄러!"라고 말하면서도 구사나기는 휴대용 재떨이에 담배를 껐다.

유가와가 손짓하자 구사나기는 가오루와 함께 그에게 다가 갔다.

"이걸 좀 봐."

유가와가 내민 것은 사방 10센티미터 크기의 상자였다. 한가운데 가늘고 긴 하트 모양의 금속판이 들어 있다.

"뭐야, 이게?"

"스테인리스 판이야. 두께는 약 1밀리미터. 그러나 균일하지 않고 얇은 곳과 두꺼운 곳이 있어. 왜 이렇게 하는지는 나중에 설명하지. 판의 뒷면에는 가루 폭약을 발라 두었어. 거기에 무선으로 조작할 수 있는 기폭 장치가 붙어 있고."

"위험한 물건이잖아, 이거."

"그러니까 화기 엄금이지. 미안하지만 여기서는 금연이라고."

그러자 구사나기가 한쪽 눈썹을 치켜세우며 입을 비죽거렸다.

유가와가 말을 이었다.

"이 망루를 도모나가 선생님 댁 별채에 있던 책장이라고 생각하자고. 도면에 따르면 여기서 약 5미터 떨어진 곳에 유리창이 있어."

유가와가 손가락으로 가리키는 곳에 유리창 모형이 서 있었다. 그 건너편에는 흙더미가 쌓여 있다. 유리창 바로 안쪽에는 탁자가 놓여 있고 그 위에 천으로 가려진 네모난 물체가 있었다.

"저건 뭔데?"

구사나기의 물음에 돼지고기요, 라고 다이도가 대답했다.

"관통력을 확인하기 위한 겁니다. 실제 인간으로 실험할 수는 없으니까요."

"그건 그렇지."

유가와는 들고 있던 상자를 금속판이 유리창 쪽을 향하도록 하여 망루 중간에 올려놓았다. 그러고는 신중하게 위치를 조절한다.

"이것으로 준비 완료. 이제 다들 떨어져 있어."

유가와의 말에 다이도가 전원 대피하라고 외쳤다. 유가와 자신도 가오루와 구사나기와 함께 20미터 정도 떨어진 곳에 서 있는 차량 뒤편으로 피했다.

다이도가 무전기로 동료와 연락을 취한 후, "오케이!"라고 유가와에게 신호했다.

"그럼 시작합니다."

유가와는 손목시계를 들여다본 후 노트북의 키보드를 두드렸다. 그러자 둔중한 파열음이 들리더니 곧바로 유리 깨지는 소리가 들렸다.

"완료!" 하고 유가와가 외쳤다.

다이도, 구사나기, 유가와가 차 앞쪽으로 나가자 가오루도 그들의 뒤를 따랐다.

돼지고기가 탁자에서 떨어져 있었다. 유가와는 그 돼지고기를 덮어 둔 천을 걷어 올리고는 고깃덩어리를 가오루에게 내밀었다.

"이걸 봐."

그러자 가오루가 눈을 동그랗게 떴다. 두툼한 돼지고기에 날카로운 칼자국 같은 상처가 나 있었다. 그리고 그 상처는 반대쪽에도 나 있었다.

"칼에 찔린 모양이군."

구사나기가 가오루의 생각을 대변하듯 말했다.

"칼은 어디로 사라졌지?"

"저기."

유가와가 흙더미를 가리켰다.

흙더미를 뒤지던 감식반원 한 명이 거기서 뭔가를 집어 들고 소리쳤다.

"있습니다."

그러고는 다가와 그것을 유가와에게 건넸다.

"멋지군."

그는 그것을 받아 들며 중얼거렸다.

구사나기가 눈을 동그랗게 뜨며 말했다.

"그 하트형 금속판이 이렇게 변하다니, 믿기 힘들어."

가오루도 동감이었다. 그야말로 칼끝이나 다름없었다. 숫돌에 잘 간 칼까지는 아니더라도 힘을 주면 고기 정도는 충분히 자를 만한 날카로움이 있었다. 좀 더 자세히 살펴보니 그 내부는 텅 비어 있었다.

"어떻게 된 일인지 우리도 알 수 있게 설명 좀 해 봐." 하고 구사나기가 유가와를 채근했다.

경시청 소회의실에서 설명회가 열렸다. 마미야 등과 감식 책임자도 동석했다.

"통상 폭약을 터뜨리는 경우 그 힘은 구상으로 퍼져 나갑니다. 사방팔방이라고 말하면 이해하기 쉬울 겁니다. 그러나 폭약에 어떤 장치를 하면 그 방향을 제한할 수 있습니다. 예를 들어 폭약 덩어리에 원추형 홈을 파 두면 폭발 에너지는 그 홈의 전방으로 집중됩니다. 이것을 먼로 효과라고 합니다. 그밖에 폭약을 아주 얇은 플레이트 형태로 만들기도 하고, 두 종류 이상의 폭약을 겹치기도 해서 폭발 에너지의 반 이상을 원하는 방향으로 집중시킬 수도 있습니다. 그런 장치를 한 폭약을 금속판 따위로 덮어 두면 폭발 에너지의 반작용으로 금속판이 날아가게 됩니다. 그와 동시에 금속판은 뒤틀립니다. 여기서 중요한 것은 그 변형 정도를 제어할 수 있다는 점입니다. 가령 원형의 금속판 중앙을 움푹하게 해 두면 폭발 에너지는 처음에는 중심으로 향합니다. 그 결과 원의 중심부가 먼저 터져 나가고 중심에서 먼 부분일수록 늦게 터져 나가게 됩니다."

유가와는 안주머니에서 손수건을 꺼내 곁에 있던 가오루에게 내밀며 "이걸 두 손으로 팽팽하게 당겨 줘."라고 부탁했다.

그녀가 시키는 대로 하자 유가와는 검지로 손수건 중앙을 눌렀다.

"이렇게 앞부분이 돌출한 상태로 변형됩니다. 이 형상으로 예상할 수 있듯이 이렇게 튀어 나간 금속 덩어리는 엄청난 관통력을 갖게 됩니다. 실제로 이런 원리를 이용한 무기가 있는데 그것을 자기 단조탄이라고 합니다. 물론 평화적인 이용 방법도 있어서 이 원리를 활용하여 금속을 성형하는 것을 폭발 성형 또는 폭발 가공이라고 합니다."

유가와는 곁에 놓아둔 가방에서 파일을 꺼냈다. 가오루가 본 적이 있는 파일이었다.

"이것은 도모나가 유키마사 씨가 약 20년 전에 쓴 논문입니다. 제목은 '폭발 성형에서 금속의 유체적 반응의 해석'입니다. 도모나가 씨는 폭발에 의해 금속이 어떻게 변형되는가를 방대한 실험을 통해 밝혔습니다. 폭약의 종류, 양, 형태, 금속판의 재질, 형태, 사이즈 등 무수한 변수를 조합해 하나하나 실험했고, 마침내 거의 완벽하게 시뮬레이션을 하는 데 성공했습니다. 그 결과 선생님……도모나가 씨는 금속을 원하는 모양으로 마음대로 바꿀 수 있었습니다. 그 놀라운 기술에 경의를 표하는 의미에서 우리는 그를 '메탈의 마술사'라고 불렀습니다."

그는 파일을 열고 그 항목을 보여 주었다.

"여기에 그 시뮬레이션 프로그램이 실려 있습니다. 이번에 저는 이 프로그램을 토대로 금속의 형상을 일본도의 끝과 비슷한 조건으로 만들었습니다. 좀 전의 실험이 바로 그것입니다. 결과는 구사나기나 우쓰미 형사, 그리고 감식반 여러 분이 보신 대로입니다."

거기까지 얘기한 유가와는 기를 다 쏟아 버린 사람처럼 간이 의자에 털썩 앉았다.

"정말 놀랍군."

마미야는 변형된 금속 파편을 손가락 끝으로 더듬었다.

"그 장치를 쉽게 설치할 수 있습니까? 위치를 정하는 게 어려울 것 같은데요."

"맞는 말씀입니다. 사건 당일 낮에 도모나가 씨는 별채를 방문했습니다. 그때 단 몇 분간이지만 혼자 있는 시간이 있었습니다. 아마도 그 시간에 설치했을 겁니다. 장치는 책으로 위장했을 거고요. 설치에서 가장 중요한 것은 높이와 각도인데 도모나가 씨는 전용 위치 결정 도구를 가지고 있었습니다."

"전용 위치 결정 도구?"

"지팡이지요. 손잡이가 늘어나도록 개조했습니다. 피해자의 몸에 맞는 위치를 설정하려면 보통의 지팡이 길이로는 부족할 겁니다. 그 지팡이의 손잡이에는 레이저 포인터가 붙어 있어서 그것을 이용하면 발사된 금속 파편이 날아가는 위치를 결정할 수 있습니다."

설명을 들은 마미야는 고개를 저었다. 이해가 안 돼서가 아니라 유가와의 혜안에 혀를 내두른 것이다.

"그렇지만 떨어진 곳에서 조작해야 하지 않습니까? 그러다 보면 피해자에게 맞히기가 어려울 텐데요."

그러자 옆에 있던 구사나기가 말했다.

"그러니까 피해자를 거기 세워 둬야지요. 궤도에서 벗어나지 않는 곳에."

"어떻게?"

"전화를 이용하면 됩니다. 전화국에는 사용한 기록이 남아 있지 않았지만, 그 집에는 본채와 별채를 잇는 내선이 있었습니다. 그걸로 전화를 걸어 창가에 서게 하면 됩니다."

"창가에 서라고 한단 말이야? 그러면 이상하게 생각하지 않을까?"

"그러니까 이상하게 생각하지 않도록 말해야죠. 이를테면 이런 식입니다. 너의 카누를 누가 들고 가려 한다고 하는 겁니다. 도모나가 유키마사는 그 전에 미리 피해자에게 마을 사람들이 카누를 치워 달라고 한다는 얘기를 해 두었습니다. 전화를 받은 피해자는 자신의 카누를 보려고 창으로 다가갔을 겁니다. 도모나가의 방에서는 별채의 창이 잘 보입니다. 피해자가 서 있는 것을 확인한 다음 기폭 장치의 스위치를 누르면 됩니다."

청산유수로 말을 내뱉은 구사나기는 유가와 쪽을 바라보며 히죽 웃었다. 멋진 추리였지만 애석하게도 구사나기가 스스로 생각해 낸 것은 아니었다.

마미야가 신음하듯 말했다.

"검시관의 이야기는 들어 봤나?"

"네, 들었습니다."

가오루가 대답했다.

"끝이 날카로운 물체가 관통했을 가능성이 크다고 합니다. 단, 그런 장치가 가능하다면, 이라는 단서를 달았지만요."

그러자 마미야가 팔짱을 꼈다.

"결말이 났군. 이제 남은 것은 증거 확보겠지."

"유리창을 깨뜨린 물체를 찾아내기만 하면 됩니다."

구사나기가 말했다.

"아마도 연못에 떨어졌을 겁니다."

"그렇다면 찾아야지."

마미야가 책상을 탁, 치고 일어섰다.

형사들이 앞 다투어 방을 나갔다. 가오루도 그들을 따라 나가다가 뒤를 돌아보니 유가와는 그 자리에 그냥 앉아 있었다. 조용히 파일을 들여다보며.

"유가와 교수님."

그녀가 말을 걸자 유가와가 고개를 들었다.

"이걸로 다 된 건가요?"

"그래. 뭐 다른 문제라도 있어?"

아니요, 라며 고개를 젓고 가오루는 방을 나갔다. 밖에서 구사나기가 기다리고 있었다.

"저 친구는 진정한 과학자야. 그러니까 과학을 살인에 이용하는 사람을 용서할 수 없는 거야. 그 사람이 설령 은사라고 하더라도."

가오루는 말없이 고개를 끄덕였다.

14

도모나가 유키마사가 체포된 지 나흘 후, 유가와로부터 가오루에게 전화가 왔다. 도모나가를 만나게 해 줄 수 없느냐는 것이었다.

도모나가는 관할 서의 유치장에 있었다. 모든 것을 자백하고 이제는 송치되는 일만 남아 있었다.

마미야에게 의논하자 그렇게 하라고 했다. 유가와에게 그 말을 전하자 그는 고맙다며 곧 가겠다고 하고 전화를 끊었다.

그가 오기를 기다리는 동안 가오루는 궁금함을 참을 수 없었다. 그 물리학자가 왜 도모나가를 만나려는 것일까. 단지 예전의 은사에게 작별을 고하고 싶은 것일까.

연못 바닥에서 흉기로 사용된 금속 파편을 찾아내기까지 꼭 사흘이 걸렸다. 발견된 흉기는 실험에서 유가와가 사용한 것과 거의 같은 모양이었다. 그 금속 파편을 분석해 본 결과, 도모나가 구니히로와 DNA가 일치하는 살점이 붙어 있었다.

금속 파편을 보여 주자 도모나가는 그 자리에서 범행을 인정했다. 유가와가 자수를 권했을 때와는 달리 반론도 펴지 않았다. 연못을 뒤진다는 사실을 알고 이미 각오했던 것 같다고 마미야는 말했다.

범행 동기는 '못난 자식이 재산을 탕진하는 꼴을 두고 볼 수 없었다'라는 것이었다.

"생각해 보시오. 아들이라고는 해도 갓 태어난 이후로 한 번도 만나 본 적이 없습니다. 그런 자식에게 소중한 재산을 모두 날려야 한다는 게 말이 됩니까. 난 아직 더 살 수 있어요. 그래서 돈이 필요하고요. 몇 번이나 집을 나가라고 했지만 막무가내니, 더는 방법이 없었습니다."

도모나가는 심문하는 구사나기에게 담담한 어투로 그렇게 말했다. 사건 당일에 제자들을 부른 것은 알리바이 공작이었다고 한다.

"나와 나미에뿐이었다면 둘 중 누군가가 일을 저질렀을 것이라고 의심받았을 겁니다. 그래서 그들을 부른 거지요. 계획대로 잘되었다고 생각했는데, 그 친구를 부른 게 실수였어요. 유가와 말입니다. 그렇게 오래된 논문을 기억하고 있다니. 내 연구는 이미 오래전에 잊혔다고 생각했는데 말입니다."

유가와가 자수를 권유했을 때는 무슨 생각을 했냐고 가오루가 묻자 도모나가는 훗, 웃고는 대답했다.

"얼마든지 빠져나갈 수 있을 거라 생각했지요. 그러나 내선 전화를 사용한 사실과 지팡이 장치를 알아챈 것은 예상 밖의 일이었어요. 정말 성가신 녀석이에요."

그 성가신 사람이 나타난 것은 정오가 막 지났을 즈음이었다. 유가와는 도모나가 씨 댁에서 만났을 때와는 달리 양복 차림이었다.

"선생님은 좀 어떠세요?"

그는 가오루를 보자마자 물었다.

"건강은 좋아 보이세요. 이제는 취조도 그리 길게 하지는 않으니까요."

가오루와 유가와가 취조실에서 기다리고 있으려니 도모나가가 여경의 부축을 받으며 나타났다. 휠체어는 복도에서 내렸을 것이다.

도모나가는 엷은 미소를 머금으며 의자에 앉았다. 그것을 보고 유가와도 의자를 끌어당겼다. 그러기까지 그는 고목처럼 서 있었다.

"표정이 왜 그리 어두워. 의기양양한 표정을 지어야 마땅하지. 정말 멋진 추리에 실증까지 하지 않았나. 과학자로서 만족스럽지 않은가? 그렇다면 즐거운 표정을 지어야지. 아니면 혹시 자수를 권하는데 듣지 않았다고 화가 난 거야?"

유가와는 숨을 깊게 들이쉰 다음 입을 열었다.

"선생님, 왜 저희를 믿어 주지 않습니까?"

도모나가의 얼굴이 순식간에 어두워졌다.

"그게 무슨 얘기야?"

"우쓰미 씨, 이분이 여기서 어떤 진술을 하셨는지 모르지만 그건 진실이 아니에요. 적어도 동기만은 사실과 달라요."

"그게 무슨…… 말씀이세요?"

"선생님, 일이 이렇게 될 거라고 예상하고…… 아니, 이렇게 되기를 바라고 사건을 일으키셨죠?"

도모나가의 표정이 굳어졌다.

"무슨 그런 말도 안 되는 소리를. 이 세상에 체포되기를 바라는 살인범이 어디 있어."

"그렇지만 있습니다, 지금 제 눈앞에."

"이 사람이, 그 말 같지도 않은 말 좀 그만 하게."

"유가와 교수님, 그게 무슨 말씀이세요?"

가오루가 물었다.

"형사님, 들을 필요도 없어요. 이런 정신 나간 친구 말은 무시해 버려요"

"가만 좀 계세요." 하고 가오루가 단호한 어조로 말했다.

"유가와 교수님, 말씀해 보세요."

그러자 유가와는 마른침을 삼키고는 말했다.

　"선생님, 저는 선생님이 왜 제게 지팡이를 보여 주셨는지 도무지 이해할 수 없었습니다. 그 지팡이의 장치만 보지 않더라도 폭약의 위치를 어떻게 결정했는지 알지 못했을 겁니다. 그렇지만 그 지팡이를 본 덕분에 정확한 추리가 가능했습니다. 그래서 이런 생각이 들었습니다. 선생님은 혹시 자수를 결심한 게 아닐까. 지팡이를 보여 준 것은 그런 계기를 만들어 달라는 무언의 압박이 아닐까."

　옆에서 듣던 가오루가 고개를 끄덕였다. 그래서 그때 유가와는 도모나가에게 자수할 생각이 아니었느냐고 물었던 것이다.

　"선생님이 체포된 후 줄곧 그 의문에 대해 생각하다 문득 이런 생각이 들었습니다. 내가 착각한 부분이 있을지 모른다. 사실은 이 모든 것이 선생님의 계산대로였고, 이런 결말이야말로 선생님이 바라는 바였다. 그렇게 생각하면 모든 것이 제대로 맞아떨어집니다."

　"어째서요?"

　가오루가 물었다.

　"선생님이 체포되시면 어떤 결과가 나타나는가 생각해 봤어."

　가오루에게 그렇게 말한 유가와는 고개를 돌려 다시 스승의 얼굴을 바라보았다.

"나미에 씨는 슬퍼하고 있습니다. 자신을 길러 준 아버지가 체포되었으니 당연한 일이겠죠. 하지만 그 바람에 나미에 씨는 휠체어 탄 노인을 간호하는 생활에서 해방되었습니다. 마찬가지로 아버지를 간호해야 하는 입장인 아마노 씨와 결혼할 가능성도 생겼고요. 또한 구니히로 씨가 없어짐으로써 선생님은 전 재산을 그녀에게 넘겨주는 데 어떤 방해도 받지 않게 되었습니다. 이번 사건은 모두 선생님 자신을 위해서가 아니라 나미에 씨의 행복을 확보하기 위해 계획하신 일입니다. 아닙니까?"

그 놀라운 이야기에 가오루는 할 말을 잃고 말았다. 잠시 숨을 고른 그녀는 도모나가에게 물었다.

"정말 그렇습니까?"

도모나가는 파랗게 질린 채 눈을 부릅뜨고 몸을 가늘게 떨고 있었다.

"말도 안 되는 소리…… 어떻게 그런 터무니없는……."

가오루는 다시 유가와를 바라보면서 말했다.

"그래요. 아들을 죽이고 체포되는 것이 목적이었다면 그렇게 번거로운 방법을 사용할 필요가 없지 않나요?"

그러자 유가와는 서글프게 웃으며 대답했다.

"보통 사람이라면 그렇겠지. 칼 따위로 찔러 죽이거나 목을 조르면 돼. 그렇지만 선생님은 그럴 수 없는 처지야. 그러니

건강한 젊은 남자를 죽이려면 자신의 주특기를 사용하는 방법밖에 없지. '메탈의 마술사'로서 말이야. 그런데 그 마술을 사용하면 한 가지 커다란 문제가 생겨. 경찰이 살인 방법을 밝혀내지 못할 가능성이 있다는 거야."

가오루가 앗, 하고 외쳤다.

"화약 때문에 현장에서는 화재가 발생하게 돼. 또 피해자를 창가에 세우면 중요한 흉기는 연못 속으로 날아가 버리지. 그렇게 되면 완전 범죄가 되어 애초의 목적을 달성할 수 없거든. 그래서 선생님의 마술을 잘 알고, 더욱이 경찰에 연줄까지 가진 인물을 부르기로 한 거야."

"그게 바로 유가와 교수님……."

유가와는 천천히 고개를 끄덕였다.

"제게 지팡이를 보여 주신 것은 수수께끼를 해결할 단서를 주기 위해서였습니다. 선생님은 금속을 다루는 명인이시지만 사람을 다루는 데도 귀신같은 솜씨를 가진 마술사더군요. 저는 기가 막힌 꼭두각시였고요."

유가와는 크게 숨을 토해 내더니 다시 가오루를 보며 말했다.

"내 이야기는 이게 다야."

"만일 그게 진실이라면 자수하실 수도 있지 않았나요? 자수해도 체포되는 건 마찬가지일 텐데요."

"그건 그렇지만 자수하면 정상 참작이 될 가능성이 높지."

가오루는 마른침을 삼켰다. 무슨 말인지 알 것 같았다.

"보통의 피의자는 정상 참작을 바라지. 그런데 이번은 경우가 달라. 이 피의자는 가능한 한 형을 길게 받고 싶었던 거야. 가능하다면 감옥에서 죽고 싶었어. 그러니까 자수는 안 되는 거야. 계획 살인을 한 후 경찰이 증거를 제시하면 모든 걸 자백한다. 그런 스토리가 반드시 필요했던 거지."

도모나가는 고개를 푹 숙이고 있었다. 체념 속에서도 안도하는 기색이 역력했다.

"선생님이 왜 나미에 씨를 양녀로 삼지 않았다고 생각해?"

유가와가 물었다. 가오루는 고개를 저었다.

"그랬다가는 그녀에게 아버지를 간호할 의무가 생기기 때문이야. 선생님은 그녀의 간호를 받으면서도 어떻게든 그녀를 해방시켜 주고 싶었어. 그렇지만 선생님, 저는 나미에 씨가 선생님을 간호하면서 고통스러워한다는 느낌을 받지 못했습니다."

그리고 유가와는 일단 고개를 숙였다가 다시 마음을 정한 듯 고개를 들었다.

"나미에 씨를 만나 잠시 이야기를 나누었습니다. 그녀는 제게 피해자와의 사이에 있었던 일을 이야기해 주었습니다."

도모나가의 눈이 휘둥그레졌다.

"설마……."

"아버지가 그 일을 알고 계실지도 모른다고 했습니다. 그 일이 뭔지, 미루어 짐작해 주시면 좋겠습니다. 제 입으로는 말하고 싶지 않습니다."

거기까지 듣고 가오루는 직감했다. 그리고 저도 모르게 입이 벌어졌다.

"혹시 나미에 씨와 피해자가 육체적 관계를……."

"물론 합의에 의해서는 아니야."

유가와가 말했다.

"그렇지만 그녀는 침묵을 지켰어. 아버지에게 고통을 주지 않으려고. 앞으로도 아버지를 돌보아야 한다는 생각을 하고 있었기 때문이지."

도모나가의 얼굴에 고뇌의 빛이 퍼져 나가며 뺨에 경련이 일었다.

"선생님."

유가와가 말을 이었다.

"선생님에게는 나미에 씨만 있는 게 아닙니다. 저희도 있지 않습니까. 그래서 말씀드린 겁니다. 왜 우리를 믿어 주지 않으시냐고."

그 말을 듣고 도모나가가 고개를 들었다. 그의 두 눈은 빨갛게 물들어 있었다.

그때 문이 열리고 구사나기가 들어왔다. 그가 유가와의 귀에다 대고 뭐라고 속삭였다.

"들어오라고 해."

유가와가 나지막이 속삭였다.

이윽고 세 명의 남자가 들어왔다. 가오루도 이름을 아는 사
람들이었다. 야스다, 이무라, 오카베. 사건 당일에 모였던 도
모나가의 제자들이었다.

도모나가가 무슨 말인가 하려는 듯 입술을 움찔거리는데
유가와가 입을 열었다.

"제가 불렀습니다. 아마도 저는 증언대에 서야 할 것 같습
니다. 방금 드린 이야기를 법정에서도 해야겠죠. 그리고 정상
참작을 호소할 겁니다. 선생님의 의도가 무엇이었든, 저는 선
생님이 하루라도 빨리 자유를 찾을 수 있도록 노력할 겁니다.
그 대신에 그 책임은 저희들이 지겠습니다. 형기가 끝나면 저
희에게 의지하십시오. 제발 부탁드립니다."

유가와와 함께 다른 세 사람도 고개를 숙였다.

도모나가는 두 손에 얼굴을 묻었다. 몸이 흔들리고 있었다.
오열이 새어 나왔다.

"이런 예상치 못한 결과가……. 자네를 당할 수가 없군."

고개를 든 그의 눈이 눈물에 젖어 있었다.

"자네, 정말 많이 변했구면. 과학밖에 모르는 줄 알았는데
어느새 인간의 마음까지 알아 버렸어."

유가와가 빙긋이 미소지으며 말했다.

"사람의 마음도 과학 아니겠습니까. 정말 흥미로운 연구 대상이죠."

도모나가는 제자의 얼굴을 지그시 바라보며 고개를 끄덕였다.

"그건 그래."

그리고 하얗게 서리 내린 머리를 숙였다.

"고맙네."

3
잠그다

1

멀리서 건널목의 경고음이 들렸다.

열차가 다가오고 있다는 신호다. 후지무라 신이치는 라이트 밴의 운전석에 앉은 채 손목시계를 보았다. 오후 2시 8분. 시간표대로였다. 열차는 2시 9분에 도착해서 10분에 출발하게 되어 있다.

그의 차는 역 앞 로터리에 세워져 있었다. 거기서 그는 역사의 출입구를 바라보았다. 콘크리트 벽에 금이 간, 오래된 역사다.

이윽고 그곳에서 한 남자가 나왔다. 큰 키에 자세가 꼿꼿하다. 코트를 걸치고 있지만 학생 시절과 다름없이 군살 하나 없는 단련된 몸매라는 걸 한눈에 알 수 있었다.

후지무라는 라이트 밴에서 내려 남자에게 다가가 그의 이름을 불렀다.

"유가와!"

유가와 마나부는 시선을 그에게로 돌리더니 금테 안경 속의 눈을 가늘게 뜨고 어이, 하며 손을 들었다.

"오랜만이야. 건강해 보여서 정말 다행이네."

유가와는 그렇게 말한 다음 후지무라의 몸을 훑어보았다.

그의 그런 행동에 후지무라는 얼굴을 찌푸렸다.

"건강해 보이지만 몸이 둥글둥글해졌다고 말하려는 거지? 구사나기가 그러더라. 유가와를 만나면 반드시 몸에 대해 말할 거라고."

"아니야, 그런 말 안 해. 나이를 먹으면 몸에 변화가 일어나는 건 당연하지, 뭐."

"자네는 거의 변함이 없는데."

"그렇지도 않아. 이것 좀 봐."

그러면서 유가와는 자신의 머리를 가리켰다.

"여기저기 하얀 서리가 내리기 시작했거든."

"머리숱도 많은데 조금 희면 또 어때."

후지무라는 유가와를 라이트 밴으로 안내했다. 그리고 그가 조수석에 타기를 기다렸다가 시동을 걸었다.

"역시 이곳의 11월은 춥군. 벌써 눈이 내렸다면서."

유가와가 차창 밖을 바라보며 말했다. 도로가에 눈이 쌓여 있었다.

"닷새 전에 한 차례 내렸지. 올해는 예년보다 더 추울 것 같

아. 도쿄와는 다르지. 도쿄에 있을 때는 11월에도 얇은 옷을 입었는데 말이야."

"여기 생활에는 익숙해졌어?"

"글쎄, 겨우 두 번째 겨울인데, 뭐."

"펜션 경영은?"

"응, 잘 버티고 있어."

후지무라가 운전하는 라이트 밴은 좁은 언덕길을 따라 올라갔다. 도로 폭은 그리 넓지 않지만 포장은 되어 있다. 작은 상점이 늘어선 마을이 나오는가 싶었는데 그곳을 그냥 지나쳤다.

"꽤 많이 올라가네."

조수석에서 유가와가 예상외라는 듯 중얼거렸다.

"조금만 더 가면 돼."

후지무라는 계속 차를 몰았다. 커브가 이어진다. 이윽고 도로 폭이 조금 넓어졌다. 그는 차를 가드레일에 붙여 세웠다.

"여기야?"

유가와가 물었다.

"펜션은 조금 더 가야 해. 여기서 잠깐 내려 봐."

유가와는 의아한 표정을 짓더니 곧 고개를 끄덕였다.

"알았어."

가드레일 아래는 협곡이었다. 계곡물 흐르는 소리가 들렸다. 맨 아래까지는 30미터 정도라고 한다. 계곡에 크고 작은 바위가 널려 있었다.

"꽤 운치 있는 계곡인데."

아래를 내려다보며 유가와가 말했다.

"그 사건 말이야."

후지무라가 입술을 축이며 말했다.

"여기서 일어났어."

유가와가 고개를 돌려 후지무라를 바라보았다. 그 얼굴에 놀라는 기색은 없었다. 잠깐 내리라고 했을 때 벌써 눈치를 챈 것 같다.

"여기서 떨어졌다는 거야?"

"응."

"흠……."

유가와는 다시 가드레일 아래를 내려다보았다.

"이런 높이라면 도저히 살아날 수 없겠군."

"아마도 거의 즉사했을 거라던데."

그럴 거야, 라며 유가와는 고개를 끄덕였다.

"일단 이곳을 보여 주고 싶었어. 참고가 될지는 모르겠지만."

후지무라의 말에 유가와는 서둘러 고개를 저었다.

"전화로도 말했지만 나는 경찰 관계자가 아냐. 탐정도 아니고. 사건을 여럿 해결했다고 생각할지 모르겠지만 난 그냥 구사나기에게 조언을 약간 해 주었을 뿐이야. 물리학자라는 입장에서 말이야. 그 이상은 기대하지 않는 게 좋아."

"구사나기는 유가와와 의논하라고 하던데."

그의 말에 유가와는 한숨을 푹 내쉬고 어이없다는 듯 고개를 저었다.

"정말 무책임한 친구야. 귀찮은 일만 있으면 무작정 나한테 들이밀더니 이젠 자네 의논 상대가 되어 주라고?"

"그 친구는 경찰이잖아. 다른 지역에서 일어난 사건에는 손 댈 수 없을 거야. 그리고 내 이야기를 듣더니 그런 일이라면 유가와가 가장 적임자라고 하더군. 그런 수수께끼를 푸는 데 는 말이야."

"수수께끼란 말이지……."

유가와는 미간에 주름을 잡더니 약간 미심쩍은 눈초리로 후지무라를 바라보았다.

"밀실 수수께끼라고 했던가?"

"그래, 밀실이야."

후지무라는 진지한 표정으로 대답하며 고개를 끄덕였다.

유가와를 다시 라이트 밴에 태우고 달리기 시작했다. 100미터 정도 가다가 옆길로 들어서더니 거기서 다시 50미터 정

도 올라갔다. 이윽고 앞쪽에 통나무집이 보였다. 후지무라는
현관 앞 빈 터에 차를 세웠다.

"이거 근사한 별장이잖아."

유가와가 차에서 내려 건물을 올려다보더니 말했다.

"별장이 아니라니까."

후지무라는 웃었다.

"아, 그렇지. 미안."

"별장으로 나온 물건이긴 했지."

그러면서 후지무라는 유가와에게 손을 내밀었다. 그가 메
고 있는 커다란 가방을 받아 들기 위해서였다. 친구라고는 하
지만 숙박 고객의 짐을 받아 드는 것은 펜션 주인으로서 당연
한 의무다. 그러나 유가와는 괜찮다며 사양했다. 그에게는 자
신이 손님이라는 의식이 없었다.

차가 멈추는 것을 본 듯, 현관문이 열리더니 구니코가 나타
났다. 청바지에 스웨터 차림이었다. 그녀는 유가와를 올려다
보고 웃으며 가볍게 고개를 끄덕, 했다.

"내 아내야. 구니코라고 해."

후지무라가 그녀를 소개하자 유가와도 고개를 숙였다.

"구사나기가 그러더군. 후지무라가 아주 젊고 아름다운 부
인을 맞이했다고. 들은 대로야."

후지무라는 손사래를 쳤다.

"어이, 그런 말 하지 마. 이 사람 괜히 어깨에 힘주고 그러니까. 젊다고는 하지만 이 사람도 곧 서른이야. 다른 친구들의 아내와 별 차이도 없잖아."

"어, 잠깐! '곧'이라니, 아직 삼 년이나 남았어."

구니코는 턱을 살짝 추켜올리며 말했다.

"삼 년이면 곧이지."

"아냐, 삼 년이 어딘데."

유가와가 활기찬 어조로 말했다.

"이십 대 아내란 말이지. 정말 부러워."

"그러는 자네야말로 지금 어린 여자를 노리고 있는 거 아니야? 구사나기에게 들어서 다 안다니까."

"구사나기가 뭐라고 했는데?"

유가와가 인상을 쓰며 말했다.

"아, 그 이야기는 나중에 하자고."

후지무라는 유가와를 집 안으로 안내했다. 현관에서 안쪽으로 복도가 쭉 뻗어 있었다. 첫 번째 문을 열자 식당 겸 라운지가 나왔다. 카운터 자리 안쪽은 주방이었다.

식당 한가운데 놓인 통나무로 만든 테이블에 후지무라는 유가와와 마주 보고 앉았다. 구니코가 커피를 가져왔다.

"커피가 아주 맛있는데."

한 모금 마신 유가와는 만족스럽게 웃었다.

"이런 곳에서 사는 것도 나름 좋을 것 같아."

"잘 맞는 사람도 있고 안 그런 사람도 있겠지. 그렇지만 나는 도쿄의 공기가 몹시 괴로웠어. 비즈니스 고객과 대화하는 것보다 여기 투숙하는 손님과 대화를 나누는 편이 훨씬 즐거워."

"자신에게 맞는 삶을 찾았다면 그보다 좋은 게 어디 있겠어. 제일 행복한 일이지."

"자네가 그렇게 말해 주니 무엇보다 마음 든든하네."

"그런데 한 가지 마음에 걸리는 건 수입이 괜찮을까 하는 점이야. 자네 집안은 부자니까 그런 데는 신경 안 써도 되겠지만 말이야."

후지무라는 쓴웃음을 지었다. 이 친구는 생각하는 대로 말해 버리는 것이 옛날과 하나도 달라지지 않았다.

"자네 생각대로야. 벌이는 별로 없어. 여름과 겨울은 꽤 바쁘지만 그 외에는 주말에 한 팀 정도 오는 게 고작이야. 애당초 여기서 돈 벌 생각은 없었어."

"정말 부러운 생활이군."

"진심으로 하는 말이야? 그럼 내가 묻겠는데, 자네라면 이런 생활 할 수 있겠어? 아침 일찍 일어나서 투숙객들을 위해 아침을 준비하고, 이것저것 정리하고 방 청소하고 시장을 보러 가야 하고, 때로는 트레킹 안내도 하고, 카누도 준비해 주고, 지붕에 올라가 눈도 치워야 하는데."

"물론 나야 하고 싶지 않지. 그렇지만 자네는 그런 생활을 원했잖아? 대기업의 엘리트 사원 자리를 박차면서까지 말이야. 그 꿈을 실현한 것이 부럽다는 거야."

"하긴 그런 의미라면 난 혜택 받은 셈이지."

후지무라의 아버지는 조상 대대로 내려오는 토지로 부를 축적한 사람이었다. 그 아버지에게 물려받은 몇 채의 아파트에서는 지금도 매달 수입이 들어온다. 그런 게 없었더라면 이렇게 유유자적한 생활은 불가능했을 것이다.

"오늘 머무는 손님은?"

유가와가 물었다.

"자네뿐이야."

"그래. 그럼 이제 방으로 가 볼까."

유가와는 컵을 내려놓고 자리에서 일어섰다.

"그런데 정말 그 방으로 해도 되겠어? 다른 방이 좋지 않을까?"

그러자 유가와는 별일 아니라는 듯 고개를 저었다.

"그럴 거 뭐 있어, 아무 문제도 없는데?"

"자네가 좋다면야 괜찮지만."

"그냥 안내해 줘."

알았어, 라며 후지무라도 자리에서 일어섰다. 식당을 나서는데 카운터 안쪽에 앉아 있는 구니코와 눈이 마주쳤다. 그녀는 뭔가 불안한 듯 눈을 깜빡였다. 유가와가 가볍게 고개를 숙였다.

복도의 맨 안쪽으로 들어가니 정면에 문이 있었다. 그것을 여는 순간 후지무라는 미묘한 저항감 같은 것을 느꼈다. 그 사건 이후로 늘 이런 느낌이다.

방은 세 평 정도 넓이로 싱글베드가 두 개 놓여 있다. 그 외에는 작은 책상과 의자가 하나 있을 뿐이다. 남쪽으로 창이 나 있었다.

유가와는 코트와 가방을 침대에 내려놓고 창가로 다가섰다.

"지극히 평범한 크레센트 걸쇠(새시 등에 사용되는 반달 모양의 자물쇠—옮긴이)로군."

"아무 이상 없지?"

"그렇게 보이는데."

유가와는 걸쇠를 풀고 창을 열었다가 도로 닫은 후에 다시 걸쇠를 잠갔다. 그러고는 방문으로 다가갔다. 평범한 실린더 걸쇠(문손잡이 한가운데 동그랗게 튀어나와 눌러서 잠그도록 되어 있는 자물쇠—옮긴이)였고 도어체인이 달려 있었다.

"이 도어체인까지 걸려 있었단 말이지."

"그래."

흠, 하며 고개를 끄덕이던 유가와는 침대에 걸터앉아서 팔짱을 끼고 후지무라를 올려다보았다.

"그럼 이제 자세한 이야기를 들어 볼까. 그 기묘한 밀실 사건에 대해서 말이야."

2

"사건이 일어난 것은 열흘 전이야. 오후 다섯 시경에 그 손님이 왔어. 이름은…… A라고 하지, 뭐. 알파벳 A."

그 말에 수첩을 꺼내던 유가와가 고개를 가로저었다.

"실명을 말해 줘. 그러는 편이 알아듣기 쉬우니까. 내가 신문 기사에서 본 바로는, 피해자의 이름은 하라구치 기요다케, 45세, 직업은 공단 직원이라고 되어 있던데."

후지무라는 어깨를 으쓱하더니 맞은편 침대에 가서 걸터앉았다.

"그렇다면 실명으로 하지. 방금 말했듯이 하라구치 씨가 온 시간은 오후 다섯 시경이야. 숙박 절차를 밟은 그를 이 방으로 안내했어. 방은 이 층에도 있지만 예약할 때부터 일 층을 달라고 하더라고."

"이유가 뭐래?"

"그건 몰라. 예약은 구니코가 받았어. 이유를 물을 필요가

지는 없잖아."

"하긴 그래. 계속해 봐."

"그날은 그 사람 외에도 손님이 두 팀 더 있었어. 남자 하나, 그리고 아버지와 아들. 저녁 식사는 여섯 시부터 여덟 시 사이에 아까 보았던 라운지에서 하게 되어 있는데, 여덟 시가 다 돼 가는데도 하라구치 씨가 나타나지 않는 거야. 그래서 방으로 가 보았어. 그랬더니 문이 잠겨 있더라고. 잠이 들었나 싶어 노크를 해 보았지만 아무 대답이 없었어. 목소리를 높여 부르는데도 역시 마찬가지였어. 하도 걱정이 되어 마스터키로 문을 열었는데 도어체인이 걸려 있었어. 그건 하라구치 씨가 실내에 있다는 얘기잖아. 그런데 왜 불러도 대답을 하지 않을까, 혹시 방 안에서 쓰러진 것은 아닐까, 불안해져서 일단 바깥으로 나와 건물 남쪽으로 돌아갔어. 창으로 실내를 들여다볼 수 있을까 하고 말이야."

"그랬는데 창문도 잠겨 있었단 말이지?"

유가와의 물음에 후지무라는 고개를 끄덕였다.

"그랬어. 불이 꺼져 있고 커튼까지 쳐져 있어서 안을 볼 수가 없더군. 그래서 나는 라운지로 돌아와서 조금 더 기다려 보기로 했어. 하지만 하라구치 씨는 나타나지 않았어. 더는 기다릴 수 없어 다시 방으로 가 보았지. 역시 불러도 대답이 없어. 그래서 아까처럼 마스터키로 방문을 열어 보았어. 그러자 이번에는 인기척이 있는 거야. 몸을 뒤척이는 듯한 소리였어. 그래서 나는 안심하고 라운지로 돌아왔지. 그런데 아홉 시가 다 되어서, 바깥에서 폭죽을 터뜨리며 놀던 부자가 돌아와서 하는 말이 하라구치 씨의 방문이 열려 있다는 거야. 서둘러 가 보았더니 정말 문이 열려 있었어. 창문도 열려 있고. 하지만 하라구치 씨의 모습은 보이지 않았어."

후지무라는 창 쪽으로 시선을 돌렸다.

"실내에 이상한 점은 없었고?"

"딱히 주의를 끌 만한 것은 없었어. 작은 여행 가방이 바닥에 있었을 뿐이야. 상식적으로 생각할 때 하라구치 씨가 창을 통해 어디론가 갔다고 볼 수는 없었어. 그래서 근처를 찾아보았지만 여기는 깊은 산 속이라 사방이 캄캄하거든. 한 시간 정도를 기다려도 하라구치 씨가 돌아오지 않자 결국 경찰에 연락했지. 경찰은 날이 밝자마자 수색에 들어갔고 그 결과 아까 그 장소에 떨어져 있는 하라구치 씨를 발견하게 된 거야."

"음, 경찰은 어떻게 판단했을까. 신문에서는 사고 아니면 자살일 거라고 하던데."

"자세히는 모르겠지만, 아무래도 자살했을 공산이 크다고 판단한 것 같아. 하라구치 씨는 꽤 많은 빚을 지고 있었다거든. 이런 데로 혼자 여행을 온 것 자체가 이상하기도 하고. 예약 때 일 층을 요구한 것도 창을 통해 빠져나가기 쉬우니까 그러지 않았을까 싶어."

"경찰에서는 뭔가 사건에 휘말렸을 가능성은 생각하지 않았나?"

"완전히 배제한 건 아닐 테지만 가능성이 낮다고 본 것 같아. 누군가가 하라구치 씨를 살해하기 위해서 아무도 모르게 깊은 산 속까지 와서 죽인 다음 바람처럼 사라졌다고 보기는 어려우니까."

"이 부근에 별장이 더러 있어?"

"있긴 하지만 대개는 사람이 살지 않아. 관리 회사 사람이 가끔 찾아올 뿐이지."

"사람이 사는 곳이라고는 여기뿐이었다는 얘기군."

"그런 셈이야. 그리고 다른 손님들은 줄곧 우리랑 같이 있었어. 그러니 타살은 생각하기 어렵지."

"과연 그렇겠어."

그렇게 대답한 유가와는 수첩에 적은 글을 내려다보다가 고개를 갸우뚱했다.

"궁금한 게 한 가지 있는데……."

"뭔데?"

"지금 들은 이야기만으로는 뭐가 이상하다는 건지 알 수가 없어. 이 방이 한때 밀실 상태였다는 건 당시 안에 사람이 있었으니까 별로 이상한 일도 아니야. 그 사람이 창으로 나가서 어떤 이유로 계곡에 떨어졌다, 그런 아주 단순한 사건 아닌가?"

그러자 후지무라는 신음하듯 소리를 냈다. 유가와의 말이 맞다. 경찰도 똑같이 판단했다.

"그렇긴 하지만 마음에 걸린단 말이야."

"뭐가?"

"두 번째 이 방에 왔을 때는 분명히 사람이 있었어. 그렇지만 처음에 방문을 열었을 때는 절대로 사람이 없었다고 봐야 해."

"왜?"

"난방이 되지 않았으니까."

"난방?"

"그날은 특히 추웠어. 침대에 들기 전에 누구라도 난방을 먼저 넣었을 거야. 그런데 처음에 와서 방문을 열었을 때 안에서 차가운 공기가 흘러나왔어. 난방이 가동되지 않았던 거지. 그런데 두 번째 열었을 때는 분명히 난방이 들어와 있었어. 그러니 내가 처음 이 방에 왔을 때는 아무도 없었다고 보는 게 타당할 거야."

유가와는 후지무라의 얼굴을 빤히 바라보더니 안경테를 손가락 끝으로 밀어 올렸다.

"그 말을 경찰에는……."

"하지 않았어."

"왜?"

"설명이 불가능하니까. 이 방이 안에서 잠겨 있었다고 증언하면서 안에 사람이 없었던 것 같다고 말하면 이 사람 좀 이상하다고 생각하지 않겠어?"

"그게 아니라 뭔가 착각하고 있을 거라고 생각하는 게 보통이겠지. 그러면 자네의 증언을 모두 의심하게 될지도 몰라."

"그렇지? 나도 그게 걱정스러워. 이제 와서 경찰에다 그 말을 하자니 말이지."

"그래서 구사나기에게 의논한 거로군. 그리고 보면 구사나기가 나에게 떠넘긴 것도 무리는 아니야. 도통 자기 머리로는 생각하려 하지 않는 녀석이니까. 살인 사건 같지도 않고, 게다가 밀실이었는지 아닌지도 명확지 않은 문제에 매달리고 싶지 않다는 거겠지."

"귀찮은 일이란 건 나도 잘 알아. 그렇지만 달리 의논할 사람이 없었어. 생각하지 말자고 여러 번 다짐했지만, 도무지 마음에 걸려 살 수가 있어야지. 물론 신경과민에 지나지 않을지도 모르지만."

유가와는 슬며시 웃으며 수첩을 닫았다.

"잘 알았어. 천천히 경치나 즐기면서 생각해 보지, 뭐. 요즘 논문을 완성하느라고 너무 고생해서 마침 기분 전환이 필요하던 참이었어."

"아, 그렇다면 다행이야. 손님도 별로 없으니까 마음껏 즐기도록 해. 한 가지 흠이라면 온천이 없다는 것. 그 대신에 입이 떡 벌어질 만큼 맛있는 요리를 제공할게."

그렇게 말하고 일어서던 후지무라가 다시 유가와의 얼굴을 보며 말했다.

"참, 그리고 한 가지 부탁이 있어."

"뭔데?"

"내가 이런 의논을 했다는 사실을 아내에게는 비밀로 해 줘. 내가 회사 생활을 접고 이런 데서 산다는 소식을 듣고 걱정이 돼서 찾아왔다고 해 두었으니까."

유가와는 잠깐 의아한 표정을 짓더니 이내 웃으며 고개를 끄덕였다.

"자네가 그러는 편이 좋다면 난 아무래도 좋아."

"미안해. 잘 부탁할게."

후지무라는 얼굴 앞에 손날을 세워 공중을 내리그었다.

3

후지무라는 유가와를 방에 남겨두고 라운지로 돌아왔다.

그를 본 구니코가 앞치마를 두른 채 주방에서 나왔다.

"유가와 씨, 정말 그 방 괜찮대?"

"당신도 들었잖아. 본인이 원하는데 어쩌겠어. 일 층이 편하고 좋대. 물론 사건이 좀 있었다는 얘기는 했어. 자살한 사람이 머물렀던 방이라고. 그런데도 원래가 뼛속까지 과학자인 친구라 그런지, 뭐가 어떠냐며 신경도 안 써. 우리야 좋지, 뭐. 어차피 계속 사용해야 할 방이잖아."

"그건 그렇지만."

구니코는 앞치마 자락을 손가락으로 만지작거렸다.

"배드민턴부 친구라고 했지?"

"대학 때. 저래 봬도 우리 팀의 에이스였어."

"최근에는 별로 만나지도 않았다면서? 그런데 왜 갑자기 이런 데까지 올 생각을 했을까?"

"지난번에 내가 말했잖아. 다른 친구들한테서 내 이야기를 들은 모양이야. 마침 논문도 다 끝나고 해서 기분 전환이 필요한 참에 내가 경영하는 펜션이나 한번 보자고 온 거지, 뭐."

"그렇구나, 정말 좋은 사람이네."

"호기심도 강한 친구니까. 어쨌든 마음에 둘 필요는 없어. 그보다, 맛있는 요리로 깜짝 놀라게 해 주자고. 그래 봤자 아마추어 요리사라고 생각하고 있을 테니까."

구니코는 미소를 지으며 고개를 끄덕였다. 그 시선이 자신의 뒤편으로 향하는 것을 보고 후지무라가 뒤를 돌아보니 어느새 유가와가 라운지 입구에 서 있었다. 트레킹용 방한복을 입은 채였다.

"주변 산책 좀 하고 올게."

"안내해 줄까?"

"일단 혼자서 가 볼게."

"그럴래? 하지만 해가 지기 전까지는 돌아와야 해. 가로등 같은 게 없으니까."

"그런 건 말 안 해도 알아."

유가와는 구니코에게 목례를 한 뒤 현관으로 향했다.

"난 가게에 좀 다녀올게."

유가와가 나간 뒤 후지무라가 구니코에게 말했다.

"와인이 좀 부족할 것 같아. 저 친구 꽤 마시거든."

"그 가게에는 고급 와인 같은 건 없는데."

"고급까지 아니어도 돼. 겉보기에는 꽤 미식가처럼 보이지만 사실 저 친구, 맛치라고."

후지무라는 상의를 걸치고 자동차 키를 집어 들었다.

산을 내려간 후지무라는 슈퍼마켓에 가서 몇 가지 필요한 식재료를 산 후 곧장 펜션으로 돌아왔다. 양손에 비닐봉지를 들고 라운지로 들어서니 유가와가 카운터 자리에서 커피를 마시고 있었다. 한쪽에서 허리를 굽히고 세탁을 하고 있던 구니코가 후지무라가 들어서자 고개를 들었다. 그런데 왠지 그 표정이 떨떠름해 보였다.

"어서 와."

유가와의 말에 후지무라는 산책이 어땠냐고 물었다.

"정말 좋던데. 공기에 향기가 감돌아. 이런 곳에서 영원히 살고 싶은 그 기분, 이해가 가."

"자네만 좋다면 일주일도 좋고 이 주일도 좋고, 마음껏 머물러도 돼."

"그러고 싶은 마음이야 굴뚝같지만 나를 기다리는 연구가 산더미니."

유가와는 커피를 다 마시고 컵을 테이블 위에 내려놓았다. 그리고 잘 마셨습니다, 라고 구니코에게 인사한 다음 라운지를 나갔다.

"유가와랑 무슨 이야기라도 나눴어?"

후지무라가 구니코에게 물었다.

"사건에 대해 물었어."

그녀의 목소리에 살짝 가시가 돋쳐 있었다. 볼 근육까지 실룩거리는 것이 느껴졌다.

"어떤 걸 물었는데?"

"그날의 일을 꼬치꼬치. 어떤 손님이 머물렀느냐는 것도."

"다른 손님들에 대해서도 이야기했어?"

"거짓말할 수는 없잖아. 여보, 저 사람이 왜 사건에 대해서 물어? 당신이 뭐라고 했어?"

"아무 말 안 했어. 내가 그랬잖아, 저 친구 호기심이 강하다고. 신문에 난 기사를 보고 관심이 생겼나 보지, 뭐."

"정말 그뿐일까?"

"그것 말고 뭐가 또 있겠어. 신경 쓰지 마."

후지무라는 애써 웃으며 들고 있던 비닐봉지를 카운터 테이블에 내려놓았다.

"와인하고 안줏거리가 될 만한 것 좀 사 왔어."

"수고했어요."

구니코도 웃으며 비닐봉지를 받아 들고 주방으로 들어갔다.

후지무라는 겉옷을 벗고 복도로 나서 맨 안쪽 방으로 가서 노크했다. 예, 하는 대답을 듣고 문을 여니 유가와가 방 가운데에 서 있었다.

"구니코에게 사건에 대해 물었다면서?"

방으로 발을 들여놓으며 후지무라가 물었다.

"왜, 그럼 안 돼? 사건에 대해 자네가 의논했다는 말은 안 했는데."

"왜 아내한테 묻고 그래. 모르는 게 있으면 내게 묻지."

"자네가 외출하고 없어서 그랬어. 그리고 가능하면 여러 사람에게 들어 보는 게 객관적인 정보를 얻는 데 좋거든. 한 사람의 이야기만으로는 착각이나 오해가 개입될 여지가 많으니까."

"그건 그렇지만, 다른 손님에 관해서까지 알 필요가 있을까? 내가 알고 싶은 건, 안에서 자물쇠를 잠근 상태에서 이 방을 드나들 방법이 있느냐 하는 거야. 그런 단순한 물리적 트릭뿐이니까, 누가 여기에 머물렀는지는 신경 쓰지 않아도 돼."

그러자 유가와는 못마땅하다는 듯 미간을 찌푸리더니 창가로 가서 후지무라 쪽을 바라보았다.

"자네는 구사나기에게 나에 대해 무슨 말을 듣고 이런 의논을 하게 되었지?"

"무슨 말? 전문 지식을 구사해 불가사의한 수수께끼를 풀어내는 천재라고 자랑하던데."

"전문 지식이라……. 물론 물리적인 지식이 필요한 경우도 많아. 그렇지만 그것만으로 풀 수 있는 수수께끼는 거의 없어. 자연현상은 그렇다 치더라도, 인간이 만들어 낸 수수께끼를 풀려면 역시 인간에 대해 알 필요가 있는 거야. 사건이 일어난 날 밤 누가 어디에 있었느냐는 나에게 아주 중요한 문제야."

"다른 손님들은 사건과 아무 관계도 없어."

"관계가 있는지 없는지, 그건 자네가 결정할 문제가 아니지."

유가와는 냉철한 어투로 말했다.

"그리고 자네는 정확한 정보를 주지 않았어."

"내가?"

"손님이 두 팀 더 있었다고 했지. 남자 한 명, 그리고 아버지와 아들. 그렇지만 그건 정확한 얘기가 아니야. 아버지와 아들 팀은 손님이었지만 혼자 온 남자는 자네의 가족이나 마찬가지였어. 부인의 동생이라며? 이름은 유스케고."

유가와가 추궁하자 후지무라는 얼굴을 찌푸리며 한숨을 내쉬었다.

"그게 무슨 문제라도 돼? 친척이든 누구든 우리 집에 머물면 손님이라고 할 수 있는 거 아냐?"

"그렇지는 않지. 주인의 친척이 머물렀다는 것은 아주 중대한 정보라고 할 수 있어."

"처남은 사건과 아무 관계가 없어. 그건 내가 보증해."

"글쎄 그걸 결정하는 건 자네가 아니라니까 그러네."

"잘 들어 봐. 그날 처남이 왔을 때 하라구치 씨는 이미 방에 들어가 있었어. 그 뒤 처남은 우리와 같이 있었고. 하라구치 씨의 시체가 발견될 때까지 말이야. 아무리 생각해도 관련성이 없어."

"그 말도 소중한 정보로 기억해 두지. 어쨌든 내게는 아무것도 숨기지 않아야 해. 밀실의 수수께끼를 풀고 싶다면."

유가와는 날카로운 시선으로 친구를 뚫어져라 바라보았다. 후지무라는 시선을 돌려 버렸다.

"숨기려는 건 아니야. 애당초 그런 마음이 있었다면 자네한테 의논하지도 않았을 거고. 다만 구니코에게 묻는 것만은 자제해 줘. 손님이 그런 식으로 죽어서 꽤 충격을 받은 것 같으니까."

"그 점은 배려하도록 하지."

"부탁해."

후지무라는 유가와와 눈도 마주치지 않고 방을 나갔다.

4

식사는 여섯 시에 시작되었다. 후지무라와 구니코는 준비한 요리를 하나하나 테이블로 날랐다. 이탈리아 음식을 기본으로 한 야채 요리가 주였다. 후지무라도 구니코도 맛에는 자신 있는 것 같았다.

"야채 요리네. 이렇게 와인이랑 잘 어울리는 야채 요리를 만들어 내다니 정말 놀라워."

유가와가 글라스를 기울이며 말했다.

"그렇지? 일본 사람한테는 역시 야채가 최고야."

"후지무라의 요리 솜씨에 감탄했어. 원래 이렇게 요리를 잘 했나?"

"혼자서 오래 살다 보니 요리하는 게 취미가 됐지."

"그렇군. 그러고 보니 두 사람 어떻게 만났는지, 아직 이야 기를 못 들었잖아."

유가와가 후지무라와 구니코를 번갈아 바라보며 말했다.

"뭐, 특별한 만남은 아니야. 아내는 우에노의 클럽에서 일 했어. 그 가게에 내가 갔고. 그것뿐이야."

"친정도 도쿄?"

"아, 아니에요."

구니코는 눈을 아래로 내리떴다가 다시 유가와를 바라보며 말했다.

"하치오지에서 자랐어요. 하치오지의 시설에서 동생이랑 둘이서."

어, 하고 저도 모르게 소리를 낸 유가와는 얼른 활짝 웃으며 고개를 끄덕였다.

"어, 그랬군요."

"집 뒷산이 무너지는 바람에 부모님이 돌아가셨대. 이 사람 과 동생은 다른 방에서 자는 바람에 변을 당하지 않았고."

"아…… 정말 가슴 아픈 일이네요."

"천재지변이니까 어쩔 수 없죠, 뭐. 그런데 유가와 씨는 결혼 안 하세요?"

구니코가 물었다. 아까보다는 표정이 훨씬 부드러워져 있었다.

"인연이 나타나야 말이죠."

유가와가 하얀 이를 드러내며 웃었다.

"이 친구는 옛날부터 이런 말을 자주 했어. 빨리 결혼해서 후회하는 사람과 늦게 결혼해서 후회하는 사람, 어느 쪽이 더 많을 것 같으냐고. 그렇지만 유가와, 이젠 그런 말을 할 여유도 없어. 당장 결혼한다 해도 충분히 만혼이니까."

"그건 나도 알지만 상대가 없는 걸 어떡해. 그리고 최근에는 결혼해서 후회하는 사람과 결혼하지 않아서 후회하는 사람 가운데 어느 쪽이 많은가라는 명제로 바뀌어 가는 중이야."

"안 돼, 그건!"

후지무라가 갑자기 외치는 바람에 유가와와 구니코는 깔깔 웃었다.

계속해서 대학 시절의 이야기가 이어지면서 분위기는 고조되었다. 알코올 탓에 후지무라도 말이 많아졌다.

부드러웠던 공기에 갑자기 팽팽한 긴장감이 감돌기 시작한 것은 유가와가 구니코의 동생에 대해 물었을 때부터였다. 어디서 무슨 일을 하냐고 물었던 것이다.

"유스케는 작년부터 이 마을 관광 협회에서 일하고 있어요."

구니코가 말했다. 얼굴의 미소가 어색해 보였다.

"도쿄는 물가도 비싸고 아르바이트 같은 걸로는 미래가 불투명하니까 차라리 이쪽으로 오는 게 어떻겠느냐고 내가 권했지. 다행히 일자리를 마련해 줄 만한 사람이 있어서 말이야."

"그것 참 다행이야. 관광 협회에서는 어떤 일을 합니까?"

"이번에 새로 미술관이 생기는데 그 준비 작업을 하고 있어요."

"획기적인 미술관이라더군."

후지무라가 덧붙였다.

"전시품 수는 국내 최고 수준인 반면 전시 공간은 보통의 삼분의 일 이하래. 대체 어떻게 그럴 수 있는지 잘 모르겠어. 게다가 보안도 완벽하다는 거야."

"잘되면 좋겠는데. 그곳이 관광의 핵심으로 떠오르면 이 펜션도 번성할 거 아냐."

"거기까지는 기대하지 않아."

후지무라는 쓴웃음을 지었다.

저녁 식사 후 후지무라 부부가 정리를 하는 동안 유가와는 라운지 구석에 놓여 있는 노트를 훑어보기 시작했다. 숙박객이 감상문 따위를 적어 놓은 노트였다.

"뭐, 재미있는 내용이라도 있어?"

후지무라가 다가왔다.

"그 사건이 일어난 날이 11월 10일이었지. 여기 이 나가사와 코다이 군은 부자지간에 온 손님 중 아들이겠지."

유가와는 펼쳐진 노트를 후지무라에게 건넸다.

후지무라가 노트를 보니 거기에는 다음과 같은 글이 적혀 있었다.

'정말 즐거웠어요. 밥도 아주 맛있었고요. 욕실도 깨끗하고, 탕에 들어가면 거품이 막 일어서 정말 기분 좋았어요. 또 올게요. 나가사와 코다이.'

후지무라는 고개를 끄덕이며 말했다.

"그래, 초등학교 4학년이라고 했어. 아주 견실한 아이 같더군."

"아버지 직업은 뭐래? 부자간에 왜 여기까지 왔을까?"

날아오는 질문에 후지무라는 넌더리가 난다는 표정을 지었다.

"아버지 직업은 뭔지 몰라. 아마도 회사원이겠지, 뭐. 부자간에 온 이유는 계곡 낚시를 하러. 아니, 유가와. 그런 게 무슨 의미가 있어?"

"의미가 있는지 없는지는 알 수 없지. 묻고 싶은 게 있으면 뭐든 물어보라고 한 건 자네 아니야?"

"그건 그렇지만……."

"잠깐 이야기 좀 하자고. 밖으로 나갈까?"

"이 시간에?"

후지무라가 눈을 둥그렇게 떴다.

"지금이 딱 여덟 시야. 자네가 하라구치 씨를 보러 간 것도 이 정도 시각이었지. 같은 상황에서 확인해 보고 싶어서 그래."

"알았어. 그럼 나가지."

두 사람은 현관으로 향했다. 후지무라는 손전등을 찾아 들고 문을 열고 밖으로 나갔다. 유가와도 그 뒤를 따랐다.

"부인에게 들었는데, 방이 밀실 상태라는 사실을 자네 혼자 확인한 게 아니라며?"

유가와가 물었다.

"응, 처남이랑 같이 보러 갔어. 지금처럼 말이야."

"왜 처남이랑 갔지?"

"별다른 이유는 없어. 유스케가 같이 가겠다고 해서 그랬지, 뭐."

"흠."

"그런 사소한 일에는 신경 좀 꺼."

"그런 신경을 꺼 버리면 연구도 못 해."

둘은 건물 남쪽으로 돌아들었다. 유가와가 머무는 방에서는 불빛이 새어 나오지 않았다. 덕분에 손전등이 없으면 걷기조차 힘들 것 같았다.

"사건이 일어난 날 밤도 이런 상황이었다는 거지?" 하고 유가와가 물었다.

"그렇지."

"그래서 손전등으로 크레센트를 확인했다는 말이군."

"그래, 이런 식으로."

그러면서 후지무라는 손전등으로 창의 안쪽을 비추었다. 그날 밤처럼 크레센트가 불빛 속에 떠올랐다. 그것은 여전히 잠긴 채였다.

"혹시나 해서 묻는 건데, 확실히 잠겨 있었어? 착각한 건 아니야?"

유가와가 묻자 후지무라는 고개를 저었다.

"절대 그럴 리 없어. 나와 처남이 같이 확인했으니까."

"그렇군."

"이제 시원해?"

"상황에 대해서는 이해한 셈이야."

"그럼 안으로 들어가지. 춥다."

실내로 돌아온 후지무라가 현관문을 잠그는 사이 유가와는 손전등을 만지작거렸다.

"그건 또 왜? 그냥 평범한 손전등일 뿐인데."

"창문을 보러 갔을 때 손전등은 누가 가지고 있었지? 자네야, 아니면 처남이야?"

"처남이 들었는데…… 그게 왜?"

"아니, 아무것도 아냐. 그냥 물어봤어."

유가와는 손전등을 원래의 자리에 내려놓았다.

"욕실은 자네 방으로 가는 도중에 있어. 열한 시까지는 사용해도 좋아. 보통의 가정집 욕실이라 좀 불편할 거야."

"그게 문제가 아니라."

유가와는 잠시 생각에 잠긴 듯한 표정을 짓더니 이렇게 말했다.

"사건이 있던 날 밤, 숙박객들은 언제 목욕을 했을까? 아까 그 노트를 보니 나가사와 코다이 군은 목욕을 한 모양이던데."

"그게 무슨 문제라도 돼?"

"낮에 자네는 내게 이렇게 말했지. 손님들은 자네 부부와 늘 같이 있었다고. 그러니 타살일 가능성은 없다고 말이야."

"응, 그런데?"

"욕실 안은 엿보지 않았을 테지? 욕실 창으로 빠져나가는 것도 가능한 일이잖아."

"이봐."

"자네가 무슨 말을 하려는지 알아. 그렇지만 나는 정확한 정보를 알고 싶을 뿐이야."

후지무라는 천장을 올려다보더니 머리를 절레절레 흔들었다.

"미안해, 유가와. 일부러 이런 데까지 오게 해서 정말 미안한데 말이지, 내가 사과할 테니까 이번 일은 그냥 잊어 줄 수 없을까?"

유가와는 당혹스러운 듯 눈을 깜빡거렸다.

"그게 무슨 말이야?"

"내가 어떻게 됐었나 봐. 그건 밀실이고 뭐고 아무것도 아니었어. 자네랑 이야기를 나누다 보니 점점 그런 느낌이 들어. 그러니까 이제 됐어."

"역시 방 안에는 사람이 있었다는 말인가?"

"그랬을 거야. 미안해, 시간을 낭비하게 해서."

후지무라는 고개를 숙였다.

"자네가 받아들일 수 있다면 난 괜찮아."

"이젠 받아들일 수 있어. 내가 좀 어떻게 됐었던 모양이야."

"그래? 그렇지만 마지막 질문에는 대답해 주었으면 좋겠어. 숙박객이 언제 욕실에 들어갔는지."

유가와의 질문에 후지무라는 자신의 얼굴이 스스로 느낄 정도로 험악해지고 있다는 것을 깨달았다.

"제발 이번 일은 좀 잊어 달라고 하잖아."

"개인적인 흥미로 묻는 거야. 혹시 대답하기 어려운 사정이라도 있어?"

후지무라는 깊이 숨을 들이쉬고 나서 대답했다.

"경찰에게 몇 번이나 질문을 받았기 때문에 그날 밤 일은 생생하게 기억하고 있어. 하라구치 씨의 방문이 잠겨 있다는 것을 확인한 후 처남이 먼저 욕실로 들어갔지. 단 십 분 정도였어. 처남이 나온 후 나가사와 부자가 들어갔어. 그 사람들은 삼십 분 정도 거기 있었을 거야. 그동안 계속 부자의 목소리가 들렸어. 나와 구니코는 손님이 있는 밤에는 욕실을 사용하지 않아. 아침에만 샤워를 하지. 참고로 말하면, 여기서 하라구치 씨가 떨어진 계곡까지는 왕복 이십 분은 걸려. 이제 상황을 이해할 수 있겠어?"

유가와는 손가락으로 허공에 뭔가를 쓰는 시늉을 했다.

"지금 한 말, 분명한 사실이지?"

"분명해. 경찰에게도 똑같이 말했으니까."

"알았어. 그럼 나는 천천히 목욕이나 해야겠어."

그렇게 말하고 유가와는 복도를 걸어갔다.

5

다음 날 아침, 아침 식사를 마친 유가와는 출발 준비를 한 뒤 오전 아홉 시에 라운지에 나타났다. 후지무라는 숙박료 같은 건 필요 없다고 극구 사양했지만, 유가와는 웃으며 지갑을 꺼냈다.

"오랜만에 편히 쉬고 맛있는 음식도 실컷 먹었어. 만족한 만큼 대가를 지불하는 거니까 그냥 받아 줘."

후지무라는 어깨를 으쓱했다. 이 사내의 고집은 학생 시절 부터 잘 알려져 있다.

올 때처럼 라이트 밴에 태워 역까지 데려다 주었다.

"정말 미안해."

유가와가 내리려는데 후지무라가 그렇게 말했다.

"사과할 필요 없어. 가까운 시일 안에 다시 올 것 같으니 까."

"꼭 놀러 와."

유가와는 차에서 내려 역사를 향해 걸어갔다. 그의 모습이 사라지는 것을 확인하고 후지무라는 차를 돌렸다.

그날 밤이었다. 후지무라 부부가 식사를 하고 있는데 유스 케가 전화를 했다.

"유가와라는 사람, 어제 거기 머물렀죠?"

유스케의 목소리가 밝았다.

"어떻게 그걸?"

"오늘 유가와 씨가 우리 사무실에 들렀어요. 처음에는 좀 의아했죠. 데이도 대학 교수가 무슨 용건인가 싶어서요. 매형 친구라는 말을 듣고서야 자리에 앉으라고 했어요."

"그 친구가 처남을 만나러 갔어?"

"저보다는 미술관에 대해 알고 싶은 것 같았어요. 그래서 제가 설명해 줬죠. 서투르긴 했지만 그 사람, 잘 이해하는 것 같았어요. 과연 물리학자답다는 생각이 들던데요."

"다른 이야기는?"

"별다른 이야기는 없었어요. 열심히 하라고 격려해 주더라고요."

"아, 그랬구나."

"가까운 시일 안에 다시 온대요. 그 사람 오면 저도 좀 불러 줘요. 만나서 다시 한번 이야기해 보고 싶으니까."

"그러지. 연락할게."

전화를 끊은 후지무라는 옆에서 불안한 표정을 짓고 있는 구니코에게 유스케와의 대화 내용을 전해 주었다. 속여 봐야 어차피 들킬 것이기 때문이었다.

"유가와 씨가 왜 유스케에게 갔을까?"

그녀의 표정이 한층 어두워졌다.

"기차 시간이 좀 남아서 그러지 않았을까? 별다른 이야기는 없었다고 하던데, 뭘."

"흠." 하고 구니코는 고개를 끄덕였지만 불안해하는 표정은 사라지지 않았다.

식사를 마치고 정리를 하는 동안에도 구니코는 입을 꾹 다물고 있었고, 가끔 생각에 잠긴 듯 손길을 멈추기도 했다. 후지무라는 아내의 그런 이상한 행동을 보고서도 모른 체했다.

정리가 끝난 다음 그는 선반에서 위스키 병을 꺼냈다. 그리고 의식적으로 밝은 목소리로 물었다.

"한잔, 어때?"

"어? ……오늘 밤은 안 마실래."

구니코는 고개를 저었다.

"어쩐 일이야. 술을 안 마시면 잠을 깊이 못 자겠다고 할 때는 언제고."

"오늘은 너무 피곤해서 금방 잠이 들 것 같아. 혼자 천천히 마셔."

"알았어. 그럼 잘 자."

"그래, 잘 자."

구니코가 나간 뒤 후지무라는 주방에서 글라스와 얼음을 들고 와 위스키를 마시기 시작했다. 글라스를 흔들자 달그락 달그락 얼음 소리가 났다. 그 소리가 후지무라에게 3년 전의 기억을 일깨워 줬다. 구니코를 만날 즈음이었다.

클럽에서 그녀는 눈에 띄는 존재가 아니었다. 말을 걸면 그 럭저럭 대답은 하지만 스스로 분위기를 이끌어 가는 타입은 아니었다. 그 대신 분위기에 녹아들지 못하는 손님에 대한 배 려는 누구보다 뛰어난 여자였다. 접대할 때를 빼고는 그런 종 류의 술집에 가지 않는 후지무라가 개인적으로 그곳을 찾아 가게 된 것도 바로 그런 그녀 때문이었다.

가게 밖에서 만나게 되면서부터 두 사람 사이는 급속도로 가까워졌다. 세 번째 육체관계를 가진 후, 그는 프러포즈했다.

거절당할 것이라고 예상한 대로 구니코의 반응은 신통치 않았다. 그녀의 대답은 요즘 젊은 여성에게서는 나오기 힘든 말이었다.

"저 같은 여자에게 그런 말을 하면 안 돼요. 저와 후지무라 씨는 신분이 달라도 너무 달라요. 전 지금 이대로가 좋아요. 가끔 만날 수 있으면 그걸로 만족이에요."

그때 처음으로 그녀는 자신의 처지에 대해 이야기했다. 평 범한 가정에서 태어나 행복하게 살아오다가 얼마 전 갑자기 부모가 세상을 떠났다고 했다.

물론 후지무라는 자신의 뜻을 꺾지 않았다. 자란 환경은 아 무래도 좋고, 또 애당초 신분의 차이 따위는 존재하지 않는 것이라고 주장했다.

그러나 구니코의 마음은 굳게 닫혀 있었다. 자신과 결혼하면 불행해질 거라는 말까지 했다.

그런 그녀의 태도가 바뀐 것은 도쿄를 떠나 산속에서 펜션을 경영하고 싶다는 후지무라의 제안 때문이었다. 결혼에 대해 무관심하기만 하던 그녀가 처음으로 그런 생활을 정말 하고 싶다고 말했다.

주위의 반대를 무릅쓰고 후지무라는 펜션 경영에 뛰어들었다. 애당초 야외 활동을 좋아하던 그였기에 그 방면에 아는 사람도 많아서 계획은 매끄럽게 진행되었다.

결혼을 주저하던 구니코도 마침내 후지무라의 제안을 받아들이기에 이르렀다. 이후 산에서 생활한 지 2년, 그녀는 여태 단 한 번도 불평한 적이 없다. 평생 여기서 살고 싶다고 했다.

유스케를 그곳으로 부른 것도 잘한 일이라고 생각했다. 유스케는 그를 친형처럼 따랐다. 술에 취할 때마다 매형은 나의 은인이라고, 우리의 생명을 구해 준 은인이라고 말할 정도였다.

모든 일이 순조롭기만 했는데……. 그런 생각을 하면서 후지무라는 글라스를 테이블에 내려놓았다. 얼음이 쨍, 소리를 냈다.

유가와가 휴대폰으로 전화를 했을 때, 후지무라는 펜션 주변의 풀을 뽑고 있었다. 착신 표시를 보는 순간 불길한 예감이 스쳤다.

유가와는 오늘 저녁에 가도 되겠느냐고 물었다.

"물론 괜찮지만, 갑자기 무슨 일로?"

"자네에게 보여 주고 싶은 게 있어서."

"뭔데?"

"백문이 불여일견이라는 말이 있잖아. 전화로는 설명하기 어려워."

"신경 쓰이네, 그거. 그럼 내가 가는 건 어때. 그래도 되지?"

"아니, 그럴 정도의 일은 아니야. 내가 갈게. 그러지 않으면 의미가 없어."

"무슨 일인데 그래?"

"백 번 듣는 것보다 한 번 보는 게 낫다니까. 일곱 시쯤 가도록 할게. 이야기만 끝나면 바로 돌아올 테니까 식사 준비는 하지 않아도 돼. 마중도 나오지 말고. 그럼 이따가 봐."

잠깐, 하고 말하려는데 유가와는 일방적으로 전화를 끊어 버렸다.

그 뒤로 후지무라는 도무지 일손이 잡히지 않았다. 그는 라운지에 앉아서 자꾸 시계만 바라보았다. 전표 정리를 하려 했지만 그것도 집중이 되지 않았다.

7시 5분이 지날 무렵, 엔진 소리가 들려 나가 보니 택시가 막 도착하는 참이었다. 코트 차림의 유가와가 내리자 택시는 아예 시동을 꺼 버렸다. 기다리라고 한 것 같았다.

"갑자기 미안해." 하고 유가와가 말했다.

"자네 도대체 무슨 생각인지 알 수가 없군."

"그래? 난 자네가 거의 눈치를 챘을 거라고 생각했는데."

"그게 무슨 말이야?"

"안으로 들어가서 얘기하지."

유가와는 앞서서 현관 쪽으로 걸어갔다.

라운지에 들어서자 후지무라는 커피를 끓이기 시작했다.

"부인은?"

"외출 중이야. 아홉 시나 돼야 돌아올 거야."

구니코에게는 유가와가 온다는 말을 하지 않았다. 억지로 일을 만들어 두 사람이 마주치지 않도록 해 두었다.

"그렇군. 화장실 좀 써도 되겠지."

"물론."

후지무라는 커피를 따라서 테이블에 내려놓았다. 그때 카운터에 올려놓은 휴대폰이 울렸다. 착신 표시를 보니 유가와였다.

"나야."

"알아. 화장실에서 웬 전화야?"

"화장실이 아냐. 그 방에 와 있어."

"뭐?"

"기다리고 있을게."

그런 다음 유가와는 전화를 뚝 끊어 버렸다.

라운지를 나선 후지무라는 고개를 갸우뚱거리며 복도를 걸어갔다. 구석방으로 가서 노크를 했지만 대답이 없었다. 손잡이를 돌리니 문이 열렸다. 그런데 도어체인이 걸려 있었다.

가슴이 쿵, 했다. 그날 밤과 똑같다.

유가와, 하고 불러 보았다. 그러나 아무런 대답이 없다.

순간 팍, 하고 떠오르는 게 있어 후지무라는 발길을 돌렸다. 현관으로 가서 손전등을 들고 바깥으로 뛰어나갔다. 그리고 잰걸음으로 건물 뒤편으로 돌아갔다.

손전등으로 창을 비추어 보았다. 크레센트가 잠겨 있었다.

"그때도 이랬었지?"

뒤에서 목소리가 들렸다.

돌아보니 유가와가 부드러운 미소를 머금은 채 서 있었다.

"어떻게 나왔어?"

"간단한 트릭이야. 그것을 설명하기 전에 자네 이야기를 좀 듣고 싶어, 자네의 솔직한 마음을."

"내가 거짓말이라도 했다는 건가?"

"거짓말은 하지 않았을지 모르지만 숨기는 게 있을걸."

후지무라는 고개를 저었다.

"무슨 말인지 도무지 모르겠어."

그러자 유가와는 어처구니없다는 듯 미간에 주름을 잡았다. 그리고 어깨를 늘어뜨리며 길게 숨을 뿜어냈다.

"어쩔 수 없군. 그럼 내가 추리한 걸 설명해 주지. 반론하고 싶으면 내 말이 끝난 다음에 해."

"좋아. 한번 들어 보지."

"먼저 지적해 두고 싶은 점은 자네의 태도가 처음부터 부자연스러웠다는 거야. 상식적으로 보면 밀실도 아니고 아무것도 아닌 것을 밀실 수수께끼일 가능성이 있다고 주장하면서 내가 추리를 하도록 만들었어. 물론 인간의 직감이란 걸 무시할 수는 없어. 안에서 문이 잠겨 있는데도 인기척을 느낄 수 없었으니 자네로서는 기분이 안 좋았을 거야. 하지만 그렇다고 해서 누군가가 곤란에 빠지는 것도 아니니 일부러 옛 친구까지 불러서 해결하려고 할 일은 아니었어. 그런데도 자네는 거기에 집착했어. 왜일까. 그래서 나는 이렇게 생각했어. 혹시 자네에게 그 방이 밀실이었다고 믿을 만한 확실한 근거가 있지는 않을까. 다만, 그 근거를 다른 사람에게 말할 수 없는 것 아닐까. 아닌가?"

갑자기 질문을 받은 후지무라는 당황한 듯, 말을 하려다 말고 헛기침만 했다. 입속이 바싹 타는 듯했다.

"하고 싶은 말은 있지만 나중에 하기로 하고, 우선은 자네 이야기부터 마저 해."

유가와는 고개를 끄덕이고 입을 열었다.

"자네가 밀실이라고 생각한 근거는 무엇일까. 그것을 알아내지 못한 채 나는 우선 트릭에 대해 생각해 보기로 했지. 그런데 여기서 또 자네의 그 불가사의한 행동에 부딪치고 말았어. 나에게 밀실 트릭을 해결해 달라고 해 놓고서는 사건에 대한 상세한 정보를 숨기려 하는 거야. 바로 거기서 번쩍 떠오르는 게 있었어. 사건에 어떤 배경이 있다는 거지. 아마도 단순한 자살이 아닌 타살일 것이다. 그것을 자네가 알아차린 거야. 그러나 자네는 그것을 경찰에 말할 수 없었어. 그 이유에 대해서는 짐작 가는 데가 있긴 하지만, 내 입으로는 말하지 않기로 하지."

"거기까지 말해 놓고 주저할 거 없잖아. 가족이 범인이라는 사실을 밝히고 싶지 않았다는 거겠지."

"그게 가장 적절한 답이라고 생각해."

그리고 유가와는 덧붙였다.

"하라구치 씨는 유스케에게 살해당했어."

7

"갑자기 비약이 너무 심하잖아."

그렇게 말하는 후지무라의 목소리가 떨리고 있었다.

"그럴까? 적어도 자네는 그렇게 생각하고 있는 게 분명해."

"내 머릿속이 들여다보이기라도 한다는 거야?"

"그렇지 않으면 자네의 말과 행동을 설명할 수 없어. 자네는 어떤 이유로 유스케가 범인이 아닐까 의심하고 있었어. 그러나 문제가 있었지. 유스케 군에게 알리바이가 있다는 사실을 누구보다 자네가 잘 알고 있다는 거였어. 그가 이 펜션에 도착했을 때 하라구치 씨의 방은 이미 밀실 상태였어. 그 후 유스케 군은 목욕을 한 십 분 동안을 제외하고는 줄곧 다른 사람들과 같이 있었지. 경찰은 그 증언을 믿고 살인 사건이 아니라고 판단했지만, 정작 자네는 뭔가가 마음에 걸렸던 거야. 그래서 나에게 의논한 거 아닌가? 그러나 자네가 한 가지 잘못 생각한 것이 있었어. 물리적인 트릭만 풀면 되니까 사건에 대한 상세한 정보를 나에게 줄 필요는 없다고 말이야. 그런데 내가 부인에게 이것저것 묻고 유스케에 대해 조사하기 시작하자 자네는 당황하고 말았어. 그래서 내게 밀실 수수께끼를 풀 필요가 없다고 말하게 된 거지. 자칫하다가는 뭔가를 내게 들킬지도 모른다고 생각한 거야."

후지무라는 자신의 심장 박동이 빨라지는 것을 느꼈다.

"그럼 그건 어떻게 된 거야? 두 번째로 방을 찾아갔을 때는 안에서 인기척이 났다고 했잖아."

"그건 자네가 지어낸 이야기겠지. 가령 내가 밀실 트릭을 밝혀낸다 하더라도 타살 가능성을 부정할 수 있게 포석을 깔아 둔 거야. 아닌가?"

후지무라는 유가와의 단정한 얼굴을 빤히 쳐다보았다. 옛 친구인 물리학자는 징그러울 정도로 침착했다.

"자네가 상상력이 풍부하다는 건 오래전부터 알고 있었어. 그럼 이제 슬슬 수수께끼를 풀어 줘야 하지 않을까. 너무 뜸 들이지 말고."

"지금까지의 추리에 대해 반론은 없어?"

"너무 많은 얘기를 해서 정리가 안 돼. 어쨌든 자네 이야기를 끝까지 들어 보기로 하지."

알았어, 하고 유가와는 창으로 다가갔다.

"사건 당일 하라구치 씨는 일단 방으로 들어온 후 창으로 빠져나갔지. 아마도 누군가와 만날 약속이 있었을 거야. 창으로 나간 것은 상대의 지시에 따른 것일 가능성이 높아. 밀회 장면을 다른 사람에게 들키고 싶지 않아서라고 보면 될 거야. 약속 장소는 아마도 하라구치 씨가 떨어진 그곳이었을 테지. 범인이 먼저 가서 잠복하고 있었는지 뒤를 따라갔는지는 분명하지 않지만 마음을 놓고 있던 하라구치 씨를 뒤에서 미는 건 그리 어려운 일이 아니었을 거야."

"잠깐만. 범인이."

후지무라는 침을 꿀꺽 삼키고 말을 이었다.

"아니 유스케가 여기 오기 전에 하라구치 씨를 죽였다는 말인가?"

"아마 그럴 거야. 그런 다음 그는 여기로 와서 창을 통해 방 안으로 들어갔지. 그리고 방문을 잠그고 도어체인까지 건 후 어떤 조작을 해 놓고 창을 통해 다시 밖으로 나왔어."

"조작?"

"별건 아냐. 사전에 준비해 둔 사진을 크레센트 앞에 붙인 것뿐이야."

"사진?"

"걸쇠가 걸려 있는 듯 보였지만, 그건 사진이었어."

"말도 안 되는 소리."

후지무라는 손전등으로 창의 크레센트를 비춰 보았다. 손전등을 움직이자 걸쇠의 그림자도 움직였다.

"이게 어떻게 사진이야?"

"그럼 창을 열고 확인해 봐."

"잠긴 창을 어떻게……."

그러면서 창을 옆으로 미는데 창이 아무런 저항 없이 스르록 열렸다. 어안이 벙벙해진 후지무라는 다시 크레센트 걸쇠를 비춰 보았지만 그것은 여전히 잠긴 상태였다.

이게 뭐야, 하고 중얼거리다가 그는 자신이 본 물체의 정체를 알아차렸다.

사진이었다. 단, 평범한 사진은 아니었다.

"홀로그램이야." 하고 유가와가 말했다.

"영상을 삼차원으로 기록할 수 있는 이른바 입체 사진이란 놈이지. 본 적 없어?"

후지무라는 사진을 벗겨 가지고 손전등으로 빛을 여러 각도에서 비춰 보았다. 각도에 따라 영상이 흐려지기도 하고 색깔이 바뀌기도 했다.

"이런 걸 어디서……."

"오늘 낮에 우리 대학 실험실에서 만들었지. 홀로그램에도 여러 가지가 있는데 이것은 리프만 홀로그램이라는 방식을 적용한 거야. 보통의 홀로그램이라면 레이저 광선을 비춰야 재현할 수 있지만 이건 손전등으로도 선명한 입체 영상을 얻을 수 있어."

"유스케가 이런 걸 만들었단 말인가?"

"그라면 어렵지 않게 만들었을 거야. 설비를 모두 갖추고 있으니까."

"무슨 말이야?"

"미술관 이야기는 들었겠지. 전시품의 숫자는 국내 최고 수준이지만 공간은 삼분의 일도 안 된다는 말. 그것도 안전 대책은 완벽하면서 말이야. 그 말을 듣는 순간 홀로그램을 사용하는 게 아닐까 생각했지. 귀중한 미술품을 홀로그램으로 전시하는 방식이 최근에 주목받고 있거든. 사진이니까 별로 공간이 필요 없잖아. 게다가 도둑맞을 염려도 없고. 실물과 구별이 안 되니까 고객의 불만을 사지도 않고. 미술관에서 유스케 군을 만나 자세한 설명을 들었지. 그는 꽤 친절하게 가르쳐 주었어. 정말 성격 좋은 젊은이더군. 내가 밀실 수수께끼를 풀려 한다는 사실은 꿈에도 몰랐을 거야. 그런 생각을 하면 가슴이 아프긴 하지만."

후지무라는 다시 손에 든 홀로그램 사진을 내려다보았다. 사진이라는 사실을 알면서도 거기에 진짜 걸쇠가 있는 듯한 착각에 빠졌다.

"선명하게 재현하기 위해서는 몇 가지 조건이 필요해. 가장 중요한 것은 쓸데없는 빛이 없어야 한다는 것. 어둠 속에서 손전등으로 비추는 것이 가장 이상적이지. 그리고 빛을 비추는 각도도 중요해. 그래서 유스케가 손전등을 든 거야."

"……그런 거였군."

"창이 열리지 않은 것은 레일에다 막대기 같은 걸 끼워 두었기 때문일 거야. 이것으로 밀실 장치는 완성."

"그렇지만 그다음에 갔을 때는 창이 열려 있었잖아. 그건 도대체……."

그러던 후지무라는 스스로 그 대답을 찾아냈다.

"유스케가 욕실로 들어간 십 분?"

"그래. 욕실 창으로 나와서 레일에 끼워 둔 막대를 빼내고 홀로그램도 회수한 거지. 십 분이면 충분해. 다만, 탕에는 들어가지 않고 샤워만 하고 나왔더군."

"어떻게 그런 것까지 알 수 있지?"

"그날 밤 묵었던 나가사와 코다이 군이 노트에 이렇게 적어 놓았어. 탕에 들어가면 거품이 마구 일어서 정말 기분이 좋았다고. 물에는 공기가 녹아 있는데 그 양은 물의 온도가 낮을수록 많아. 지금 시기의 물은 차가우니까 공기가 대량으로 녹아 있어. 그 물을 끓이면 녹아든 공기가 거품으로 변해 나오려고 해. 그것을 과포화라고 하지. 탕에 들어갔을 때 몸에 조그만 기포가 가득 붙었다는 것은 그때까지 겨우 버티고 있던 공기가 어떤 자극을 받아 일제히 터져 나왔기 때문이야. 노트에 적힌 글을 읽을 때는 아무 생각이 없었지만 나중에 자네 이야기를 듣고 이상하다는 생각을 했지. 나가사와 코다이 군에 앞서 유스케가 탕에 들어갔다면 이미 과포화 상태는 끝났을 테니 그렇게 거품이 많이 나올 리 없어."

담담하게 말하는 유가와의 목소리를 들으면서 후지무라는

슬며시 웃음 지었다. 자조의 웃음이었다. 이 사내에게 밀실의 수수께끼를 풀어 달라고 한 것이 얼마나 어리석은 행동이었는가를 깨달은 것이다.

"반론은?"

유가와가 물었다.

후지무라는 고개를 저었다. 그런 움직임조차 힘겨워 보일 정도로 그의 몸과 마음은 무겁게 굳어 있었다.

"두 손 다 들었어. 완벽해. 이 정도로 완벽하게 풀어 버릴 줄은 몰랐어."

"이거 하나만은 알아 둬. 난 아무런 증거도 확보하지 못했다는 사실. 단순한 공상이라고 해도 할 말이 없어."

"아니, 아마도 자네 추리가 맞을 거야. 이제 확신이 섰어. 두 사람에게 자수를 권할 거야."

"두 사람이라면…… 부인과 유스케?"

후지무라는 고개를 끄덕였다.

"전화로 둘이 의논하는 걸 들었어. 비록 내가 들은 말이라고는 '하라구치가 여기로 온대. 어떡하지?'라는 구니코의 말뿐이지만, 나는 그 한마디로 어떤 사정인지 알아차렸어. 하라구치라는 구니코의 옛날 고객이 좋지 못한 목적을 가지고 온다는 것을."

"옛날 고객이라면 우에노 클럽의 손님?"

"그게 아냐. 구니코는 젊은 시절 여러 남자와 사귀면서 돈을 받았어. 단도직입적으로 말하자면 몸을 판 거지. 의지할 곳 없는 젊은 여자가 어린 동생을 키워야 했으니까 수단 방법 안 가렸겠지. 옛날의 고객이란 그 시절의 고객이라는 의미야. 구니코는 내가 그런 사실을 모르는 줄 알아."

"자네는 어떻게 알았지?"

"어느 세계에든 심술궂은 인간이 있기 마련이잖아. 구니코의 호스티스 동료가 살짝 가르쳐 주었어. 구니코 주변에 몇 명의 남자가 있다는 사실을 그 호스티스에게 들었어."

"혹시 자네가 회사를 그만두고 도쿄를 떠난 것도……."

"구니코는 내게 피해를 줄까 봐 결혼을 거부했어. 그래서 나는 도쿄를 떠나면 그녀가 마음을 놓을 거라고 생각했지. 하긴 펜션 경영이 옛날부터 나의 꿈이기도 했지만."

유가와의 표정이 어두워졌다.

"하라구치가 방에서 사라져 돌아오지 않자, 나는 두 사람이 놈을 죽였다는 것을 직감했지. 경찰에 알릴까도 생각했지만 도저히 그럴 수 없었어. 두 사람이 자수하기를 바랄 뿐이었지. 그리고 내 마음속에 두 사람을 의심할 수 없는 부분이 있었어."

"밀실 말이야?"

"그래. 유스케의 알리바이를 지탱해 주는 것이 바로 밀실인데, 내가 증인인 셈이잖아. 이런 사실을 어떻게 이해하면 될지, 솔직히 고민스러웠어. 그렇지만 이제 그 고민이 해결됐어. 의문도 풀렸고. 그 두 사람이 범인인 게 분명해."

"그런데 두 사람은 왜 그런 짓을 했을까?"

"아마도 구니코가 하라구치에게 협박을 당했던 것 같아. 옛날 일을 폭로하지 않을 테니까 돈을 내놓으라고 말이지. 하라구치가 거액의 빚을 지고 있었다는 말은 자네도 들었을 거야. 지금까지 그런 협박을 여러 차례 받았을지도 몰라."

유가와는 괴로운 듯 얼굴을 찡그렸다.

"있을 법한 일이야. 살인의 동기가 이해가 가."

"그렇다 하더라도 사람을 죽이는 건 안 될 일이지."

후지무라는 단호하게 말했다.

"두 사람에게 이렇게 말할 생각이야. 복역을 마칠 때까지 기다리겠다고."

유가와는 입을 굳게 다문 채 고개를 숙이고 손목시계를 보았다.

"나는 이제 가 봐야겠어."

"그래야겠지."

두 사람은 택시가 서 있는 곳으로 돌아왔다. 뒷좌석에 앉은 유가와가 창 너머로 후지무라를 바라보았다.

"또 올게. 구사나기라도 데리고."

"남자 둘이서 말이야? 재미없잖아."

"구사나기의 부하 중에 아주 드센 여형사가 있거든. 한번 말해 보지, 뭐."

"기다리고 있을게."

그럼, 하고 유가와는 유리창을 닫았다.

후지무라는 택시가 떠나는 것을 말없이 서서 지켜보았다. 미등이 어둠 속으로 사라지는 것을 확인하고 집으로 들어갔다.

주방으로 가서 선반에서 와인을 꺼냈다. 구니코가 좋아하는 와인이다. 쟁반에 와인과 글라스 두 개를 담아 라운지로 돌아왔다. 그리고 소믈리에 나이프로 조심스럽게 코르크를 딴 후 글라스 하나에 와인을 따랐다.

그때 자동차 엔진 소리가 들렸다. 구니코가 운전하는 라이트 밴이 돌아온 것이다.

후지무라는 다른 한쪽 글라스에도 와인을 따랐다.

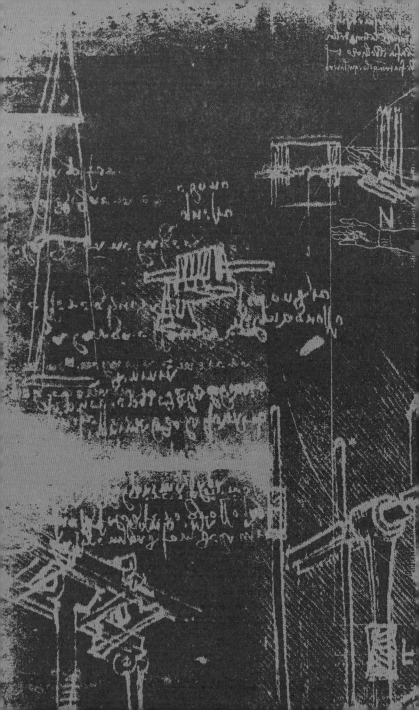

4
가
리
키
다

1

전화가 걸려 왔을 때 이미 호리베 고스케의 용건이 무엇인지는 대충 짐작이 갔다. 그래서 먼저 대답을 해 줄 수도 있었지만 하즈키는 일단 참기로 했다. 만에 하나 그것이 오해라면 자신이 바보같이 생각될 것 같았고, 무엇보다도 가상의 질문에 대해서는 '그것'이 온전히 대답해 줄 것 같지 않았기 때문이다.

호리베가 지정한 곳은 역 바로 옆에 있는 패스트푸드점이었다. 이야기만 할 거면 공원 벤치도 괜찮을 것 같은데, 하즈키 쪽에서 먼저 그렇게 말할 수는 없었다. 오후 네 시에 만나기로 약속하고 전화를 끊었다.

네 시 오 분 전에 역 앞에 도착한 그녀는 약속 장소인 패스트푸드점이 잘 보이는 편의점에 들어가서 잡지를 읽는 척하며 주위를 살폈다.

이윽고 호리베 고스케가 나타났다. 키가 훤칠하지만 자세는 그다지 좋지 않다. 그러나 다소 피로에 전 듯한 몸짓으로 걷는 그 모습이 하즈키는 좋았다. 평소에는 저렇게 늘어진 듯 보이다가도 일단 시합에 들어가면 매우 역동적으로 움직인다. 그런 점 때문에 이끌리는지도 몰랐다. 호리베는 하즈키의 일 년 선배로 축구부 소속이었다. 그리고 그녀는 축구부 매니저 를 맡고 있다. 호리베는 며칠 전에 중학교를 졸업했다.

그가 패스트푸드점으로 들어선 지 오 분 정도 지난 다음 하 즈키도 편의점에서 나와 그곳으로 향했다.

호리베는 창가 자리에서 아이스 카페오레를 마시고 있었 다. 하즈키가 다가가자 수줍은 듯이 미소를 지었다.

"넌 안 마실 거니?"

그녀가 자리에 앉는 것을 보고 그가 물었다.

"목마르지 않아요."

돈이 아까워서라는 말은 할 수 없었다. 주문하지 않으려고 일부러 호리베보다 늦게 온 것이다.

"갑자기 불러내서 미안해. 다른 일이 있었던 건 아냐?"

"괜찮아요. 호리베 선배, 요즘 어떻게 지내요?"

"글쎄, 별로 하는 게 없어. 이렇게 지내다가는 고등학교에 들어가서 헤맬 것 같은 생각이 들어."

호리베는 말을 하면서 앞머리를 만지작거렸다. 긴장했을 때의 버릇이다.

축구부와 관련된 이런저런 이야기를 주고받았다. 호리베는 연신 입술을 축이며 앞머리를 만지작거렸다. 말을 주고받으면서도 별로 대화에 집중하는 것 같지 않았다.

이윽고 마음을 정한 듯 그는 등을 쭉 펴더니 하즈키를 바라보았다.

"오늘 이렇게 부른 건 물어보고 싶은 게 있어서야."

그러고는 눈길을 주위로 돌리더니 말을 이었다.

"마세, 너 만나는 사람 있니?"

예상했던 질문이었다. 하즈키는 고개를 저었다. 없어요, 라고 작은 목소리로 대답했다. 호리베가 안도하는 기색이 전해져왔다.

"그럼 나랑 사귀지 않을래?"

너무 갑작스러운 데다 멋이라고는 눈곱만큼도 없는 프러포즈였지만 하즈키의 가슴은 뜨거워졌다. 심장이 쿵쾅거리기 시작했다.

"안 돼? 달리 좋아하는 녀석이라도 있는 거야?"

"그런 거 없어요."

"그럼 오케이라고 생각하면 돼?"

하즈키는 숨을 깊이 몰아쉬고 눈을 들어 그의 얼굴을 바라보았다.

"지금 바로 대답해야 하나요?"

"그런 건 아니지만……, 왜? 난 빨리 대답을 듣고 싶은데."

"생각 좀 해 보고요. 그래도 되죠?"

"알았어. 언제 대답해 줄 거야?"

"금방 전화할게요. 아마도 오늘 중으로."

"그럼 기다릴게. 기대해도 되겠지?"

하즈키는 미소지었다. 그러나 그 미소가 어색해 보인다는 것은 스스로도 알 수 있었다.

호리베와 헤어지고 나서 엄마와 단둘이 사는 연립으로 돌아왔다. 들어오자마자 자물쇠를 잠그는 건 몸에 밴 버릇이었다.

거실을 제외하고 방이라고는 하나뿐인 좁은 집이지만 불만스럽게 생각한 적은 없다. 엄마 기미코가 얼마나 고생하며 자신을 키우는지 하즈키는 누구보다 잘 알고 있었다.

방에는 접이식 책상이 놓여 있다. 하즈키는 그 앞에서 정좌하고 앉아 지갑을 열었다. 그 속에서 손톱보다 작은 수정 하나가 나왔다. 끝이 뾰족하고 윗부분에는 10센티미터 정도 길이의 사슬이 달려 있다. 그녀는 그 사슬의 끝 부분을 손가락 끝으로 집어 들었다. 수정이 아래로 대롱대롱 매달렸다.

마음을 가라앉히고 눈을 감는다. 정지해 있던 수정이 천천히 진자 운동을 시작한다. 그 움직임이 점점 안정되어 간다. 시계와 반대 방향으로 돌고 있다. 그녀에게는 그것이 예스,

라는 뜻이었다.

일단 진자를 멈추고 심호흡을 했다. 수정을 바라보며 다시
한번 눈을 감는다. 이번 질문은 호리베 고스케의 제안을 받아
들이느냐 마느냐이다.

수정의 움직임이 손가락 끝으로 느껴지자 그녀는 눈을 떴
다. 그 움직임을 보고 한숨을 내쉬었다.

그로부터 약 오 분 후, 그녀는 호리베 고스케의 휴대폰에 전
화를 걸었다.

"여보세요. 마세예요. 대답해 드릴게요. 호리베 선배의 마
음, 정말 고마워요. 그렇지만 저, 입시 공부도 해야 하니까 역
시 곤란할 것 같아요. ……죄송해요. 마음을 정해 버렸어요.
호리베 선배, 여자애들한테 인기가 많으니까 좋은 여자 친구
만날 거라고 믿어요.……죄송해요, 정말. 저도 마음이 안 좋
아요. 그럼 안녕히 계세요."

일방적으로 그렇게 말한 후 그녀는 전화를 끊었다.

2

좁은 일방통행로를 끼고 낡은 목조 주택들이 늘어서 있다.
지난 시절의 냄새를 풍기는 골목길이다.

그런 가운데 유독 집 한 채가 눈에 띄었다. 대문도 웅장하고 벽 안쪽에는 잘 가꾼 정원수들이 들어차 있다.

그 문을 감식반원들이 오가고 있었다. 그들에게 방해가 되지 않을 위치에 서서 가오루는 수첩을 펼쳤다. 그녀 앞에는 구사나기와 기시야가 서 있다. 구사나기는 휴대용 재떨이를 손에 들고 담배를 피우고 있었다.

"피해자는 이 집에 사는 노히라 가세코 씨, 일흔다섯 살입니다. 일 층 방에 쓰러져 있는 것을 자식들이 발견했답니다. 목에는 뒤에서 끈으로 조른 듯한 흔적이 남아 있습니다. 아직 흉기는 발견되지 않았고요. 아들과 며느리, 손자, 이들은 일주일 전 하와이로 여행을 떠났다가 오늘 저녁에 돌아왔다고 합니다."

가오루는 메모를 보면서 말을 이었다.

"아들이 마지막으로 피해자와 통화를 한 것은 사흘 전 오전 열 시경, 이건 일본 시간입니다. 그 후 호놀룰루를 출발하기 직전에 다시 전화를 걸었지만 받지 않아 걱정했다는군요. 자세한 것은 아직 모르지만 유해는 사후 적어도 이틀 이상 경과한 것으로 추정됩니다. 가족에게 확인해 본 결과, 피해자가 쓰러져 있는 방만 어지럽혀져 있고 다른 방에는 범인이 침입한 흔적이 없었다고 합니다. 방에 있는 옷장과 불단을 뒤진 듯합니다."

"범인은 아들 일가족이 하와이 여행을 떠난 것을 알고 그 틈을 노린 것 같습니다."

기시야가 구사나기를 보며 말했다.

"그럴 가능성이 크겠어. 빈집털이 전문이라면 바깥에서 슬쩍 보기만 해도 가족이 집을 비웠고 노인 혼자 지키고 있다는 정도는 알아챌지도 모르지."

그러자 가오루는 선배 형사의 얼굴을 빤히 쳐다보고는 말했다.

"지나가는 길에 저지른 범행이라고 보기에는 몇 가지 석연치 않은 점이 있어요."

"뭔데?"

"아들 일가족이 돌아왔을 때 현관문이 잠겨 있었다고 하더군요. 창이나 유리문은 모두 안쪽에서 잠겨 있으니까 출구는 현관밖에 없는데 말이죠. 즉, 범인이 문을 걸어 잠그고 갔다는 겁니다. 실제로 집 열쇠가 사라지고 없었어요. 우연한 범행이라면 일 초라도 빨리 도망쳐야 하니까 그런 짓은 하지 않았을 거예요."

"보통의 범죄자라면 그렇겠지. 하지만 예외도 있을 수 있어. 사람을 죽였으니까 조금이라도 늦게 발견되게 하려고 그랬을지도 모르지."

"그렇긴 하지만 그 밖에 이상한 점이 또 있어요."

"그래? 어서 말해 봐."

"옷장과 불단을 뒤졌다고 했는데, 우선 옷장에서 사라진 것은 피해자 명의의 통장과 보석, 귀금속류입니다. 다만 통장의 인감은 다른 곳에 보관했기 때문에 무사했어요. 그런데 여기서부터가 중요합니다. 불단에서 금덩이 10킬로그램이 사라졌어요."

"뭐라고?"

구사나기는 눈을 크게 떴다.

"불단에 왜 그런 게 들어 있었지?"

"아들 이야기로는 피해자의 남편이 남겨 준 것이라고 합니다. 은행만 의지하다가는 만일의 경우 곤란에 빠질 수 있다며 재산의 일부를 금으로 바꾸어 두었대요."

"10킬로그램이라면 얼마나 하지?"

구사나기가 기시야에게 물었다.

글쎄요, 하고 기시야는 고개를 갸웃했다.

"제가 조사해 봤는데요. 1그램에 3천 엔 정도라고 하니까 10킬로그램이면 3천만 엔 이상이에요."

가오루의 대답에 으익, 하고 구사나기가 비명 같은 소리를 질렀다.

"아들 말로는 1킬로그램짜리 열 개를 넣어 두었다고 합니다. 그것도 겉으로 봐서는 알아차리기 힘든 상자에 넣어서요."

"상자?"

"불단의 서랍 안쪽에 들어 있습니다. 서랍을 빼내고 안쪽의 판자를 옆으로 제치면 확인할 수 있어요. 그런 서랍이 네 개 달려 있는데, 거기에 금덩이를 나누어 넣어 두었다고 합니다. 그게 몽땅 없어졌대요. 아주 정교하게 만든 상자여서 그 존재를 아는 사람이 아니면 절대로 찾아낼 수 없다고 하던데 말이죠."

가오루의 말을 듣는 동안 구사나기의 표정이 변해 갔다. 입가에는 여전히 미소를 머금고 있었지만 눈매는 무서울 정도로 날카로워졌다.

"그렇다면 범인은 단순히 면식이 있는 정도를 넘어서 피해자의 재산 관리 상황까지 알 정도로 가까운 사람이 분명해. 이거 일이 재미있게 돼 가는데."

그러면서 그는 콧등을 손가락으로 문질렀다.

"이상한 점이 하나 더 있어요."

가오루의 말에 구사나기가 입술을 일그러뜨렸다.

"또 있어?"

"이게 사건과 관련이 있는지 없는지는 모르겠지만, 개가 사라져 버렸어요."

"개?"

"이 집에서는 현관 앞에 개를 묶어 두고 길렀다고 합니다. 토종견인 가이견의 피가 섞인 검은색 개인데, 낯선 사람이 들어오면 격렬하게 짖어 대곤 했대요. 그런데 그 개의 행방이 묘연합니다."

가오루는 문 앞에서 집 현관 쪽을 들여다보았다. 현관문 앞에 개집이 놓여 있었다. 파란 지붕에, 입구에는 매직으로 '쿠로의 집'이라 적혀 있었다.

"늘 저 개집에 묶어 두었다고 합니다."

3

범행이 저질러졌을 것으로 추정되는 날 낮에 피해자 노히라 씨 집을 담 너머로 살펴보던 여자가 있었다는 목격 정보가 들어온 것은 유해가 발견된 다음 날이었다. 목격자에 따르면 그 여자는 마흔 살 정도의 나이에 정장을 하고 있었는데, 세일즈 우먼같이 보였다고 한다.

한편, 노히라 가세코의 방에서는 몇 종류의 보험 증서가 발견되었다. 모두 같은 대리점에서 취급한 것으로, 조사 결과 마세 기미코라는 여성이 담당자라는 것이 밝혀졌다. 그래서 기미코의 사진을 입수해 목격자에게 보여 주었더니 담 너머를 살펴보던 그 여자가 분명하다고 단언했다.

가오루와 구사나기는 급히 마세 기미코를 만나러 나섰다. 직장에 문의하니 이미 퇴근했다고 해서 둘은 그녀의 집으로 향했다.

마세 기미코가 사는 연립은 노히라 씨의 집으로부터 걸어서 15분 정도의 거리에 있었다. 한 칸짜리 연립으로 현관문을 열자 바로 앞에 부엌이 있었고 안방까지 한눈에 들어왔다. 그 좁은 부엌에서 테이블을 사이에 두고 가오루와 구사나기는 기미코와 마주 앉았다.

안방에서는 중학생으로 보이는 소녀가 텔레비전을 보고 있었다. 기미코에 따르면 3년 전 남편이 세상을 떠난 이후 딸과 둘이서 산다고 한다.

기미코는 단정한 얼굴에 깡마른 몸매의 여성이었다. 좋지 않은 안색을 화장으로 가린 듯한 느낌이 들었지만, 아직도 여성적인 매력을 충분히 갖추고 있었다. 마흔한 살이라는 나이임에도 그 미모에 혹해 계약서에 도장을 찍는 고객도 있지 않을까, 가오루는 상상해 보았다.

기미코는 노히라 가세코가 죽은 사실을 모르고 있었다. 연기인지는 모르겠지만 꽤 충격을 받은 듯했다. 창백한 안색이 한층 더 파랗게 보이고 눈도 점점 충혈되어 갔다. 연기라면 수준급이라고 가오루는 생각했다. 실제로 이 정도의 연기력을 구사하는 범인도 과거에 있었다는 걸 떠올리면서.

기미코는 사건 당일에 노히라 씨의 집을 찾아간 사실을 인정했다. 노히라 가세코가 가입한 개인연금에 대해 설명해 줄 것이 있어서 갔다고 한다. 오후 세 시 넘어서 그 집에 들어가 네 시경에 나왔다는 것이다.

"마세 씨가 담 너머로 노히라 씨의 집을 엿보는 것을 본 목격자가 있습니다."

구사나기의 말에 아아, 하고 기미코는 고개를 끄덕였다.

"사전에 연락을 하지 않아서 노히라 씨가 댁에 계시는지 확인하려고 그랬습니다."

"담 너머로 말입니까? 집에 있는지 확인하려면 인터폰을 누르면 되지 않나요?"

"그건 저도 잘 알죠. 그날도 인터폰을 누르긴 했습니다. 그렇지만 가능한 한 문 가까이 있고 싶지 않아서 그만 담 너머로 엿보게 되었어요."

"문 가까이 있고 싶지 않았다니, 왜죠?"

"그 집 쿠로 때문이에요. 정말 너무 심하게 짖는 개라서. 문에 다가서기만 해도 마구 짖어 대거든요. 사실 저는 개를 싫어해서 그분 댁에 드나들 때마다 죽을 각오를 하는 심정이었어요."

"하하, 그랬군요. 그날도 쿠로가 짖었습니까?"

"물론이에요."

"마세 씨가 돌아갈 때도요?"

"예."

기미코는 고개를 끄덕이다가 문득 의미심장한 표정을 지으며 구사나기를 바라봤다.

"저, 쿠로에게 무슨……."

구사나기는 가오루를 힐끗 본 후 다시 기미코 쪽으로 시선을 돌렸다.

"사건 이후로 쿠로의 행방이 묘연합니다."

"예?"

기미코는 눈을 동그랗게 떴다.

"뭐, 짚이는 것이 없습니까? 지금으로서는 아주머니가 쿠로를 본 마지막 사람인 것 같은데."

"그렇군요. 하지만 전 별로……."

기미코는 당황하는 기색으로 고개를 저었다.

"질문이 하나 더 있는데요. 노히라 씨 댁에 있던 불단을 보신 적이 있습니까?"

"네, 있어요."

"그 불단에 들어 있는 것에 대해서 상담을 받은 적은요?"

왜 그 얘기를 꺼내는지 의아하다는 표정이 일순 기미코의 얼굴에 스쳤다. 이 또한 연기일지 모른다.

"금……에 관해서 말인가요?" 하고 그녀가 물었다.

"그렇습니다. 역시 알고 계셨군요. 불단의 비밀 상자에 대해서."

"한 번 본 적이 있습니다. ……혹시 그걸 도둑맞았습니까?"

그 질문에 구사나기는 대답하지 않았다. 대신에 그 비밀 상자의 존재를 아는 사람이 또 있느냐고 물었다.

그녀는 고개를 갸웃하더니 모르겠다고 대답했다.

"그렇습니까. 그럼 마지막으로 노히라 씨 댁을 나온 후 무얼 했는지 말씀해 주세요. 가능한 한 상세하게 말씀해 주시면 좋겠습니다."

구사나기의 물음에 기미코의 표정이 어두워졌다. 알리바이 확인이라는 사실을 눈치 챘기 때문일 것이다.

"단골 고객의 집을 몇 집 더 돌고 나서 사무실로 들어갔습니다. 아마 저녁 일곱 시경이었을 겁니다. 그런 다음 시장을 보고 돌아왔습니다. 집에 도착한 것은 여덟 시 정도였을 거예요."

"그 후에는요?"

"그냥 집에 있었습니다."

"혼자서요?"

"아뇨, 딸도 있었습니다."

그러면서 마세 기미코는 고개를 살짝 뒤로 돌렸다.

여학생이 방에서 텔레비전을 보고 있었다. 대각선 방향으로 보이는 볼이 새하얬다.

구사나기는 고개를 끄덕였다.

"마세 씨, 부탁이 있는데요, 집을 잠깐 보여 주실 수 있을까요?"

"방을요? 왜요?"

"죄송하지만, 저희가 방문하는 모든 집에 이런 부탁을 드리고 있습니다. 금방 끝납니다. 남자라면 저항감이 있을지도 모르니 여형사가 들어가도록 하겠습니다. 괜찮겠습니까?"

기미코는 당혹스런 표정을 짓더니 어쩔 수 없다는 듯 고개를 끄덕였다.

"그런 거라면 어쩔 수 없죠, 뭐."

실례하겠습니다, 하고 가오루가 자리에서 일어나 호주머니에서 하얀 장갑을 꺼냈다.

그녀는 부엌에서 시작했다. 물론 그 목적은 금덩이를 어딘가에 숨기지 않았나 하는 것이었다. 영장이 없으므로 철저하게 조사할 수는 없었지만 단칸짜리 집이다 보니 조사할 곳도 많지 않았다.

구석구석 살펴보았지만 수상쩍은 물건은 보이지 않았다. 그 대신에 가오루는 이 여성이 지극히 검소하게 살아갈 수밖에 없는 처지라는 것을 실감했다. 화장품도 별로 없었고 그나마 있는 것도 모두 오래된 것들이었다. 옷들도 최신 유행과는 거리가 멀었다. 더욱 놀라운 것은 책장에 꽂힌 참고서가 모두 남에게 물려받은 것이라는 사실이었다. 출판 연도를 보고 한눈에 알았다.

마지막으로 벽장 속을 조사한 후 가오루는 구사나기를 바라보며 고개를 끄덕였다.

"협조해 주셔서 감사합니다. 수고를 끼칠 일이 또 있을지도 모르겠는데, 그때도 부탁드립니다."

일어서던 구사나기가 기미코에게 머리를 숙이며 말했다.

연립을 나와서 잠시 걸은 후, 구사나기는 가오루에게 어떠냐고 물었다.

"그 사람은 가능성이 적다고 봐요. 적어도 돈 때문에 누구를 죽일 사람은 아니에요."

"왜 그렇게 생각하지?"

"그 생활을 보세요. 범죄에 쉽게 손댈 사람이라면 저런 생활을 계속할 리 없다고 생각해요. 요즘 세상에 귤 넣는 망에 비누 조각을 넣어 사용하는 사람, 봤어요?"

"그렇지만 사람 일은 모르는 거야."

"구사나기 선배는 저 사람이 수상하다고 생각하세요?"

"글쎄, 잘 모르겠어. 저런 가정을 보면 냉정하게 판단하기가 힘들어지니까."

"저런 가정이라니요?"

"어머니와 딸, 단둘이 견실하게 살아가는 가정. 하긴 그런 게 무슨 상관이야. 빨리 가자고."

갑자기 걸음이 빨라진 구사나기의 뒤를 가오루는 황급히 쫓아갔다.

4

"그래, 역시 사무실에도 왔었구나. ……응, 방금 돌아갔어. 알리바이라고 하나, 그런 걸 물었어. ……그건 몰라. 아직 의심하고 있을지도 모르지. 그리고 집 안도 보여 달라고 했어. ……응, 벽장 속까지 자세히 보던데. ……아, 그건 여형사였으니까 괜찮아. ……응, 그럼. 그러는 편이 좋을지도 몰라. 알았어. 그럼 내일 봐."

전화를 끊은 다음 기미코는 하즈키 쪽을 보며 쓴웃음을 지었다.

"우스이 씨?"

하즈키가 물었다.

"응. 내가 퇴근한 후에 사무실에도 경찰이 찾아갔었나 봐. 책상 속과 사물함을 조사한 모양이야. 도둑맞은 금덩이를 찾는다고."

"바보같이. 아무리 가난하다지만 그런 짓까지 할까 봐."

목소리에 가시가 돋쳐 있었다. 형사들이 방을 조사하는 동안 하즈키는 솟구치는 울분을 참느라 얼마나 애썼는지 모른다.

"그날 찾아갔던 건 사실이니까 의심할 수도 있지, 뭐. 그 불단에 숨겨진 비밀 상자에 대해 아는 사람도 그리 많지 않을 거야."

"그렇지만 엄마만 아는 게 아니잖아. 노히라 씨의 불단에 금이 숨겨져 있다는 건 나도 알아."

"하긴 너도 알지. 그건 그렇고, 정말 큰일이 벌어졌어. 장례식은 언제가 될까? 노히라 씨의 보험금 수속도 밟아야 하는데."

기미코는 벽에 붙은 달력을 바라보며 턱을 괴었다.

용의자로 지목받고 있는 판에 피해자의 장례식과 보험금 걱정을 하다니, 하고 하즈키는 생각했다. 그렇지만 엄마의 매력은 섬세한 듯 보이면서도 어딘지 모르게 나사가 하나 빠진 듯한 언동이라고 생각한다. 그렇지 않았더라면 지금까지 모녀를 덮쳤던 그 많은 역경을 이겨 내지 못했을 것이다.

하즈키의 아버지는 자살했다. 연탄불을 피워 놓아 일산화탄소 중독으로 사망한 것이다. 경영하던 회사가 도산하고 막대한 빚을 떠안게 되자 그 길을 택하고 말았다.

가정의 기둥을 잃어버리고 비탄에 잠겨 있던 모녀는 마냥

울고 있지만은 않았다. 기미코는 아는 사람의 소개로 지금의 일을 시작했다. 보험 판매는 그녀가 결혼 전까지 하던 일이기도 했다.

"우스이 씨가 걱정하지 않았을까?"

"그랬겠지. 갑자기 경찰이 들이닥치면 누구라도 당황하게 마련이니까. 며칠 나오지 않는 게 좋지 않겠냐기에 그러는 편이 좋겠다고 했어. 그 사람한테 폐를 끼칠 수는 없잖아."

기미코가 '그 사람'이라는 말을 사용한 것은 정말 오랜만의 일이다. 사실은 이런 때야말로 우스이에게 하소연이라도 하고 싶은지도 모른다고 하즈키는 생각했다.

우스이 도시카즈는 기미코가 일하는 사무실의 책임자다. 그녀가 일을 시작했을 때부터 여러 가지로 도움을 주었다고 한다. 기미코는 입버릇처럼 이렇게 말했다.

"그 사람이 아니었으면 평범한 주부가 커리어우먼으로 변신할 수 없었을 거야."

하즈키는 엄마가 우스이와 남녀 관계를 맺고 있다는 사실을 어렴풋이나마 눈치 채고 있었다. 우스이는 이혼한 사람이고 자식은 없다. 두 사람이 결혼을 결심한다면 결코 반대하지 않으리라 마음먹었다. 지금까지 기미코가 고생한 것을 생각하면 이제는 여성으로서 행복을 누릴 자격이 충분하다고 생각하기 때문이다.

요즘 들어 우스이는 일주일에 한 번꼴로 집에 찾아온다. 물론 자고 가지는 않고, 들고 온 캔 맥주를 마시면서 기미코나 하즈키와 가벼운 대화를 나누는 정도지만 재혼을 대비한 게 아닌가, 하즈키는 짐작하고 있었다.

"왜 개가 없어졌을까?"

하즈키가 중얼거렸다.

"응?"

"형사가 그랬잖아. 노히라 씨 집에서 키우던 개가 없어졌다고. 나도 본 적이 있어, 그 시커먼 개."

아아, 하고 기미코는 고개를 끄덕였다.

"정말, 왜 없어졌을까? 집을 참 잘 지키는 개였는데, 정작 결정적인 순간에는 아무 역할도 못하고 말이야."

그렇게 말하는 엄마를 하즈키는 멀뚱히 쳐다보다가 말했다.

"엄마, 근데 좀 이상해."

"왜, 뭐가?"

"개가 갑자기 없어졌고, 마침 그때 강도가 들어왔다고 생각할 수 있을까? 그럴 리 없어."

"그럼 어떻게 된 건데?"

"당연하잖아. 범인이 개를 데리고 간 거야."

"범인이?"

"응."

"왜?"

"그러니까……."

그걸 생각하고 있는 참이라는 말을 하즈키는 그냥 삼켜 버렸다. 그녀의 손 아래에서 진자가 흔들리고 있었다.

5

사건이 발생한 지 사흘이 지났다. 수사에는 진전이 없고 마세 기미코가 가장 의심스럽다는 상황에도 아무런 변화가 없었다. 조사한 바에 따르면 그녀에게는 수백만 엔의 빚이 있었다. 세상을 떠난 남편이 남기고 간 것이었다. 금덩이를 처분하면 가볍게 갚을 만한 것이다.

다만 범행을 입증할 만한 증거가 발견되지 않아 수사관들의 초조감이 극에 달해 갔다.

선 하이츠 205호의 문은 잠겨 있지 않았다. 안으로 들어가자 기시야가 피곤한 얼굴로 앉아 있었다. 넥타이를 풀고 셔츠의 소매를 걷어 올린 모습이었다.

"먹을 것 좀 가져왔어요."

가오루가 편의점 봉투를 바닥에 내려놓았다.

"아, 땡큐."

"마세 기미코는 출근한 모양이죠?"

"응, 마키무라가 따라붙었어. 그 덕에 한숨 돌리고 있는 거야. 상대가 보험 세일즈를 하는 사람이라 미행하기가 여간 까다로운 게 아냐."

"딸아이는 집에 있나요?"

"응, 봄 방학이니까. 늘어지게 자고 있겠지, 뭐."

마세 기미코가 범인이라고 가정할 때, 문제는 훔친 금덩이를 어디에 감추었느냐는 것이었다. 집 말고 보관할 수 있는 장소라고는 직장밖에 없는데, 거기는 이미 조사를 마쳤다.

코인 로커 등 사람들 눈에 띄지 않는 장소에 잠깐 둔 것이라면 오랜 시간 방치하지는 못할 것이라는 게 수사관들의 일치된 견해였다. 우물쭈물하다가는 남에게 들켜 버릴 가능성이 있기 때문에 적어도 수시로 확인할 필요는 있을 것이다.

그렇지만 지금 상황에서는 가령 기미코가 범인이라 하더라도 그녀 스스로 움직일 가능성은 거의 없다. 금덩이를 숨긴 장소에는 딸 하즈키를 보낼 가능성이 더 높다.

"들었어? 마세 기미코에게 남자가 있는 모양이야."

편의점 봉투에서 주먹밥을 꺼내 랩을 벗기면서 기시야가 말했다.

"어떤 사람인데요?"

"그것까지는 몰라. 이웃 사람들 말이, 드나드는 걸 몇 번 봤대. 샐러리맨처럼 보이더라는 거야."

그렇게 말한 기시야가 갑자기 일어서더니 창밖을 주시했다. 마세 모녀가 사는 연립의 문이 열리고 하즈키가 나오는 것이 보였다. 청바지에 점퍼 차림이다. 계단을 내려가면서 주위를 두리번거린다.

"제가 갈게요."

가오루는 얼른 가방을 어깨에 메고 일어섰다.

"우쓰미의 얼굴을 아니까 조심해."

"알았습니다."

가오루는 서둘러 방을 나섰다. 그러나 길로 나서려던 그녀는 급히 연립 안으로 되돌아와야 했다. 하즈키가 길가에 쭈그리고 앉아 버렸기 때문이다.

그늘에 숨어 엿보고 있자니 얼마 후 하즈키는 다시 일어서서 빠르게 걸어가기 시작했다. 가오루도 서둘러 그 뒤를 따라갔다.

그 이후 하즈키가 보여 준 행동은 정말 특이했다. 몇십 미터를 가다가 멈춰서 쭈그리고 앉고, 그러다가 다시 걸어가는 행동의 반복이었다. 아무래도 그녀는 쭈그리고 앉을 때마다 뭔가를 하는 것 같았는데, 가오루의 위치에서는 확인되지 않았다.

그렇게 한 시간 정도 뒤를 밟다 보니 어느새 한적한 장소까지 오게 되었다. 민가는 없고 용도를 알 수 없는 삭은 건물과 창고 같은 것들만 보였다. 바로 위에 고속도로가 달리고 있고 길가에는 불법 투기한 가전제품 폐기물 따위가 쌓여 있었다.

그곳에 이르자 하즈키의 걸음이 느려졌다. 그녀의 시선이 버려진 쓰레기 더미 쪽을 향하는가 싶더니 그 자리에 멈춰 섰다. 그런 다음 천천히 쓰레기 더미로 다가갔다. 그런데 갑자기 하즈키가 크게 뒷걸음을 치면서 손으로 입을 가리더니 그 자리에 얼어붙어 버렸다.

그것을 본 가오루는 자신이 어떤 행동을 취해야 할지 잠시 갈등했다. 아무래도 하즈키가 뭔가를 발견한 듯했다. 그게 뭔지는 그녀가 사라진 다음 확인해도 될 것이다. 그러나 가오루는 결심한 듯 재빨리 걸음을 옮겼다. 거의 달리다시피 했다.

발소리를 들었는지 그녀가 가오루 쪽을 돌아보았다. 그러더니 눈을 화들짝 뜨고 반대 방향으로 돌아서 달려갈 듯한 자세를 취했다.

"잠깐 기다려."

가오루의 한마디에 하즈키가 걸음을 멈추었다. 그러자 가오루는 하즈키가 들여다보던 곳을 바라보았다. 텔레비전과 비디오 덱 같은 것들이 버려져 있었다. 가전 재활용법이 시행된 이후로 교외에 이런 불법 투기가 극성을 부리고 있다.

가오루의 눈에 부서진 세탁기가 들어왔다. 그쪽으로 다가

가려는데 "보면 안 돼!" 하고 하즈키가 소리를 질렀다.

가오루가 하즈키에게 눈을 돌리자 그녀는 두 손을 꼭 잡은 채 애원하듯 말했다.

"안 보는 게 좋은데……."

"괜찮아." 하고 가오루는 고개를 끄덕인 다음 세탁기 앞으로 다가갔다.

뚜껑이 열려 있는 드럼 세탁기 속에 뭔가가 들어 있었다. 순간, 가오루는 더러워진 담요 같은 거라고 생각했다. 그러나 끈적끈적한 액체와 뒤섞여 음침하게 빛나는 검은 털을 확인한 순간, 그녀는 그것이 무엇인지 알아차렸다. 자세히 보니 목사리도 달려 있었다.

가오루는 휴대폰을 꺼냈다. 세탁기에서 풍기는 악취를 맡으며 구사나기를 불렀다.

구사나기가 감식반원들과 함께 노히라 가세코의 아들을 데리고 나타났다. 노히라는 세탁기 안에 버려진 개의 사체를 보고 쿠로가 분명하다고 말했다.

"개를 데리고 산책할 때 이 부근까지 온 적이 있습니까?"

구사나기의 질문에 노히라는 고개를 저었다.

"이런 데는 온 적이 없어요. 산책 코스는 여기와는 반대 방향입니다."

구사나기는 고개를 끄덕이고 가오루 쪽으로 고개를 돌렸다.

"학생한테 물어봤어?"

"물어보긴 했는데요,"

가오루는 잠시 주저하다가 다시 입을 열었다.

"그게, 들어도 도무지 이해할 수가 없어서……."

"뭔데, 대체 무슨 말인데 그래?"

가오루는 구사나기를 하즈키에게 데리고 갔다. 하즈키는 순찰차 안에서 몸을 웅크리고 있었다.

"아까 그거 다시 한번 보여 줄 수 있겠니?" 하고 가오루가 말하자 하즈키는 잠시 주저하더니 호주머니에 손을 집어넣어 뭔가를 꺼냈다. 그녀의 손끝에 수정이 달린 목걸이 같은 게 들려 있었다.

"이게 뭐야?"

구사나기가 물었지만 하즈키는 말이 없었다. 어쩔 수 없이 가오루가 설명했다.

"진실을 가르쳐 주는 펜듈럼이래요. 하즈키는 이 펜듈럼으로 행방불명된 개가 있는 곳을 찾아서 여기까지 왔다고 해요."

6

문을 두드리자 들어오세요, 하는 무뚝뚝한 소리가 들렸다.

실례합니다, 라며 가오루는 문을 열었다. 그러나 실내가 너무 어두워서 안으로 발을 들이밀 수가 없었다.

"미안하지만 문 좀 빨리 닫아 주겠어. 쓸데없는 빛이 들어오면 관측하기 힘드니까."

안쪽에서 유가와의 목소리가 들렸다.

"아, 죄송합니다."

가오루는 얼른 문을 닫고는 눈을 가늘게 뜨고 천천히 앞으로 나아갔다.

작업대 옆에 흰 가운 차림의 유가와가 서 있었다. 작업대 위에는 뭔가 하얀 것이 떠올라 있다. 공중에, 그것도 빛을 내며 떠 있는 것이다. 작고 하얀 점들의 집합체 같았다.

옆에서 유가와가 어떤 장치를 조작하자 다음 순간, 떠 있던 물체의 형체가 바뀌기 시작했다. 어디선가 본 적이 있는 물체였다. 그것을 본 가오루가 아니, 라고 소리쳤다.

"뭐가 보여?"

유가와의 물음에 가오루는 침을 한 번 삼키고는 입을 열었다.

"배지요, 데이도 대학의 배지 같은데요."

"좋았어. 선입관이 없는 자네의 눈에 그렇게 보인다면 된 거야."

유가와는 다시 장치의 스위치를 여러 번 조작했다. 그러자 공간에 떠 있던 문자가 두 개의 동그라미로 변했다. 그리고 다음 순간 그 동그라미는 시로 얽혔다.

"어떻게 하신 거예요? 이게 왜 공중에 떠 있죠?"

"공중에 떠 있다기보다는 공간에 문자나 도형을 그려 놓았다는 표현이 적합할 거야. 공기는 산소와 질소로 이루어졌잖아. 그 분자들을 레이저를 이용해 플라스마로 바꿨어. 고성능 펄스 레이저를 사용함으로써 1초에 약 천 개의 광 도트를 만들어 내는 거야. 그런 다음 그것을 원하는 대로 늘어세우면 되지."

가오루는 멍한 표정을 한 채 공간에 그려진 도형을 뚫어져라 바라보았다. 유가와의 설명은 반밖에 이해하지 못하겠지만 어쨌든 대단한 기술이라는 것만은 충분히 알 수 있었다.

"지금까지의 영상은 반드시 그것을 비추기 위한 모니터나 스크린이 필요했지. 그런데 이 방식을 사용하면 그런 게 필요 없어. 어떤 공간에도 그림을 그릴 수 있지. 미래의 입체 텔레비전 같은 것에 적용할 수 있을지도 몰라."

"대단한 발명이네요."

"애석하게도 내가 발명한 게 아니야. 최근에 확립된 기술을 우리 연구실에서 재현해 본 것뿐이지."

"교수님도 다른 사람의 기술을 흉내 내기도 하시나요?"

"모방을 가볍게 보아서는 안 돼. 일단 모방한 다음 거기서 독자적으로 한 걸음 앞으로 나아가는 것, 그것이 연구의 원리야."

유가와는 장치의 전원을 끈 다음 벽의 스위치를 올렸다.

"자, 그럼 자네 이야기를 들어 볼까. 다우징에 관한 거라면서?"

"네, 바쁘신데 죄송해요."

"아, 괜찮아. 나도 그런 데 관심이 있으니까. 일단 커피라도 한잔하지."

유가와는 하얀 가운을 벗고 개수대로 다가갔다.

의자에 앉아 인스턴트커피를 한 모금 마신 유가와는 후유, 하고 숨을 길게 뿜어냈다. 뭉친 근육을 풀려는 듯 고개를 좌우로 돌리더니 손으로 안경을 매만졌다.

"그러니까 그 중학생은 어떻게든 어머니의 혐의를 풀어 주고 싶었단 말이지. 그래서 행방불명된 개를 찾으러 나섰고. 개를 발견하면 범인을 찾아낼 수 있을 거라고 생각했겠지."

가오루는 고개를 끄덕였다.

"개가 사라져 버린 것이 이번 사건에서 큰 수수께끼로 남아 있으니까 그렇게 생각하는 것도 무리가 아니에요. 그렇지만 설마 그걸로 찾아낼 줄은……."

"진자를 사용했다고 했지. 구체적으로 어떻게?"

"전화로 말씀드렸듯이 수정이 달린 진자였어요. 그것을 손가락 끝으로 들고 물었디네요. 개를 찾으려면 어디로 가야 하느냐고. 오른쪽인가 왼쪽인가, 남쪽인가 북쪽인가, 그런 식으로 말이죠. 그러면 진자가 예스, 노로 대답해 준대요."

"우쓰미 양도 그렇게 하는 모습을 봤어?"

"네, 저도 지켜봤어요. 갈림길에 들어설 때마다 쭈그리고 앉아서 뭔가를 하더라고요. 하지만 그것이 진자를 흔들며 묻는 것일 줄은 전혀 몰랐어요."

유가와가 머그 컵을 작업대에 내려놓았다.

"그런 걸 다우징이라고 하지. 보통은 다우징 로드라는 L자형 금속 막대기 두 개를 사용하지만, 진자를 사용하는 방법도 있다더군."

가오루는 고개를 갸우뚱했다.

"그게 과학적으로 타당하다고 할 수 있나요? 인터넷으로 조사해 봤지만 잘 모르겠어요. 우물을 파는 데 사용한 것만은 사실인 것 같아요. 하지만 유사 과학이라고 주장하는 글도 있었어요. 그런가 하면 어느 수도국에서는 오래된 수도관을 찾기 위해서 다우징을 했다는 글도 있고요."

유가와는 쓴웃음을 지었다.

"다른 초능력들과 마찬가지로 다우징도 아직은 반증이 불가능해."

"왜 그렇죠?"

"다우징에 대해서는 옛날부터 과학자들이 증명하려고 실험을 많이 했어. 놀랍게도 21세기에 와서도 그런 실험이 실시되곤 했지. 하지만 결론적으로 말해, 다우징 효과가 입증된 사례는 하나도 없어. 땅속에 묻힌 것을 찾는다든지, 몇 개의 상자 가운데 안에 물건이 든 것을 알아맞힌다든지 하는 단순한 실험이었지만 확률 이상의 결과는 나오지 않았지. 간단히 말해 다우징을 사용하지 않고 단순히 감으로 대답한 경우와 결과가 별로 다르지 않다는 얘기야."

"그럼 역시 엉터리로군요."

"그렇게 단언할 수만도 없다는 것이 이런 문제의 어려운 점이야. 특정 실험으로 의미 있는 결과를 얻지 못했다고 해서 다우징을 완전히 부정하기는 어려워. 실험의 방식이 잘못되었을 수도 있고, 실험에 도전한 다우저가 능력이 부족하거나 사기꾼일 가능성도 있으니까. 즉, 실험에서 어떤 결과가 나오든 다우징 자체를 부정하기는 어렵단 얘기야. 이것이 반증 불가능이라는 것이지."

"그러니까, 유가와 교수님은 믿지 않으신다는 거네요."

가오루의 말이 못마땅하다는 듯 물리학자는 미간을 찌푸렸다.

"믿지 않는 거하고는 다르지. 나는 공정한 조건하에서 실시된 실험의 결과라면 그것이 어떤 불가사의한 현상이든 믿을 준비가 되어 있어. 다만, 그런 결과가 나오지 않는 이상 나로서는 할 말이 없다는 것뿐이야."

"그럼 이번 경우는요? 마세 하즈키가 다우징을 사용해 개의 사체를 발견한 것은 엄연한 사실인데요."

그러자 유가와는 가오루의 얼굴을 빤히 쳐다보았다.

"그러는 자네는, 그 여학생의 말을 믿어?"

"그건…… 저도 잘 모르겠어요. 물론 제 두 눈으로 지켜봤으니 믿고 싶긴 해요. 하지만 그런 일이 과연 있을 수 있는지 의심이 드는 것도 사실이에요."

"그 개의 사체가 발견된 후 수사에 뭔가 변화가 생겼어?"

"약간…… 아니, 꽤 큰 영향을 받았다고 하는 게 맞겠죠."

개의 사체를 조사한 결과 몸속에서 독극물이 검출되었다. 농약의 일종으로 아무래도 사료에 섞여 있었던 것 같았다.

"체내에서 독소가 나왔단 말이지. 그렇다면 살인 사건과 무관하다고 할 수 없겠군. 범인이 개를 죽이고 그 사체를 처분했다고 보는 게 합리적이지 않을까? 그 개의 체중이 얼마나 되지?"

"약 12킬로그램요."

"도둑맞은 금이 10킬로그램이라고 했지. 합쳐서 22킬로그램. 평범한 여자가 옮기려면 카트가 필요하겠군."

"네. 그리고 10킬로그램의 금은 가방에 넣어 감출 수 있어도 12킬로그램짜리 개는 숨기기 힘들어요. 범인이 차를 이용했을 가능성이 높습니다."

"그 여자 보험 외판원은 차가 있어?"

"아뇨. 렌터카도 조사해 봤지만 현재까지 그녀가 빌렸다는 기록은 나오지 않았어요."

"그렇다면 개를 발견함으로써 꽤 혼란스러워졌겠군."

유가와는 즐겁다는 듯 벙글거렸다.

"그런데 왜 범인은 개의 사체를 숨겼을까?"

"그걸 모르겠어요. 가능성이 있다면 독약이 검출되는 것을 염려했다는 건데……."

"물증을 남기고 싶지 않았다는 말인가? 그렇다면 처음부터 독약 따위는 사용하지 않았으면 될 거 아냐."

유가와는 마치 혼잣말처럼 중얼거리더니 다시 가오루를 바라보았다.

"그래서 경찰은 그렇게 귀중한 증거를 발견해 준 여학생의 진술을 어떻게 받아들일 생각인가?"

"아직 결정된 바 없습니다. 위쪽에서도 당황하는 기색이에요. 피의자의 딸이 다우징을 사용하여 개의 사체를 발견했다, 보고서를 그런 식으로 작성할 수도 없고."

"물론 그 위쪽에는 구사나기도 들어가겠지. 그래서 나한테 의논하러 온 거 아냐?"

"그것까지 아신다면 이 수수께끼를 좀 풀어 주세요."

"윗사람들이 그렇게 무능하지는 않을 텐데. 그 여학생이 어떻게 개의 사체를 발견했는지 논리적으로 추리하려는 사람은 없었어?"

"물론 있었죠. 계장님은 그 학생이 애당초 그 장소를 알았을지도 모른다고 하셨어요. 즉 여학생 본인이 어떤 식으로든 사건에 관련되어 있다는 거죠."

"그거 괜찮은 생각이군. 매우 논리적이고."

"하지만 만일 그랬다면 다우징을 할 필요가 없지 않았을까요. 경찰에 익명으로 개의 사체가 있는 장소를 적어 보내도 되는데. 실제로 그 애는 개를 발견하면 그렇게 할 생각이었다고 했어요. 그리고 아까도 말씀드렸지만 저는 그 학생이 개를 발견하기까지의 과정을 처음부터 지켜보았어요."

가오루가 강한 어조로 그렇게 말하자 유가와는 진지한 표정으로 사색에 잠겼다. 그의 얼굴을 바라보며 가오루가 말을 이었다.

"또 하나 덧붙일 것이 있습니다. 마세 하즈키가 다우징을 한다는 사실을 동급생들도 다 알고 있다는 거예요. 친구들 앞에서 내놓고 하는 경우는 많지 않았지만 보았다는 친구들도 있어요. 정말 잘 맞힌다고 하더군요."

마세 하즈키가 다니는 중학교의 교문 근처에서 가오루가

274

몇몇 학생에게 들은 이야기였다. 물론 살인 사건의 수사라고는 말하지 않았지만 자신이 경찰이라는 신분은 밝혔다. 학생들은 진지한 태도로 대답해 주었다.

팔짱을 낀 채 고개를 숙이고 있던 유가와가 고개를 들었다.

"그 학생을 한번 만나게 해 줄 수 있어? 가능하다면 이 연구실에서."

"알았습니다. 그렇게 할게요."

가오루가 고개를 끄덕이며 대답했다. 유가와의 입에서 그 말이 나오기를 기다렸다는 듯.

7

다음 날 가오루는 마세 하즈키를 데이도대학에 데리고 갔다. 그 전에 먼저 가오루는 구사나기에게 허락을 구했다.

"기대할게. 언제나 그랬듯이 완벽하게 밝혀 주기를 바란다고 전해 줘."

경찰서를 나서는 가오루에게 구사나기가 말했다.

대학으로 향하는 차 안에서 하즈키는 아무 말이 없었다. 물리학자를 만나러 간다는 말을 듣고도 긴장하는 기색이 없었다. 불쾌해하지도 않았다. 오히려 어머니의 혐의를 벗길 수만 있다면 무슨 일이든 하겠다는 표정이었다.

　대학에 도착하자 하즈키를 복도에서 기다리게 하고 가오루 혼자 제13연구실로 들어갔다. 유가와는 작업대를 향해 서 있었다. 작업대 위에는 기묘한 장치가 놓여 있었다. 네 개의 파이프가 놓여 있고 그 양 끝은 상자로 가려져 있다.

　"이건……."

　"일반적인 다우징 실험 장치야. 네 개의 파이프 중 하나에만 물을 흘려보내고 다우징으로 어느 파이프에서 물이 흐르는가를 맞히는 실험이지. 소리는 들리지 않도록 되어 있어."

　그러더니 유가와는 몸을 돌려 가오루를 바라보았다.

　"자, 그럼 다우저를 모셔 오시지요."

　"예, 알겠습니다."

　가오루는 복도로 나갔다. 하즈키는 창가에 서서 바깥을 바라보고 있었다.

　"하즈키."

　가오루가 불렀다.

　"들어갈까."

　그러나 하즈키는 아무 말도 하지 않았다. 여전히 가오루에게 등을 돌린 채였다. 그녀가 다시 한번 이름을 부르려는 순간 하즈키가 입을 열었다.

　"정말 넓네요."

"응?"

"대학 교정이 이렇게 넓을 줄 몰랐어요. 우리 중학교하고는 비교도 안 돼요."

그러더니 뒤를 돌아보았다.

"형사님도 대학 나왔어요?"

"응, 나오긴 했지. 별로 유명한 곳은 아니지만."

"그렇겠죠. 요즘 세상에 대학을 나오지 않고서는 형사가 될 수도 없을 테니까."

"그렇지는 않아. 고졸도 많아."

"하지만 그런 사람들은 고생할 테죠. 대학 출신자들과 경쟁해야 하니까. 진급도 많이 늦겠죠?"

"그건…… 일반 회사나 관청도 마찬가지지."

그렇겠죠, 라고 중얼거리더니 하즈키는 도전적인 눈길로 가오루를 바라보며 말했다.

"그렇지만 난 대학 같은 데는 가고 싶지 않아요. 대학을 나와도 바보 같은 사람이 너무 많으니까요. 고등학교를 졸업하면 바로 일을 할 거예요. 대학 출신에게 절대로 지지 않을 거예요."

"그런 결심이라면 충분히 가능할 거야."

가오루는 미소지었다.

"유가와 교수님께 가자."

예, 하고 하즈키가 대답했다.

수정 진자를 들고 말없이 살펴보던 유가와는 고개를 끄덕이더니 그것을 하즈키에게 내밀었다. 그와 하즈키는 책상을 사이에 두고 마주 앉아 있다. 가오루는 그들과 조금 떨어진 곳에 놓인 파이프 의자에 걸터앉았다.

"품질이 좋은 수정이구나. 이걸 어디서 구했지?"

"다섯 살 때 할머니가 사 주셨어요. 돌아가신 아버지의 어머니요. 할머니는 이걸 준 후 얼마 안 돼서 돌아가셨어요. 병으로 오랫동안 누워서 지내셨거든요. 얼마 남지 않았다는 걸 알고 이걸 제게 주셨는지도 몰라요."

"그럼 다우징 하는 방법도 할머니한테 배웠니?"

"네. 대대로 전해 오는 방법이라고 들었어요. 할머니는 다우징이라는 말은 하지 않았지만요."

"그럼 뭐라고 하셨는데?"

"할머니가 그 어머니에게 배울 때는 '미즈가미사마'라고 들었대요."

"미즈가미사마……물의 신이라는 뜻인데. 흠, 그럴듯해."

유가와는 납득이 간다는 표정으로 고개를 끄덕였다.

"어째서요?"

옆에서 가오루가 물었다.

"물의 신이란 말 그대로 물과 관련된 신이야. 농경민족에게 물은 무엇보다 소중하지 않았겠어? 그래서 옛날에는 수원지에 물의 신을 모셨지. 하즈키의 증조할머니가 이 진자를 물의 신이라고 부른 건, 옛날에는 수원지를 찾을 때 사용했기 때문인지도 몰라."

그러면서 유가와는 하즈키 쪽으로 고개를 돌렸다.

"학생은 언제부터 이 진자를 사용했지?"

그러자 그녀는 고개를 살짝 기울이더니 대답했다.

"정확히는 모르겠어요. 어쩌다 보니 이걸 사용하고 있었어요."

"어떤 때 사용해?"

"딱히 정해진 건 없고, 어떡하면 좋을지 모를 때, 뭔가 대답이 필요할 때 사용하라고 할머니가 그러셔서……."

"그렇게 진자로 나온 해답을 학생은 늘 믿나?"

"물론이죠. 그것 때문에 진자를 사용하는 거니까요."

"진자가 잘못된 답을 낼지도 모른다는 생각은 해 보지 않았어?"

"그런 생각은 하지 않아요. 그런 식으로 의심하면 진자는 해답을 주지 않아요."

"실제로 진자로 구한 해답이 잘못된 경우도 없고?"

"없었어요."

"한 번도?"

"네."

하즈키는 유가와의 눈을 똑바로 바라보며 대답했다.

유가와는 숨을 크게 내쉬었다.

"진자가 대답할 수 없는 문제는 없을까?"

"없다고 생각해요."

"그럼 이 진자만 있으면 학생은 뭐든 알 수 있는 거네. 내일 날씨도, 시험 문제도."

유가와가 도발적인 어투로 말했다. 그러나 하즈키는 별로 흥분하는 기색도 없이 슬며시 웃었다. 쓴웃음이라고 할 수도 있을 그 미소를 보고 가오루는 조금 놀랐다.

"할머니가 그러셨어요. 이 진자를 욕심을 채우기 위해 사용하면 안 된다고. 이를테면 경마나 복권 같은 것에."

그렇게 말한 다음 하즈키는 살짝 어깨를 움츠렸다.

"사실은, 딱 한 번 시험 문제를 물어본 적이 있어요."

"그 결과는?"

하즈키는 고개를 저었다.

"안 됐어요. 거부당했어요."

"거부?"

"진자를 사용할 때는 반드시 어떤 순서를 밟아야 하거든요. 지금부터 내가 하려는 일이 타당한지 아닌지를 먼저 물어야 해요. 시험 문제를 알고 싶은데 이게 옳은 일입니까, 라고. 진자의 대답은 노였어요. 역시 이런 짓은 해서는 안 되는구나 싶어 그만두었어요."

의자에 몸을 기대고 하즈키의 말을 듣고 있던 유가와는 가오루를 힐끗 바라보고는 다시 하즈키에게 시선을 돌렸다.

"그럼 개의 사체를 찾으려고 했을 때도 우선 그게 옳은 일인지 아닌지를 진자에게 물어봤겠네."

"네."

"진자의 대답이 예스였어?"

"네."

"그런 다음에는 구체적으로 어떻게 했지?"

"우선 발견하는 장면을 머릿속에 그려 봤어요. 그 집 개는 몇 번 본 적이 있어서 별로 어렵지 않았어요."

"그 개의 이미지를 나도 알 수 있게 말해 줄 수 있겠니?"

유가와의 질문에 하즈키는 눈을 깜빡거렸다. 그녀가 처음으로 내보이는 마음의 동요가 아닐까, 가오루는 생각했다.

"털이 새카맣고 잘 짖는 개예요. 당장이라도 물어뜯을 것 같은 기세로 저를 노려봐요. 귀를 빳빳하게 세우고 이를 드러낸 채. 그런 개예요."

"그렇게 이미지를 떠올린 다음에는?"

"집을 나서서 진자로 행선지를 물으면서 계속 가요."

"그런 행동이 옳은지 옳지 않은지 물을 필요는 없고?"

"그것도 물어요."

"갈림길이 나올 때마다?"

예. 하즈키는 낮은 목소리로 대답했다.

유가와는 팔짱을 끼고 그녀를 바라보았다.

"최근에 그것 말고 진자를 사용한 적이 있니? 사건과 관계 없는 일도 괜찮아."

하즈키는 약간 망설이는 듯 고개를 숙였다가 이내 마음을 정했다는 듯 고개를 들었다.

"얼마 전에 한 선배가 사귀자고 했어요. 오래전부터 마음에 들어 했던 사람이라 그러고 싶었지만 사귈 만한 여유가 없을 것 같기도 해서 진자에게 물어봤어요. 그만두는 게 좋겠다는 대답이 나와서 거절했어요."

옆에서 그 말을 듣고 있던 가오루는 깜짝 놀랐다. 그런 일까지 진자에게 물어볼 줄은 몰랐기 때문이다.

"그런 결정을 내리고 후회되지 않았어?"

유가와가 물었다.

"후회 안 해요. 그 얼마 후에 그 선배가 다른 여학생하고 데이트하는 걸 봤거든요. 아마 적당히 놀아 줄 애만 있으면 누구라도 괜찮았을 거예요. 전 입학시험도 쳐야 하니까 그게 정답이었다고 생각해요."

그러더니 하즈키는 싱긋 웃으면서 이렇게 덧붙였다.

"진자는 절대로 틀리지 않아요."

유가와는 팔짱을 풀고 자신의 두 무릎을 탁 쳤다.

"고마워. 내 질문은 이상."

"이제 됐나요?"

하즈키가 맥이 빠진 듯한 어투로 말했다.

"실험 같은 거 안 해도 되나요?"

"괜찮아. 이걸로 충분해."

유가와는 가오루 쪽을 바라보았다.

"집까지 데려다 주고 오지."

그 말을 듣고 가오루는 자리에서 일어섰다.

"교수님이 제 말을 믿어 준 건가요?"

돌아가는 차 안에서 하즈키가 중얼거리듯 물었다.

"어른들에게 진자에 대해 말하면 늘 속임수나 착각이라고 말하는데."

"저분은 아무런 근거 없이 함부로 단정하지 않아."

"그런 것 같았어요."

하즈키를 집까지 데려다 준 다음 가오루는 데이도 대학으로 다시 돌아갔다. 연구실을 나설 때 유가와가 다시 오라고 말했기 때문이다.

"왜 실험해 보지 않으셨어요?"

연구실에 들어서자마자 가오루가 물었다.

"처음에 말했잖아. 필요하면 실험을 할 거라고. 그 애랑 이야기를 나눠 보고는 그럴 필요가 없다고 판단했어."

"왜죠?"

"결론부터 말하자면, 그 애는 거짓말을 하고 있어. 다우징으로 개의 사체를 찾아낸 게 아니더군. 집을 나설 때부터 그 애는 그 장소를 알고 있었어."

"어떻게 그렇게 단정할 수 있어요?"

"그 애는 집을 나선 다음 행선지를 진자로 물었다고 했어. 원래는 그 전에 해야 하는 거야. 지도를 사용해서 대충 그 장소를 지정해 둔 다음에 나가는 거지. 그러지 않으면 앞으로 자신이 가야 할 곳이 걸어서 갈 수 있는 거리인지 아닌지 알 수 없을 테니까."

아, 하며 가오루는 놀라는 표정을 지었다.

"개의 사체를 찾겠다고 생각했을 때 그것이 옳은 일인지 아닌지 먼저 진자에게 물어봤느냐고 내가 질문하자 그 애는 그랬다고 대답했지. 내가 개의 사체, 라고 말했는데 말이야. 즉 그 애는 개가 죽었다는 것을 이미 알고 있었던 거야."

그 대화는 가오루의 머릿속에도 남아 있었다. 그런 모순을 눈치 채지 못한 자신의 아둔함이 한심했다.

"그렇다면 왜 그 애는 곧장 그곳으로 가지 않았을까요. 때때로 멈추고는 쪼그리고 앉아 뭔가를 한 건 사실이거든요."

"그건 그 애가 이미 말했어. 진자에게 물어보는 거지. 단, 목적지에 대해서가 아니야. 갈림길에 들어설 때마다 이대로 나아가야 하는지 말아야 하는지를 물었을 뿐이야."

"망설이면서 나아갔다는 말인가요?"

"그렇지. 아마도 그 애는 어떤 근거를 가지고 개의 사체가 있는 장소를 추측했을 거야. 그렇지만 그것을 경찰에 말할 수는 없었어. 말 못 할 사정이 있었던 거지. 그래서 우선 자신의 눈으로 확인해 보려고 한 거야. 그렇지만 그런 행동조차 그 애한테는 대단한 결단이 필요한 일이었어. 그래서 도중에 몇 번이나 진자에게 물어본 거지. 이런 행동이 타당한 건지. 계속 나아가야 할지."

"말 못 할 사정이란 게 뭘까요?"

"우쓰미 양이 한번 생각해 봐. 자신이 사건에 관한 중대한 사실을 알게 되었다고 쳐. 그것으로 범인을 밝혀낼 수 있을지도 모르지만 그것을 경찰에 이야기하기가 망설여져. 어떤 경우에 그럴까?"

가오루는 곰곰이 생각해 보았다. 그리고 하나의 결론을 내렸다.

"범인이 아는 사람일 때."

"그렇지."

유가와가 고개를 끄덕였다.

"그 애는 가까운 누군가를 의심하고 있어. 그리고 그 사람이라면 과연 개의 사체를 어디에 숨길까 생각하다가 그 장소가 떠오른 거지."

"그 애랑 이야기를 좀 해 봐야겠어요."

가오루는 자리에서 벌떡 일어섰다.

"그럴 필요는 없어. 아마도 범인은 간단히 잡을 수 있을 거야."

그러면서 유가와는 덧붙였다.

"범인에게 어떤 표시가 있을 테니까."

8

마세 기미코의 상사이면서 연인이기도 한 우스이 도시카즈가 체포된 것은 가오루가 하즈키와 유가와를 만나게 한 날로부터 사흘 뒤의 일이었다. 우스이의 방 천장에서 금덩이가 발견되자 그는 모든 것을 자백했다.

노히라 가세코가 금덩이를 불단에 숨겨 놓았다는 사실을 기미코에게 전해 들은 우스이는 그것을 훔쳐야겠다고 마음먹었다. 회사의 공금에 손을 댄 그는 하루라도 빨리 그 구멍을 메워야 했다.

마침 그런 때에 노히라의 장남 가족이 집을 비운다는 사실을 기미코에게 듣게 된 것이다. 우스이는 이것이야말로 하늘이 내린 기회라고 생각했다.

기미코가 노히라 가세코를 방문한 지 얼마 안 되어 우스이는 노히라 씨의 집을 찾아갔다. 아랫사람이 늘 신세를 지고 있다고 인사하며 안으로 들어간 후 뒤에서 갑자기 목을 졸랐다. 그러나 그 시점에서는 금덩이를 가져가지 않고, 그대로 현관문을 잠근 다음 열쇠를 들고서 밖으로 나왔다. 그 이유를 우스이는 "불단에 금덩이가 감추어져 있다는 사실은 알았지만 구체적으로 어떤 방식으로 보관되어 있는지 몰라 밤에 다시 가서 천천히 찾아볼 생각이었다."라고 말했다. 또한 노히라 씨의 집을 떠날 때 그는 개밥 그릇에 농약을 뿌린 사료를 집어넣었다. 밤에 다시 올 때 개가 짖는 것을 방지하기 위해서였다.

밤이 깊어지자 우스이는 차를 가지고 노히라의 집으로 향했다. 차는 조금 떨어진 곳에 세워 두었다. 농약이 든 사료를 먹은 개는 축 늘어진 채 꼼짝도 하지 않았다. 우스이는 노히라 가세코의 방으로 들어가 불단을 뒤진 끝에 숨겨 둔 상자를 찾아내 금덩이 10킬로그램을 모두 꺼냈다. 그것을 가방에 넣어 끌어안고는 현관으로 나와 문을 잠갔다.

거기까지는 완벽했다. 그러나 탈출하려고 대문으로 향하는
도중에 예상하지 못한 일이 벌어졌다.

"죽은 줄 알았던 개가 갑자기 벌떡 일어서더니 이빨을 드러
냈다는 거예요."

가오루가 말했다.

"대단한 집념이죠. 독이 든 사료를 먹고 죽을 지경이 됐는
데도 집을 지키는 자신의 임무를 다하려 했으니까요. 경찰이
배워야 할 태도 같아요."

"그러다가 물렸겠지." 하고 유가와가 말했다.

"예, 오른 발목을요. 우스이가 죽을힘을 다해 떨쳐 내자 개
는 힘이 빠져 그 자리에 축 늘어졌대요. 그렇지만 그대로 두
면 이빨에 묻은 피 때문에 잡힐지도 모른다는 생각이 들어 사
체를 처리하기로 했답니다."

"상처는 어느 정도야?"

"꽤 깊었던 것 같아요. 약간 절면서 걸을 정도로."

"그 정도 상처였다면 숨기기 힘들었을 텐데."

"교수님의 분석이 큰 도움이 됐죠. 범인에게 틀림없이 개한
테 물린 상처가 있을 거라는 직관, 정말 멋졌어요."

감식반에서 개의 사체를 다시 조사한 결과 이빨에서 사람

의 혈액이 검출되었다. 그래서 마세 모녀의 주변 인물들을 조사해 본 결과 우스이라는 존재가 부각되었다. DNA가 일치한다는 사실을 확인하고 그를 체포하게 된 것이다.

"평범한 소녀가 범인을 추리했다면 아주 명확한 근거가 있을 거라고 생각했어. 게다가 그것이 개와 관련이 있잖아. 혹시 범인에게 개와 접촉한 흔적이 남아 있지 않을까 생각했지. 그래서 그 여학생에게 개에 대한 이미지를 물어본 거야. 우쓰미 양도 들었겠지만, 물어뜯을 것 같다고 표현했잖아. 그러니 범인은 개에게 물린 자국이 있고, 그 애가 그것을 본 것 아닐까, 생각해 보는 것도 당연하지. 범인이 개의 사체를 숨긴 이유도 설명이 되고."

"오늘 아침에 하즈키 양을 만났어요. 범행 다음 날 우스이가 찾아왔대요. 그때 우스이가 상처에 약을 바르는 것을 본 모양이에요. 분명히 개에게 물린 자국이었대요. 그렇지만 우스이에게 도움을 많이 받아 왔고 어머니와의 사이를 알기에 말을 할 수 없었던 것 같아요. 그래도 만일 개의 사체를 찾으면 익명으로 경찰에 신고할 생각이었대요."

"그 장소를 이전부터 알고 있었던 건가?"

"예전에 우스이가 이웃집 고양이를 차로 치어서 사체를 거기에 버린 적이 있었대요. 하즈키는 그 사실을 기억해 낸 거죠."

"이, 그랬었군. 개나 고양이의 사체를 처분할 만한 장소가 그리 많지 않으니까."

"하즈키가 사실을 말해 준 덕분에 보고서도 쉽게 쓸 수 있었어요. 그런데 교수님께 한 가지 물어보고 싶은 게 있는데요."

"뭔데?"

"왜 다우징 실험 장치를 사용하지 않으셨어요? 교수님이 다우징의 힘을 과신하는 그 아이의 환상을 깨뜨려 줄 거라고 생각했는데요."

그러자 유가와는 그녀의 얼굴을 빤히 바라보고는 한숨을 쉬더니 고개를 저었다.

"자네는 아직 과학이란 걸 잘 몰라."

유가와의 그 말에 가오루는 조금 불쾌한 기분이 들었다.

"제가요?"

"과학은 신비로운 것을 무작정 부정하지는 않아. 그 아이는 진자를 가지고 자신의 내면과 대화를 나누고 있었던 거야. 망설임을 떨쳐 버리기 위해 결단을 내리는 수단으로 사용하는 것에 지나지 않지. 진자를 움직이는 것은 바로 그 애의 양심이야. 자신의 양심이 무엇을 지향하는지를 가르쳐 주는 도구가 있다니 얼마나 행복하겠어. 그건 우리가 참견할 일이 아니야."

진지한 표정으로 말하는 유가와를 바라보며 가오루는 입가에 미소를 띠었다.

"혹시 교수님도 그 애의 다우징이 진짜이기를 바라시는 건 아닌가요?"

그러자 유가와는 입을 다문 채 의미심장하게 한쪽 눈을 찡긋하더니 커피 잔으로 손길을 뻗었다.

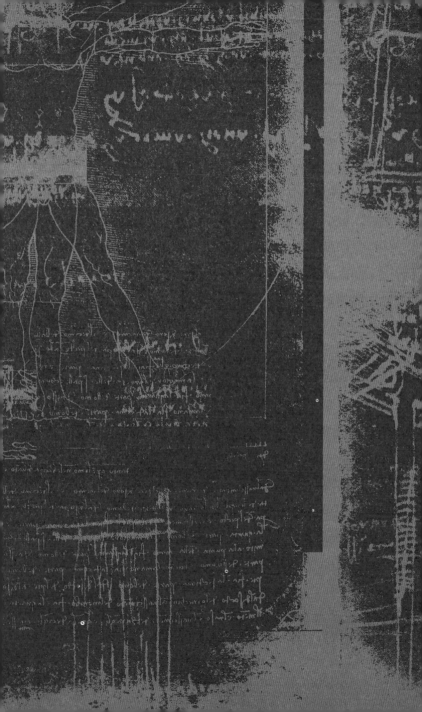

5

교
란
하
다

1

위스키를 스트레이트로 들이붓자 목 안쪽에 짜릿함이 전해졌다.

남자는 정말 오랜만에 위스키를 마시고 있다. 언젠가 유마가 친구에게 얻어 온 위스키였다.

"아르바이트하던 바가 망했대. 그래서 남은 위스키를 나눠가졌나 봐. 위스키를 그리 좋아하지는 않지만 어쩌다 한번은 괜찮은 것 같아."

와인이면 좋았을 텐데, 라며 여자는 웃었다.

컵라면 등과 함께 선반에 올려놓았던 그 위스키 병을 꺼내마시기 시작한 것이다. 냉장고에 얼음이 없어 어쩔 수 없이스트레이트로 마시기로 했다.

꽤 고급스런 술인 것 같은데 맛있다는 느낌은 전혀 들지 않았다. 맛을 즐길 여유도 없지만 사실 애당초 그는 술맛을 몰랐다. 그저 취하기 위해서 마시는 것뿐이었다.

식탁에 앉아 호박색 액체가 담긴 글라스를 든 채 그는 옆방으로 눈길을 돌렸다. 그곳에 유마가 누워 있다. 지금 그녀가 입고 있는 노란색 긴소매 스웨터는 동거를 시작할 즈음부터 입었던 것이다. 이제는 낡아 버렸지만 그녀는 그 옷을 무척 아끼는 것 같았다.

유마는 눈을 꼭 감은 채 꼼짝도 하지 않는다. 건강미 넘치던 핑크 빛 입술은 회색으로 변해 버렸다. 이제 그 새하얗고 화사한 손길로 가슴을 쓰다듬어 주는 일은 영원히 없을 것이고, 그의 뜨거운 열정을 고스란히 받아들이던 허리는 두 번 다시 움직이지 않을 것이다.

모든 걸 잃어버렸어, 라고 그는 생각했다. 지금까지 그는 많은 것을 잃어 왔다. 그래도 참을 수 있었던 것은 세상에서 가장 소중한 보물을 간직하고 있다고 믿었기 때문이다. 물론 그 보물은 유마라는 존재였다. 그녀가 곁에 있어 주기만 한다면 자신의 인생도 그리 절망적이지만은 않다고 생각했다.

그러나 마침내, 그녀마저 잃어버리고 말았다. 앞으로의 일을 생각하면 눈앞이 캄캄해졌다. 아니, 앞날을 생각할 수조차 없었다.

다시 위스키를 들이부었다. 그 순간, 딸꾹질이 나는 바람에 입속에 든 위스키가 뿜어져 나와 그의 무릎을 적셨다.

왜 이렇게 되어 버렸을까, 난 원래 이런 인생을 살 사람이 아닌데. 그는 자신이 더 화려하고 희망에 가득 찬 생활을 할 거라고 믿었었다. 그러기 위한 노력을 게을리 한 기억은 아무리 생각해도 없었다.

어디서부터 어긋나 버렸던가, 어디서. 그러면서 그는 딸꾹질을 해 댔다.

글라스를 내려놓고 일어선 그는 비틀걸음으로 책상에 다가갔다.

그래, 알고 있다. 언제 어디서 길이 뒤틀려 버렸는지 확실히 안다.

마주한 벽에 주간지 기사를 복사한 종이가 핀으로 꽂혀 있었다. 제목은 "괴기 사건 해결의 이면에는 천재 과학자"였다. 초자연적 현상으로 보이는 괴상한 사건을 해결하기 위해 경시청 수사 1과가 모 대학의 물리학자에게 협조를 요청했으며, 그 물리학자는 사건을 완벽하게 해결해 냈다는 내용이었다. T대학의 Y 조교수라고만 적혀 있지만 그는 안다. 어느 학교의 누구를 말하는지.

그는 책상 위에 있던 칼을 집어 들어 복사지를 옆으로 주욱 그어 버렸다.

2

편지를 쓰고 있는데 앞쪽에서 인기척이 났다. 가오루가 얼굴을 드니 구사나기가 그녀의 손 언저리를 내려다보고 있었다.

"누구에게 보내는 러브레터야?"

"아, 그냥 감사 편지예요. 지질학 교수님이 우리 수사에 협력해 주셨잖아요."

"응, 그 사건 말이지. 시체에 묻은 진흙을 분석해 줬지. 흠, 자네 항상 이렇게 감사 편지를 보내나?"

"늘 그런 건 아니지만, 꼭 쓰자고 마음은 먹고 있어요. 도움을 필요로 할 일이 또 있을지도 모르니까요."

"와아!"

구사나기는 손끝으로 콧등을 긁으며 말했다.

"유가와에게도 보냈어?"

"예?"

"여러 번 도움을 받았잖아."

그러자 가오루는 등을 곧추세우며 눈을 깜빡거렸다.

"듣고 보니 그러네요. 정말 감사 편지를 보내는 게 좋겠어요."

구사나기가 풋, 웃음을 터뜨렸다.

"됐어, 됐어. 그 친구 학생들의 리포트에 대해 얼마나 불평이 많은 줄 알아? 내용은 그렇다 치고 제대로 된 문장조차 없다는 거야. 잘못하다가는 교정지가 날아올지도 모른다고. 그리고 그 친구는 애당초 그런 거 바라지도 않아."

"그래요? 그렇지만 어떤 식으로든 인사는 드려야 할 텐데……."

"걱정하지 마. 내가 가끔 술을 사니까."

"늘씬한 아가씨들이 있는 술집에서요?"

"당연하지. 접대를 하려면 그 정도는 해야지."

그렇게 말하며 구사나기가 가슴을 활짝 펴는데 그의 등 뒤에서 마미야의 목소리가 들렸다.

"자네들, 잠깐 나 좀 따라와."

그 말에 가오루는 재빨리 자리에서 일어섰다.

"사건인가요?"

"아니, 아직 그렇게 말하긴 힘들어. 꽤 짜증나는 일인 것 같긴 하지만."

마미야의 얼굴에 그림자가 져 있었다.

가오루와 구사나기가 소회의실에 들어서자 그곳에는 관리관 다다라가 와 있었다. 다다라는 오랜 세월 수사 1과에서만 근무했는데, 민완 형사로서 몇 가지 전설을 가진 사람이다. 단정히 가르마를 타 깨끗이 빗어 넘긴 머리 덕에 차분한 인상을 주지만, 사실은 '급탕기'라는 별명이 있을 정도로 다혈질이다. 화를 못 이겨 주먹으로 벽을 쳤는데 벽에 구멍이 나고 손뼈가 부러졌다는 일화도 있다.

가오루는 구사나기, 마미야와 나란히 의자에 앉았다. 다다라는 마주 보고 앉기만 해도 사람의 등골을 서늘하게 만드는 묘한 분위기를 풍기는 고참이었다. 그가 한 장의 서류를 내려다보고 있다. 그 눈길을 마미야에게 돌렸다.

"두 사람에게 말했나?"

"아직 안 했습니다. 다른 형사들이 들으면 귀찮아질 것 같아서요."

"음, 하긴 그래."

다다라는 책상 위에 서류를 내려놓았다.

"사실은 이런 것이 과장님 앞으로 날아왔어. 이건 복사물이야. 실물은 감식과에서 조사 중이고."

구사나기가 서류로 손을 뻗었다. 가오루는 옆에서 그것을 곁눈질했다.

거기에는 몇 줄의 문장이 프린트되어 있었다. 그것을 읽은 가오루는 숨을 멈추었다. 다음과 같은 내용이었다.

친애하는 경시청 여러 분에게

나는 악마의 손을 가진 사람이다. 그 손을 놀리기만 하면 사람 하나쯤 가볍게 보내 버릴 수도 있다. 경찰은 절대로 나를 막을 수 없을 것이다. 왜냐하면 악마의 손은 인간의 눈에는 보이지 않기 때문이다. 경찰은 피해자의 죽음을 사고로밖에 판단할 수 없을 것이다.

어리석은 자네들은 이 경고문을 취미가 고약한 인간의 장난질 정도로 생각할지도 모르겠다. 그러므로 며칠 내로 내가 시범을 보여 주겠다. 그걸 보면 나의 힘이 어느 정도인지 알 것이다. 그때부터 나와 자네들의 진정한 전쟁이 시작되리라.

자네들 실력으로 안 될 것 같으면 T대학의 Y 조교수에게 도움을 요청해도 좋다. 누가 진짜 천재 과학자인지 승부해 보는 것도 재미있지 않을까.

그럼 조교수에게 안부나 전해 주게.

악마의 손

다 읽은 구사나기는 서류를 내려놓았다.

"뭡니까, 이게?"

"과장님 앞으로 날아온 거라고 했잖아. 오늘 아침에 도착했어. 소인은 도쿄 중앙 우체국, 어제 낮에 우편함에 넣은 것으로 보여. 봉투의 주소도 프린터로 인쇄됐고. 컴퓨터와 프린터의 종류를 알아보라고 감식과에 지시했어."

다다라는 구사나기를 지그시 바라보더니 시선을 다시 가오루 쪽으로 옮겼다.

"자네들 의견을 듣고 싶어. 이 편지에 대해 어떻게 생각하는지."

가오루는 고개를 돌려 구사나기를 바라보았다. 그의 얼굴에 당황하는 기색이 역력했다. 자신의 표정도 마찬가지일 것이라고 생각했다.

"상당히 폼을 잡고 있군요."

구사나기가 먼저 대답했다.

"괴도 루팡이라도 되는 것처럼 말입니다."

"그럼 단순한 장난이라는 건가?"

"그건 아닙니다."

구사나기는 고개를 저었다.

"하도 거만을 떨어서 장난처럼 보이기는 하지만 내용으로 보건대 단순한 장난 같지는 않습니다."

"그 근거는?"

"경찰을 상대로 장난을 치는 작자들은 일반적으로 경찰의 반응을 보고 즐기는 것이 목적입니다. 예를 들어 어느 곳의 어떤 시설을 폭파하겠다는 식으로 구체적인 범행을 예고하죠. 그래서 경찰이 바쁘게 움직이면 그걸 보며 즐거워합니다. 그러나 이 편지에는 그런 내용이 하나도 없습니다. 요구 같은 것도 따로 없고요. 이걸로는 경찰이 어떤 대응도 할 수 없습니다. 그건 편지를 쓴 본인도 잘 알 겁니다. 경찰이 반응을 할 수 없다, 이건 절대로 장난질이 아닙니다."

다다라는 고개를 끄덕이더니 이번에는 가오루 쪽을 바라보았다.

"젊은 사람 의견도 한번 들어 보지. 자네는 어떻게 생각하나? 역시 장난이 아니라고 생각해?"

"솔직히, 잘 모르겠습니다. 다만, 한 가지 마음에 걸리는 게 있습니다."

가오루는 다소 긴장한 표정으로 대답했다.

"범인이 데이도 대학의 유가와 교수를 강하게 의식한다는 점입니다. 조교수라는 말이 두 번이나 나옵니다."

"그건 나도 마음에 걸리는 부분이야."

"몇 달 전 여러 매스컴에서 유가와 교수를 다룬 적이 있습니다. 교수가 수사에 큰 공헌을 했다는 사실을 안 기자들이 그런 기사를 쓴 거죠. 실명은 나오지 않았지만 유가와 교수를 아는 사람이라면 누구를 말하는지 다들 알 겁니다."

"즉 장난이다 아니다를 떠나 범인이 노리는 대상은 유가와 교수가 아닐까, 자네는 그렇게 생각한다는 거로군."

"물론 단언할 수는 없지만……."

"그 점에 대해 자네는 어떻게 생각해?"

다다라는 구사나기에게 물었다.

"일리 있는 말이라고 생각합니다. 이것은 일종의 범행 성명이라고 할까요, 유가와에 대한 도전장이라고 볼 수 있습니다."

구사나기의 대답에 다다라는 신음 같은 소리를 내며 길게 숨을 내쉬었다.

"도전장이란 말이지. 참 어이없는 놈이군. 그런데 말이야, 구사나기가 말했듯이 이런 걸 받았다고 해서 우리가 할 수 있는 일이 없어. 시범을 보여 주겠다고 하는데 구체적으로 뭘 어떻게 하겠다는 건지 알 수가 있어야지. 사고를 가장해서 사람을 죽이겠다는 뜻인 모양인데, 어떤 사고를 말하는 건지 알 수 없으니 대책을 세울 수도 없고 말이야."

"유가와에게 의논해 볼까요? 범인이 유가와에게 도전할 목적이라면 뭔가 짚이는 게 있을지도 모릅니다."

"유가와 교수가 범인을 찾을 수 있을지 모른다…… 그렇게만 된다면 일이 쉬워지긴 하겠군."

그때 구사나기의 휴대폰이 울렸다.

"죄송합니다." 하고 양해를 구하며 전화기를 꺼낸 구사나기는 그러나 착신 표시를 보더니 받을 생각을 안 하고 다다라를 빤히 쳐다보았다.

"왜 그러나?"

다다라가 묻자 구사나기는 액정 화면을 보여 주면서 말했다.

"이 친구도 양반은 못 되네요. 유가와예요."

인스턴트커피가 담긴 머그 컵과 함께 유가와는 복사지 한

장을 내밀었다. 역시, 가오루가 중얼거렸다. 그것은 수사 1과 장 앞으로 날아온 것과 같은 프린트물이었다. 다른 점이 있다 면 편지의 첫머리에 다음과 같은 문장이 추가된 것뿐이다.

데이도 대학 유가와 조교수에게
경시청 수사 1과에 다음과 같은 문서를 보냈다. 무능한 사람들이다 보 니 필시 당신에게 매달리겠지. 형사들의 방문을 기다리도록.

유가와는 의자에 앉아 머그 컵을 손에 든 채 가오루와 구사 나기를 번갈아 바라보았다.

"나는 사람을 기다리는 게 너무 싫어. 어차피 수사관이 올 거라면 빨리 끝내는 게 좋을 것 같아서 구사나기한테 전화한 거야."

"우리도 자네에게 물어야 할지 말아야 할지 의논하던 중이 었어."

구사나기의 말에 유가와는 어이없다는 표정을 슬쩍 드러 냈다.

"나에게 물어서 뭘 어떡하겠다고? 나는 아무리 생각해도 할 말이 없는데."

"짚이는 게 전혀 없으세요?"

가오루가 물었다.

"없어. 그렇게 알리지 말라고 했건만. 국민의 의무로, 또 과학자의 사명감 때문에 몇 번 수사에 협조했지만 절대로 외부에는 알려지지 않게 해 달라고 부탁하고 또 부탁했잖아. 내 말을 안 들으니 이런 일이 일어나지. 아마도 이 '악마의 손'이라는 작자는 T대학 Y 조교수의 실적을 엄청나게 부풀린 보도를 보고 기분이 나빠졌을 거야. 매스컴이 영웅을 만들어 내면 안티들이 생기는 게 당연해. 그렇다면 그런 보도를 접한 모든 사람이 용의자인 셈이지. 정말로 '악마의 손'이란 게 있는지는 모르겠지만 말이야."

"저, 말씀 중에 죄송하지만, 저희가 교수님에 관한 정보를 매스컴에 흘려보낸 적은 단 한 번도 없어요. 각종 사건의 물증을 확보하는 데 데이도 대학 물리학과가 관련되어 있다는 것을 알아차린 신문 기자가 독자적으로 조사하다가 교수님의 존재를 냄새 맡은 거라고 봐요."

"그런 건 나도 알아. 나에게 취재를 요청한 기자도 그렇게 말했어. 그렇지만 그런 일을 예상하고 사전에 예방했어야 하는 거 아니야? 수사에 협조한 사람의 신원이 이렇게 간단히 노출되면 앞으로 누가 경찰에 협조하겠어."

"자네 말이 맞아."

구사나기가 말했다.

"거기에 대해서는 우리도 반성하고 있어. 앞으로는 이런 일이 일어나지 않도록 세심하게 주의할 생각이야."

"내 경우는 때늦은 감이 있지만, 앞으로는 조심해야 할 거야."

"실수를 안 이상 그렇게 해야지. 다시 한번 묻겠는데 정말로 짚이는 데 없어? 문맥으로 보건대 자네에게 어떤 경쟁의식 같은 게 있는 것 같아."

"나에게 경쟁의식이 있다고 해서 반드시 내가 아는 인물이라는 법은 없어."

"그는 T대학의 Y 조교수라는 키워드만으로 자네라는 사실을 알아 버렸어. 자네와 아무 관련이 없는 인물은 아닐 거야. 어쨌든 잘 좀 생각해 봐. 지금까지 만난 과학자 가운데 이런 일을 벌일 만한 인물이 있는지."

"그건 무리야."

유가와의 딱 부러지는 그 한마디에 가오루의 시선이 저절로 말쑥한 그의 얼굴로 향했다. 구사나기도 너무도 강한 그의 어투에 기가 눌렸는지 입을 꾹 다물었다.

"물론 난 과학자들을 많이 알아. 하지만 그들의 인간성에 대해서는 아는 게 거의 없어. 내가 아는 거라고는 그들이 이룬 업적뿐이지. 따라서 누가 이런 글을 쓸 가능성이 있는지 판단하기는 불가능해."

구사나기는 슬쩍 가오루 쪽을 보았다. 그 얼굴에 체념이 서려 있었다.

"알았네. 그럼 이 건에 대해서는 우리한테 맡겨 줘. 이 편지, 가져가도 되겠지?"

"물론이야. 돌려줄 필요도 없어."

그러면서 유가와는 곁에 놓인 봉투를 내밀었다.

"참, 그런데 자네 이번에 주임으로 승진했다면서? 축하해."

유가와의 축하 인사에 구사나기가 시큰둥한 표정을 지었다.

"그런다고 딱히 달라지는 것도 없는데, 뭐. 여태 해 오던 일을 그대로 하는 거야."

"우쓰미 양은 구사나기 팀 소속인가? 정말 마음 든든하겠어."

유가와가 가오루를 바라보고 빙글 웃으며 말했다.

"누가 누구에게 든든하다는 거야?"

"서로에게 그렇겠지."

그 말에 구사나기는 흥, 콧소리를 내더니 자리에서 일어섰다. 구사나기의 뒤를 따라 방을 나서던 가오루는 문 앞에 이르자 갑자기 돌아서며 유가와를 향해 물었다.

"그런데 '악마의 손'이란 게 뭘까요?"

느닷없는 질문에 유가와가 어깨를 으쓱했다.

"나야 알 길이 없지. 보이지 않는 어떤 힘인 것 같은데, 그런 건 아주 많아. 그 문맥만으로 알아내기는 불가능하다고.

아까도 말했듯이 범인에게 정말로 그런 게 있는지 없는지도 모르겠고."

"그렇군요……. 그럼 안녕히 계세요."

"다만,"

유가와의 말에 가오루가 다시 멈칫했다.

"단순히 장난으로 하는 말은 아닌 것 같아."

"왜 그렇게 생각하시죠?"

"문장 중에 과학자라는 말이 나오니까. 분위기로 보아 그 작자는 적어도 자신을 과학자라고 생각하는 게 분명해. 그렇게 생각하는 데는 나름의 근거가 있다고 보면 될 거야."

가오루가 고개를 끄덕였다.

"잘 새겨 두겠습니다."

그 말에 유가와는 미간을 찌푸리며 손사래를 쳤다.

"아마추어의 의견일 뿐이야. 무시해도 좋아."

3

남자는 마트 옥상 주차장에 차를 세웠다. 흰색 밴이었다. 그는 운전석에서 몸을 일으켜 뒷자리로 이동했다. 원래 그곳에 놓여 있던 좌석은 모두 제거되고 대신 그 자리에는 어떤 장치가 놓여 있었다.

주위에 사람이 없는 것을 확인한 남자는 차의 슬라이드 도어를 열어젖혔다. 그러고는 장치에 달린 망원경 같은 것으로 차 밖을 내다보았다. 렌즈의 초점을 맞추자 튼실한 철골로 짜인 빌딩의 골격이 시야에 들어왔다. 작업복 차림의 기술자 한 사람이 그 맨 위에 서 있다. 지상에서 적어도 20미터는 될 것 같았다. 남자의 위치에서는 조금 올려다보아야 하는 높이였다.

남자는 망원경의 초점을 이번에는 작업복을 입은 남자에게 맞추었다. 그 기술자는 쭈그리고 앉아 무언가를 하고 있었다. 어제와 마찬가지로 안전장치를 착용하지 않았다. 높은 곳의 일에 익숙해서일까, 자신의 균형 감각에 자신이 있는 듯했다.

나이는 쉰 정도. 헬멧 아래로 엿보이는 머리카락에 서리가 내렸는지까지는 확인이 안 된다.

그 정도 살았으면 됐잖아, 남자는 그렇게 중얼거리고 장치의 스위치를 눌렀다.

모니터 앞에 앉은 구사나기가 머리를 긁적였다. 화면에 보이는 것은 요 며칠간 도쿄에서 일어난 교통사고에 관한 데이터였다.

사고는 800건에 달했다. 그 가운데 사망 사고는 세 건으로, 모두 네 명이 목숨을 잃었다.

첫 번째 사망 사고는 과속으로 커브를 돌던 차가 전신주에 충돌해 일어난 것으로, 운전하던 대학생과 조수석에 탄 친구가 죽었다. 둘 다 상당량의 알코올을 섭취한 상태였다. 교통과의 말로는 노면에 남아 있는 브레이크 자국으로 보아 운전자가 졸았을 가능성이 높다고 한다. 두 사람이 술집에서 술을 마시는 것을 목격한 사람도 있었다.

일어날 것이 일어난 것뿐이다. 술을 마신 것도 운전을 한 것도 본인의 의사에 따른 것이다. '악마의 손' 따위가 개입할 여지는 없었다.

그러나 구사나기는 이 사고를 악마의 손과 무관하다고 단정 지을지 말지 망설이고 있다. 그 대학생의 부모가 '그 애가 음주 운전을 했을 리 없다'고 말했기 때문이다. 물론 평소 같았으면 자기 자식에 대해 착각하는 팔불출 부모라고 단정했겠지만, 지금은 예의 괴문서가 머릿속에 계속 떠올랐다.

누군가가 대학생들을 부추겨 술을 마시게 한 다음 차를 몰게 한 것은 아닐까. 예컨대 최면술 같은 것을 걸어서.

구사나기는 한숨을 내쉬었다. 이런 식으로 가다가는 모든 사고를 의심하게 될 것이다. 예를 들어 두 번째 사망 사고의 경우, 경트럭이 신호를 무시하고 가다가 교차로를 건너던 노인을 치고 말았다. 이것 또한 누군가가 노인에게 최면술을 걸었을 수도 있는 것이다.

최면술로 인간의 행동을 거기까지 제어할 수 있을까, 구사나기로서는 알 도리가 없었다. 유가와에게 의논해 볼까 생각하다가 바보 취급만 당할 것 같아 그만두었다.

등 뒤에서 인기척이 느껴져 돌아보니 마미야가 서 있었다.

"뭐 좀 나온 거라도 있어?"

상관의 물음에 구사나기는 고개를 가로저었다.

"솔직히, 두 손 들었습니다. 아주 단순한 사고들이지만 비딱하게 보기 시작하니까 하나같이 의심스러워요."

"그럴 테지."

마미야가 고개를 끄덕였다.

"만일 그 괴문서가 장난에 지나지 않는다면, 이만저만 골칫거리가 아닙니다. 범인이 사고를 일으키지 않더라도 우리로서는 계속 이런저런 상상을 할 수밖에 없으니까요."

"하긴 그래. 범인은 그 같은 우리의 심리를 더 이용하려 할지도 몰라."

"네, 무슨 뜻입니까?"

"자네를 더 고민하게 만들 것 같아 말하기가 좀 뭣하지만……."

그러면서 마미야는 복사지 한 장을 살랑살랑 흔들었다.

"이런 게 또 날아왔어. 현물은 감식과로 보냈고."

거기에는 지난번과 같은 스타일의 문장이 프린트되어 있

었다.

친애하는 경시청 여러 분에게

예고한 대로 악마의 손으로 시범을 보여 주었다. 이번 달 20일, 스미다구 료고쿠 건축 현장에서 작업원 우에다 시게유키를 추락사하게 만들었다. 확인해 보는 게 좋을 것이다. 이것이 단순한 허풍이 아니라는 것은 Y 조교수가 가르쳐 줄 것이다.

악마의 손

구사나기는 복사지에서 고개를 들며 마미야를 바라보았다.

"건축 현장의 추락 사고라고요?"

마미야가 아랫입술을 비죽 내밀더니 턱을 끌어당기며 대답했다.

"확인해 본 결과 20일에 정말 그런 사고가 있었어. 사망한 사람은 우에다 시게유키라는 작업원이었고."

"그 사고가 보도되었습니까?"

"일부 조간신문에 나왔다는군. 그러니까 범인이 그 기사를 보고 이런 범행 성명서를 보냈을 가능성도 있어."

"다시 말해 우연히 일어난 사고를 자신의 범행으로 위장했다는 겁니까?"

"그럴 가능성이 있다는 거지. 다만, 마지막 문장이 마음에 걸러."

구사나기는 다시 복사지를 들여다보았다.

"문제는, 허풍이 아니라는 것을 유가와 교수가 가르쳐 줄 것이라고 하는 이유가 무엇이냐는 거야."

마미야가 어깨를 으쓱하더니 고개를 절레절레 흔들었다.

구사나기는 일어서며 윗도리를 집어 들었다.

"유가와한테 다녀오겠습니다."

구사나기가 경시청을 나서는데 휴대폰이 울렸다. 가오루였다.

"아, 그래. 마침 잘됐어. 지금 유가와를 만나러 가는 길이야. 우쓰미도 그쪽으로 와."

"벌써 가고 있는 중이에요. 그래서 전화 드린 거예요."

"거긴 무슨 일로?"

"유가와 교수님한테서 연락이 왔거든요. 새로운 괴문서가 날아왔다고요."

문서는 지난번과 마찬가지로 A4 용지에 프린트되어 있었다.

잘 있는가?

경시청 형사들은 왔다 갔나? 아직 오지 않았다면 곧 찾아올 테지. 이유는 간단해. 그대가 그자들을 부를 테니까.

자네에게 한 가지 부탁이 있어. 아주 간단한 거야. 인터넷으로 어떤 사이트에 들어가서 거기에 적힌 내용을 형사들에게 보여 주기만 하면 돼. 사이트 주소는 아래에 적어 두지. 걱정은 하지 않아도 돼. 영화 정보를 제공하는 공식 홈페이지일 뿐이니까. 거기에 관심을 좀 가져 줬으면 해. 접속하면 영화의 감상을 적는 코너가 있어. 거길 보라고. 이번 달 19일에 '작업원'이라는 인물이 적어 놓은 것이 있어. 자네에게는 아무 특색도 없는 지루한 문장으로밖에 안 보일 거야. 그러나 형사들은 꽤 놀랄걸. 그걸 보고 나면 자연히 악마의 손을 믿게 될 걸세.

악마의 손

가오루는 문서에서 고개를 들었다. 부루퉁한 표정으로 앉아 있는 유가와와 눈길이 마주쳤다.

"오늘 아침 물리학과의 우편함에 들어 있었는데. 이게 무슨 일이야. 이번 일에는 절대로 말려들지 않겠다고 다짐했는데."

"우리가 그렇게 만든 건 아냐. 범인이 제멋대로 자네를 끌어들인 거지."

구사나기가 변명하듯이 말했다.

"그보다, 이 홈페이지 봤어?"

그런 다음 유가와는 앉은 채 두 발로 바닥을 굴러 의자를 미끄러뜨렸다. 컴퓨터 앞에 가 닿자 재빨리 키보드를 두드렸다. 이윽고 모니터에 화려한 영상이 배경 음악과 함께 나타났다.

그는 마우스를 조작하여 화면을 전환했다. 영화 감상문을 적어 넣는 페이지였다.

"범인이 자네들에게 보여 주고 싶은 것이 아무래도 이 감상문인 모양이야. 별로 특별할 것도 없는 평범한 내용인데."

가오루와 구사나기가 모니터 앞으로 다가갔다. 네모 박스 안에 문장이 적혀 있다. 제목은 "사랑을 담아서"였다. 다음과 같은 내용이었다.

여러분의 감상문을 읽고 나도 보러 가고 싶어졌습니다. 20일에 보러 가겠습니다. 벌써 가슴이 두근거립니다. 그럼 모두들 건강하세요. 료고쿠에 건설 중인 빌딩에서 사랑을 담아 보냅니다. 너무 감동해서 떨어질까 무서워요. 조심해야겠습니다.

40대 남자 작업원 2008/05/19 22:43

가오루와 구사나기가 당황한 표정으로 서로의 얼굴을 바라보았다. 범인에게 온 두 번째 문서의 내용에 대해서 이미 알고 온 터였다.

"자네들 표정을 보니 어쨌든 괴문서의 주인공이 터무니없는 말을 한 건 아닌 모양이군. 도대체 이 문장의 어디가 자네들을 그렇게 당황하게 만드는 거야?"

유가와의 말에 구사나기가 어두운 표정으로 그를 바라보

았다.

"예고장이야, 유가와. 이건 범행 예고였어."

"예고?"

구사나기는 유가와에게 전후 사정을 이야기했다. 유가와의 표정도 점점 어두워졌다.

"그런 사고가 있었단 말이지. 료고쿠에 건설 중인 빌딩에서 작업원이 추락사했다……. 우연치고는 앞뒤가 너무 잘 맞아떨어지는군. 그것도 날짜까지 일치하니 말이지."

"사고를 안 다음에 그것과 내용이 일치하는 문장을 인터넷에서 찾아냈다고 볼 수는 없을까요?"

가오루가 물었다.

"가능성이 없는 건 아니지만 매우 낮다고 봐야 할 거야. 문장을 작성한 것이 사고가 일어나기 하루 전이니까. 이건 분명 범행 예고야."

"그렇지만 보통은 범행을 저지르기 전에 예고를 하지 이렇게 나중에 내가 예고했다는 식으로 밝히는 경우는 본 적이 없어."

"이 범인의 경우는 예고장을 쓰는 이유가 특수하니까. 우연히 일어난 사망 사고에 편승한다는 말을 듣고 싶지 않아서 예고를 해 놓은 거지. 예고장의 존재를 미리 알려 주면 당연히 범행이 어려워지니까 나중에 알려 주었다고 봐야 할 거야."

유기외의 말에 구사나기는 신음 소리를 냈다.

"료고쿠의 사망 사건을 조사해 봐야겠어. 그것이 만일 살인이라면 이거 아주 골치 아픈 일이야."

"그렇지만 그게 가능할까요? 사고로 위장해서 사람을 떨어뜨리는 거 말예요. 관할 서가 사고사로 판단한 것은 조금도 수상쩍은 점이 없기 때문일 텐데요."

가오루가 유가와를 바라보며 말했다. 물리학자는 입을 비죽하며 고개를 저었다.

"글쎄, 가설을 세워 보고 싶어도 자료가 너무 부족해. 그리고 늘 하는 말이지만 난 범죄에 관해서는 아마추어에 지나지 않아."

"그렇지만 선생님은 일전에 보이지 않는 힘이 얼마든지 있다고 하셨잖아요."

"그럼, 있고말고. 이를테면 자력 같은 거. 그리고 만유인력도 그렇고. 이렇게 대화를 나누는 자네와 나 사이에도 인력이 작용하고 있지. 그렇지만 이 범인이 무엇을 사용했는지는 나도 몰라. 짐작도 안 가. 어쨌든 데이터를 모아야지. 범인이 마법을 사용하지 않은 한 반드시 어떤 흔적이 남아 있을 테니까. 그리고 마법 같은 건 이 세상에 존재하지 않아."

유가와의 말이 점차 열기를 띠기 시작했다.

"어떤 데이터를 모으면 되나요? 필요한 게 있으면 말씀해 주세요."

"우선 사고에 관한 자료가 필요해. 그리고 현장을 한번 보고 싶어. 그날의 날씨, 현장 주변의 상황, 알 수 있는 거라면 뭐든지."

"알았네. 우쓰미가 자료를 모으도록 하지."

구사나기가 자리에서 일어섰다.

"한 가지, 마음에 걸리는 게 있어."

유가와의 말에 구사나기가 뒤를 돌아보았다.

"뭔데?"

"범인은 왜 이렇게 위험한 행동을 할까. 인터넷에 이런 글을 올리면 금방 경찰에 잡히고 말 텐데."

"PC방 같은 것을 이용하지 않았을까?"

"아마도 그랬겠지만, 위험한 방식이야. PC방의 방범 카메라에 포착될 수도 있고. 내가 범인이라면 이런 식으로는 하지 않았을 거야. 인터넷이 아무리 익명성이 강하다고 해도 신분을 숨기기에는 우편이 더 좋아. 실제로 범인은 괴문서를 우편으로 보내기도 했고 말이야. 프린트나 워드프로세스 기기가 노출되는 단점은 있지만, 그런 것들은 세상에 너무 많이 나돌고 있어서 잡힐 염려는 제로에 가깝다고 보아도 돼. 안 그래?"

유가와의 물음에 구사나기는 떨떠름한 표정을 지었다. 실제로 범인이 보낸 편지지를 분석한 감식반도 그것으로 범인을 찾기는 거의 불가능하다고 말했다.

"범행 예고를 우편으로 보낸다는 말인가요?"

가오루가 물었다.

"그래. 범행 당일 경찰 앞으로 우송하는 거야. 예고장은 다음 날 경찰서에 도착할 테니까 범행을 방해받을 염려는 없지. 또 우편물의 소인에는 시각까지 기록되니까 범행 전에 우편함에 넣었다는 증거가 남기도 하고. 왜 그렇게 하지 않았을까."

가오루가 구사나기를 바라보았다.

"듣고 보니 그러네요."

구사나기는 미간을 찌푸렸다.

"범인에게 어떤 사정이 있을지도 모르지."

"나도 그런 것 같아. 그 사정을 알아낼 수만 있다면 '악마의 손'의 정체가 어느 정도 드러날지도 몰라."

"알았어. 명심해 두지."

연구실을 나선 후 구사나기는 가오루를 보며 의미심장한 미소를 지었다.

"범인의 행동거지가 신경에 거슬리기는 하지만, 한 가지 좋은 점은 있어. 유가와를 화나게 만들었다는 거야."

"맞아요. 그렇지만 그거야말로 범인이 바라는 바 아닐까요? 유가와 교수님도 밝혀내지 못할 것이라는 자신감이 있는 거죠."

"그렇긴 하겠지만 유가와는 지지 않을 거야. 물론 우리도 지고 싶은 마음이 없고."

그렇게 말하는 구사나기의 눈에서 형사 특유의 날카로운 빛이 뿜어져 나왔다.

4

남자는 액셀러레이터를 밟았다. 뒤쪽에 차가 없는 것을 확인한 그는 오른쪽 차선으로 이동했다. 그리고 좀 더 속도를 높여 왼쪽 차선을 달리고 있는 빨간 승용차 옆에 따라붙었다.

남자가 곁눈으로 옆 차의 운전석을 살핀다. 젊은 여자가 핸들을 잡고 있다. 색이 입혀진 유리창 때문에 뒷자리는 잘 보이지 않는다. 조수석에 아무도 없는 것으로 보아 혼자 타고 있는 것 같다.

그들은 수도 고속도로 4호 신주쿠선의 상행선을 달리고 있었다. 속도계를 보니 80킬로미터를 넘어섰다. 남자는 액셀러레이터를 조절하며 계속 여자 차와 나란히 달렸다.

조금 있으면 요요기 출구가 나온다. 그는 오른손으로 핸들을 잡은 채 왼손으로 시트 옆을 더듬었다. 장치해 둔 스위치가 손에 닿았다. 망설임 없이 스위치를 눌렀다.

타이머는 12초로 설정되어 있다. 시간이 되면 전자음이 울릴 것이다. 시간을 기다리며 남자는 조심스럽게 액셀러레이터를 조절한다. 타깃을 정확히 포착해서 나란히 달려야 한다. 12초가 너무 길게 느껴진다.

긴 직선이 이어진다. 그 앞에는 오른쪽으로 급커브가 있다. 그리고 이어서 왼쪽으로 급커브. 유명한 사고 다발 지역이다.

마침내 전자음이 들렸다. 그러자 남자는 힘껏 액셀러레이터를 밟았다. 차는 점점 속도를 높여 간다. 백미러에 빨간 차가 들어왔다. 뱀처럼 구불거리며 달리고 있다.

그러나 거기까지만 확인할 수 있었다. 커브가 이어지는 탓에 시야가 가려져 버리기 때문이다. 그는 속도를 조금 떨어뜨리고 뒤차가 나타나기를 기다렸다.

이윽고 흰색 차가 나타났다. 이어서 파란 차. 빨간 차는 나타나지 않는다.

일이 잘 풀린 것 같다. 그의 입가에 미소가 떠올랐다. 틀림없이 사고를 일으킨 것이다. 문제는 그 피해가 어느 정도인가였다.

그는 다음 출구에서 고속도로를 벗어나기로 했다. 조수석에는 무선기가 놓여 있다. 도쿄 소방청의 긴급 무선을 들어보는 즐거움이 남아 있다.

우에다 료코는 길게 찢어진 눈을 크게 떴다. 그때까지 푸르

스름하던 볼이 살짝 붉은 기를 띠기 시작했다.

"그러니까, 아버지가 살해당했다는 건가요?"

목소리가 갈라져 나왔다.

"아니요. 아직 단정적으로 말하기는 이릅니다. 수사하는 중이에요."

구사나기가 부드러운 음성으로 말했다.

"그렇지만 관할 서의 형사님은 사고가 분명하다고……."

"그 시점에서는 그랬지요. 다만 그 후 여러 가지 정보를 분석해 본 결과, 단순한 사고라고 단정할 수만은 없다는 결론에 이르렀습니다."

"뭔데요, 그 정보라는 게?"

우에다 료코로서는 당연한 질문이었다. 구사나기는 미리 생각해 둔 거짓말을 하기로 했다.

"사실 여러 사건을 접하다 보면 처음에는 추락 사고로 보였는데 나중에 알고 보니 타살이었던 경우가 꽤 있습니다. 우에다 시게유키 씨가 돌아가신 상황이 그런 사건들과 비슷한 점이 좀 있어서 이렇게 찾아온 겁니다. 그러니까 아직은 단순한 사고로 생각해도 좋습니다. 어디까지나 만일을 위한 조사니까요."

구사나기는 만일을 위해서, 라는 말에 힘을 주었다. 괴문서에 대해서 유족에게는 절대로 말하지 말라는 마미야의 지시가 있었기 때문이다.

피해자의 유족을 만난다는 것은 늘 마음이 무거운 일이다. 게다가 피해자의 죽음이 타살이라는 사실을 유족들이 눈곱만 큼도 눈치 채지 못하고 있을 때는 더욱 그렇다. 단순한 사고 라면 체념하고 넘어갈 일도 타살이라는 사실을 아는 순간부 터 격심한 감정의 동요를 느끼게 된다. 원한을 품게 되는 것 은 당연하고 왜, 라는 의문이 솟구친다. 왜 자신이 사랑하는 사람이 살해당해야 할까, 어떤 의미에서 이것보다 더 슬픈 의 구심은 없을 것이다. 아무리 설명해도, 설령 가해자 본인의 자백이 있었다 하더라도 결코 받아들이기 힘든 사실이다. 그 비극을 떠올릴 때마다 왜, 라는 의문과 고뇌가 언제까지나 이 어지는 것이다.

구사나기는 가오루와 함께 우에다 시게유키의 집을 찾아왔 다. 2층 연립의 일 층에 있는, 방 두 개짜리 집이다. 현관으로 들어서자 바로 부엌 겸 거실이 나왔다. 거실의 테이블을 사이 에 두고 그들은 지금 우에다 료코와 마주하고 있는 것이다. 그녀는 우에다 시게유키의 외동딸이다. 5년 전까지만 해도 같 이 살았지만 지금은 혼자 떨어져 산다. 어머니는 2년 전에 암 으로 세상을 떠났다고 한다.

"만일…… 만일에 말이죠, 이 일이 단순한 사고가 아니라고 가정한다면, 뭐 좀 떠오르는 게 없습니까? 아무리 사소한 일이라도 괜찮습니다."

구사나기가 물었다.

우에다 료코는 석연치 않은 표정을 지으며 고개를 저었다.

"그런 거 없어요. 아버지는 성격이 매우 온순하셔서 술도 별로 안 마셨고 다른 사람과 다투는 일도 거의 없었습니다. 아버지에게 원한을 품다니, 그런 일은 절대로 있을 수 없어요."

"시게유키 씨와 마지막으로 대화를 나눈 게 언제입니까?"

"지난주예요. 아버지에게 전화가 왔어요. 어머니 3주기를 어떻게 할까 하고요. 아직 날짜가 많이 남긴 했지만……."

그러면서 우에다 료코는 고개를 숙였다.

구사나기는 우쓰미 쪽으로 고개를 돌리고 질문할 게 없느냐는 듯 눈짓했다.

"우에다 시게유키 씨는 페인트공으로 꽤 오래 일하셨다고 들었습니다."

우쓰미가 입을 열었다.

"고소 작업에 익숙하니까 줄로 몸을 묶지 않으셨을 겁니다. 그런 일로 아버님과 이야기를 나눈 적은 없나요?"

그 말에 우에다 료코가 살짝 고개를 들었다. 눈썹이 가늘게 떨렸다.

"지난번에 한 번 말씀드린 적이 있어요. 나이가 들면 균형 감각이 떨어지니까 앞으로는 좀 더 조심하시라고. 그렇지만 안전띠를 매면 작업이 늦어지니까 매지 않는 경우가 많다고 하셨어요. 조심하시라고 그렇게 말씀드렸는데……."

마지막 말은 거의 흐느낌이었다.

구사나기와 가오루는 무거운 마음으로 그 집을 나섰다.

"범인에게 우에다 시게유키를 죽일 만한 동기 따위는 없었다고 봐."

"제 생각도 그래요. 문제는 방법이죠."

"높은 곳에 있는 사람을 추락사시키는 방법 말이지. 그런 일이라면 유가와에게 의지할 수밖에 없는데, 우리가 제시할 자료가 아무것도 없으니 그게 문제야."

구사나기는 얼굴을 찌푸리며 머리를 긁적거렸다.

료고쿠에서 일어난 추락 사고에 대해서는 관할 서의 담당자에게 자료도 넘겨받고 현장 감독이나 노동자들에게 이야기도 들었다. 그 결과, 사고가 일어났을 때 우에다 시게유키의 주변에는 아무도 없었다는 것이 밝혀졌다. 건물이 흔들리면서 충격을 받았다든지, 몸이 흔들릴 만큼 강한 바람이 불지도 않았다고 한다. 관할 서가 사고사로 단정한 것도 당연한 일이었다.

두 사람이 경시청으로 들어서자 기시야가 서류를 들고 구사나기 쪽으로 다가왔다.

"어때?" 하고 구사나기가 물었다.

"지금까지는 사망 사고가 없습니다. 교통사고 132건에 부

상자 118명. 그 가운데 중상이 35명이지만 생명에는 지장이 없다고 합니다. 그 외의 사고는 13건. 술에 취해서 계단에서 굴러 떨어졌다든지, 노인이 약을 먹다가 목에 걸렸다든지, 그런 사고들입니다. 높은 곳에서 추락한 사고는 없었습니다."

기시야가 서류 내용을 읽어 주었다.

"허 참, 사고가 이렇게 많을 줄이야. 그 사고들 가운데 하나는 범인이 일으킨 게 아닌가 싶은데."

"그게 범인의 노림수가 아닐까요. 단 한 번, 사고로 위장한 범행을 성공시켜 놓고 자신의 힘을 과장하려는 것 말입니다."

"그렇겠지. 하지만 문제는 단 한 번일지라도 그런 범행이 가능했다는 데 있어. 그걸 그냥 보고 넘길 수만은 없지."

"그건…… 맞는 말이지만."

가오루는 눈을 내리떴다.

현재 이 '악마의 손' 사건은 구사나기 팀만 수사를 벌이고 있다. 아직 사건이냐 아니냐조차 단정하지 못하고 있는 형편이다. 인터넷으로 날아온 범행 예고에 대해서는 마미야를 통해 윗선에 보고되었겠지만 아직 이렇다 할 지시가 내려오지 않았다. 상부도 당황하고 있을 것이라고 구사나기는 생각했다.

마미야가 다가왔다. 험악한 표정이다. 들고 있던 복사 용지 한 장을 구사나기에게 내밀었다.

"또 날아왔어. 범인이 글쓰기를 꽤 좋아하는 모양이야."

구사나기는 복사 용지를 받아 들었다. 가오루와 기시야도 목을 빼고 문장을 읽었다.

친애하는 경시청 여러 분에게

료고쿠의 추락 사고가 나의 힘에 의한 것임을 알았으리라 믿는다. 지금쯤 자네들은 내가 무슨 트릭으로 사고를 일으켰는지 열심히 머리를 쥐어짜고 있을 테지만, 참으로 덧없는 노력이 아닐까. 자네들 힘으로 악마의 손의 정체를 밝힌다는 것은 불가능한 일이다.

자, 악마의 손의 존재를 증명해 보였으니 이제 한 가지 요구를 하겠다. 별로 어려운 일은 아니다. 오히려 자네들에게 주어진 당연한 의무라 할 것이다. 그것은 나의 존재를 세상에 널리 알리는 일이다. 형사부장이나 수사 1과장이 기자 회견을 열기 바란다. 그때 지금까지의 범행 예고와 범행 성명서를 발표해도 좋다.

다만, 그럴 경우 한 가지 유의해야 할 것이 있다. 악마의 손을 위장한 가짜의 출현이다.

그래서 진짜와 가짜를 구별하는 방법을 알려 주겠다. 여기에 난수표를 동봉한다. 앞으로 내 편지에는 반드시 그 표에 기록된 숫자를 마지막으로 적어 넣겠다. 그게 없는 것은 가짜다. 또한 한번 사용한 숫자는 다시 사용하지 않을 것이다. 이 난수표를 소중히 보관하기 바란다. 그게 서로를 위한 일이니까.

악마의 손 A행 B열 55

"뭐하자는 거야, 이거." 하고 구사나기가 벌컥 화를 냈다.

"거기 적힌 대로지. 범인이 요구 사항을 제시했잖아."

"세상에 공표하라는 것이 요구 사항입니까?"

"그런 셈이지."

구사나기는 머리를 절레절레 흔들었다.

"이 자식, 도대체 무슨 생각을 하는 거야. 이런 짓을 해서 득 될 게 뭐가 있다고."

"자기 과시욕이 매우 강한 사람이라는 것이 과장이나 관리국의 의견이야." 하고 마미야가 말했다.

"그럼 어떡하지요? 기자 회견을 열어요?"

"그럴 수는 없어. 그건 범인의 협박에 굴복하는 일이니까. 공표해 봐야 아무 이득이 없어. 일단 무시하라는 것이 상부의 지시야."

"무시당하고 나서 범인이 어떻게 나오느냐를 보자는 거겠지요."

구사나기가 고개를 끄덕이며 말했다.

"이 난수표는 뭐죠?"

가오루가 물었다.

"편지와 함께 들어 있었어. 5행 5열의 표에 두 자릿수 숫자들이 들어 있어. 편지의 마지막에 A행 B열 55라고 되어 있잖아. 그건 해당하는 칸에 55가 적혀 있다는 의미지. 그것을 올

바르게 적지 않으면 가짜니까 조심하라는 거야."

"가짜가 나타날 것까지 걱정하는 걸 보니 아무래도 범인은 자신의 요구가 받아들여질 것이라고 믿는 모양입니다. 자식이, 우리를 뭘로 보고."

구사나기가 내뱉듯이 말했다.

"첫 범행이 성공해서 어깨에 꽤 힘이 들어간 모양이지. 더는 까불지 못하게 범인이 어떤 수법으로 추락 사고를 일으켰는지 한시라도 빨리 알아내야 해."

마미야의 지시에 알겠습니다, 하는 구사나기의 대답에는 강한 의지가 배어 있었다. 그러나 그 말을 옆에서 듣고 있던 가오루는 불안감에 휩싸였다. 요구를 무시당한 범인이 다음 범행을 일으킬 것이 불을 보듯 뻔했기 때문이다. 과연 그때까지 '악마의 손'의 정체를 밝혀낼 수 있을지, 참으로 막막하기만 했다.

5

수도 고속도로 6호 무코지마선은 비교적 순조롭게 흘러갔다. 하코자키의 합류 지점도 흐름이 좋아 그대로 고마가타, 무코지마로 달려왔다. 아니, 달려 버렸다고 하는 것이 더 맞는 표현일 것이다. 요컨대 원하는 상황이 만들어지지 않은 것이다.

핸들을 잡은 채 남자는 자주 백미러와 사이드 미러를 바라보았다. 주위의 차들을 파악하기 위해서다.

첫 시도는 에도가와바시 분기점에서 하코자키 분기점에 이르는 구간에서였다. 그곳 나들목은 들고 나는 차들이 끝도 없이 오간다. 그러면서도 속도가 줄어들지 않으니까 사고가 일어나기 쉽다.

그러나 문제가 생겼다. 중요한 타이밍에 트럭 하나가 바로 옆으로 다가오고 만 것이다. 장치의 각도는 트럭을 계산에 넣지 않았다. 타깃은 가능하면 오토바이나 승용차가 좋다.

초조해할 필요는 없어, 그는 스스로에게 말했다. 기회는 얼마든지 찾아올 것이다. 그중 하나가 지금 향하는 호리키리 분기점이다.

어제 수도 고속도로 4호 신주쿠선에서는 실패하고 말았다. 그 빨간 차는 측벽에 부딪히기는 했지만 운전자는 허리와 어깨에 가벼운 부상을 입었을 뿐이다. 생명에는 아무런 지장이 없었고 구급대원이 달려왔을 때는 말을 할 수 있을 정도로 의식도 또렷했다. 그런 사실은 소방청의 무선을 도청하여 알 수 있었다.

교통량이 많고 속도를 내는 곳이면서 여러 개의 차선이 복잡하게 얽혀 있는 곳이 역시 사망 사고가 일어나기 쉽다고 판단하여 오늘의 루트를 물색했다. 게다가 그 루트에는 사고 다발 지점이 여러 개 포함되어 있다. 설령 생각대로 풀리지 않는다 해도 곧 또 다른 기회가 찾아오는 곳이다.

아무래도 경찰은 '악마의 손'에 대해 공표할 생각이 없는 것 같았다. 그저 허세를 부리는 건지 아니면 '악마의 손'을 신용하지 않아서인지는 알 수 없다. 그러나 어느 쪽이든 다음 사건이 일어나면 가만있지는 못할 것이다. 만일 그래도 공표하지 않는다면 이쪽에서 손을 쓸 수밖에 없다.

제방 도로를 지났다. 이윽고 오른편에 새로운 도로가 나타났다. 주오 환상선이다.

남자는 매끄러운 운전 솜씨로 흐름에 섞여들었다. 도중에 차들이 늘어났다. 도호쿠도로 가려는 차들이 하나 둘씩 왼쪽으로 들어오고 있다. 그는 중앙 차선으로 옮겼다. 그대로 나아가면 조한도가 나온다.

차 한 대가 눈에 들어왔다. 비교적 차고가 높은 경차다. 왼쪽 차선으로 달리는 것으로 봐서 도호쿠도로 들어설 생각인 듯하다.

그는 액셀러레이터를 조절했다. 타깃으로 삼은 경차 옆에 나란히 붙이고 곁눈질로 운전사를 엿본다. 비쩍 마른 노인이었다. 동승자는 없다.

남자는 왼손으로 스위치를 조작했다. 핸들을 잡은 오른 손바닥에서 땀이 배어 나온다.

잠시 후 다시 곁눈질로 옆 차를 본다. 운전사가 머리를 흔드는 모습이 시야에 들어왔다.

듣기 시작했다고 생각하는 순간, 전자음이 울렸다. 남자는 액셀러레이터를 밟았다. 타깃으로 삼은 경차를 눈 깜짝할 사이에 뒤로 따돌렸다. 백미러에 그 차체가 비쳤다.

다음 순간, 경차가 지그재그로 비틀거리기 시작했다. 그러다 차선을 크게 벗어난다.

뒤에서 달려오던 트럭이 클랙슨을 울리더니 급브레이크를 밟는 것 같았다. 그러나 이미 늦었다. 트럭에 부딪친 경차는 가볍게 허공을 날아 측벽에 부딪혔다. 불과 2, 3초 사이에 일어난 일이다. 그 사건의 전말을 그는 백미러로 목격했다.

그는 가만히 웃었다. 그렇게 소리 죽여 웃는 것이 그의 버릇이다.

그가 운전하는 차는 힘차게 달려 조한도로 들어섰다.

내친김에 기분 좋게 드라이브라도 할까, 하며 스테레오 스위치를 넣자 우연히도 좋아하는 음악이 흘러나왔다.

철골 빌딩을 올려다보고 나서 유가와는 눈을 가늘게 떴다. 심각한 표정이었다.

"이 빌딩의 맨 꼭대기에서 추락했단 말이지. 도저히 살아날 수 없었겠어."

"거의 즉사라고 해요. 병원에 옮기지도 못했답니다." 하고 가오루가 말했다.

"그 우에다라는 사람, 언제부터 이 공사장에서 일했을까."

"지지난주부터랍니다. 녹 방지용 페인트칠을 했대요."

"사고 전에도 줄곧 저 위에서 작업을 한 건가?"

"그런 모양이에요. 사고 사흘 전부터 최상층의 페인트칠을 했다고 합니다."

"다시 말해 이 빌딩 위에서 안전띠를 매지 않고 작업을 하는 사람이 있다는 사실을 범인이 사전에 알았다는 거군."

유가와는 그렇게 말하며 위를 가리켰다.

"그런 셈이에요." 하고 가오루는 빌딩을 올려다보았다.

"아래쪽에서는 확인이 잘 안 될 것 같은데요."

"응, 그래."

유가와는 주변을 둘러본 후 한 곳을 가리켰다.

"저 건물이라면 어떨까. 옥상으로 올라갈 수 있을 것 같은데."

그곳은 대형 마트였다. 옥상에 주차장이 있었다.

"가 볼까요." 하고 가오루는 길가에 세워 둔 파제로를 향해 걸어갔다.

마트 옥상의 주차장으로 올라간 두 사람은 차에서 내렸다. 유가와는 건축 중인 빌딩 쪽을 바라보더니 팔을 뻗어 엄지를 세웠다.

"뭐하세요?"

"거리를 재는 거야."

"예?"

"내 눈에서 오른손 엄지까지 길이가 약 70센티미터, 엄지손가락의 길이가 약 6센티미터. 지금 이렇게 보니 엄지의 길이가 꼭 빌딩 일 층 높이와 일치하는군."

유가와는 한쪽 눈을 감고 엄지와 빌딩의 철골을 겹쳐 보았다.

"일 층을 3미터로 본다면 여기서 빌딩까지의 거리는 약 35미터가 되는 셈이지."

가오루는 물리학자의 얼굴을 멀뚱히 바라보았다.

"수학을 그렇게 일상생활에 활용하는 건 처음 보네요."

"비례는 초등학교 교과서에도 나와."

유가와는 그렇게 말하고는 팔짱을 꼈다.

"여기라면 작업자의 모습을 확인할 수 있겠어. 쌍안경을 사용하면 안전띠를 매고 있는지 여부도 알 수 있고."

"그렇지만 여기서 어떻게 사람을 떨어뜨려요?"

유가와는 다시 빌딩으로 향하여 팔을 뻗더니 손가락으로 총 쏘는 시늉을 했다.

"예전에 야구장에서 마운드에 선 투수의 눈을 레이저 포인터로 쏜 사건이 있었지. 삼사십 미터라면 시판 중인 레이저 포인터로 충분히 가능해."

가오루는 마른침을 삼켰다.

"범인이 피해자의 눈에 레이저를 쏘았다는 말씀인가요?"

"그럴지도 모르지."

"가능성이 있을 것 같네요. 눈앞이 캄캄해져서 서 있기도 힘들 테니까요."

가오루의 말이 빨라졌다. 긴 터널 속에서 희미한 빛을 발견한 기분이었다.

그러나 유가와의 표정은 그리 밝지 않았다.

"왜 그러세요? 꽤 타당성이 있는 가설 같은데요."

"아냐, 아냐."

그가 고개를 저었다.

"이런 얘길 들은 적이 있어. 노련한 장인에게는 독특한 감 같은 것이 있다. 오랜 세월에 걸쳐 몸에 밴 감각이지. 사망한 작업원이 안전띠를 매지 않았다는 것은 나름대로 자신이 있었다는 얘기야. 그런 숙련공이 고작 눈이 잠깐 어두워졌다고 추락한다는 건 있을 수 없는 일이야. 그리고 또 하나."

그는 검지를 세우며 말을 이었다.

"지난번에도 말했지만, 범인은 자신을 과학자로 생각하고 있어. 그렇다면 뭔가 독창적인 장치를 사용했을 거라는 생각이 들어. 시판되는 레이저 포인터 따위는 사용하지 않았을 거야."

"그럼 뭘 사용했을까요?"

"떨어진 곳에 있는 사람에게 어떤 영향을 끼칠 수 있는 방법. 레이저는 빛인데, 빛이 아니라면 전자파, 또는……."

그러더니 유가와는 입을 꾹 다물고 사색의 세계로 빠져들었다.

물리학자의 침묵과 사색은 그 뒤로 한참이나 이어졌다. 가오루는 차로 그를 대학까지 바래다준 다음 경시청으로 향했다.

"어땠어?"

구사나기가 기대 섞인 목소리로 물었다.

가오루는 말없이 고개를 저었다. 그것을 본 구사나기도 떨떠름한 표정으로 머리를 긁었다.

"천하의 유가와도 모른단 말인가."

"오늘 사고 내역은요?"

"여전히 교통사고가 많아. 119건이야. 사망 사고는 아직 없어. 단, 한 건이 좀 아슬아슬해. 호리키리 분기점에서 경차가 사고를 당했는데 운전자가 의식 불명이라는군."

"사고 원인은요?"

"지금으로서는 졸음운전일 가능성이 높대. 사고가 일어나기 전에 경차가 지그재그로 달리기 시작했다는 목격자 증언이 있는 모양이야."

"그렇다면 '악마의 손'과는 무관하네요."

그렇게 말하면서 가오루는 의자에 앉았다.

"그런데 그거, 유가와한테 물어보았어?"

"그거……라면 최면술 말인가요?"

"그래."

"네, 물어봤어요. 그 방면에 대해서는 잘 몰라서 뭐라고 말할 수는 없지만 만일 사람을 마음대로 조정하는 최면술이 존재한다고 해도 이번 사건과는 관계가 없다는 것이 교수님의 의견이에요."

"이유는?"

"사고가 일어난 시점에는 범인이 피해자의 이름조차 몰랐을 테니까요. 만일 알았다면 예고장에 써 놓았을 겁니다. 범행 성명서에는 적혀 있었지만 그건 신문 기사 같은 걸 참고했을 가능성이 높죠. 범인이 피해자에게 최면술을 걸 정도로 접근했다면 당연히 이름을 물어보았을 것이다. 이상이 유가와 교수의 추리예요."

"지당한 말씀이야. 듣고 보니 그래."

구사나기는 입술을 비죽 내밀었다.

"유가와 그 친구, 혹시 내가 최면술 얘기를 했다고 나를 바보 취급한 거 아냐?"

"아뇨, 감탄하던걸요."

"감탄, 왜?"

"예전에 비해 발상이 풍부해졌다나요. 뇌가 부드러워진 것 같다고 하시던데요."

"쳇, 거참 영광이군. 다음에 보면 칭찬해 줘서 큰 영광으로 생각한다고 전해 줘."

그러고 나서 구사나기는 빙그르르 의자를 돌렸다.

조간신문 사회면을 노려보고 있던 남자는 찾던 기사를 발견하고는 흥분했다. 그러나 내용을 읽고 나서는 혀를 끌끌 찼다.

'26일 오후 5시경, 수도 고속도로 주요 환상선 내부 순환로의 호리키리—고스게 구간에서 경차와 트럭이 포함된 4중 추돌 사고가 일어났다. 이 사고로 경차가 크게 부서지고, 그 운전자는 구조되었으나 의식 불명이다. 트럭 운전사는 경상이다.'

그런 기사였다.

남자는 컴퓨터 모니터로 시선을 옮겼다. 거기에는 그가 여태껏 작성해 둔 문장이 떠 있었다. 이제 인쇄만 하면 된다.

그러나 아직은 이르다.

아무러면 어때, 하며 그는 미소를 머금었다. 즐거움이 조금 미뤄지는 것뿐, 별일도 아니다.

이 문장을 읽고 저 비열한 물리학자는 어떤 표정을 지을까, 가능하다면 두 눈으로 지켜보고 싶다. 남자는 간절히 바랐다.

6

가오루가 구사나기와 함께 연구실로 들어서자 유가와가 팔짱을 낀 채 떨떠름한 표정으로 맞이했다. 그는 컴퓨터 책상 앞에 서 있었다.

"편지는?"

구사나기가 묻자 유가와는 여기, 하며 책상 위에 올려놓았던 종이를 집어 들어 건넸다. 길고 가늘게 접은 편지지였다. 구사나기는 선 채로 편지지를 펼쳤다. 가오루가 옆에서 고개를 빼고 들여다보았다.

잘 지내시나. 자네가 꼭 해 줘야 할 일이 있어서 이렇게 편지를 쓰네.

아, 너무 겁먹을 건 없어. 지난번과 마찬가지로 어려운 일은 아니니까. 어떤 사이트에 접속만 하면 돼.

들어가 보면 알 테지만 모 프로야구 팀의 공식 홈페이지에 있는 게시

판이야. 이번 달 25일에 '지그재그 운전'이라는 닉네임으로 올려놓은
문장을 확인해 봐. 이번에는 수사관들이 올 테니까 그들에게도 보여
주고 말이야.

악마의 손

"지그재그 운전이라……"
구사나기가 중얼거렸다.
"그 게시판은 보았어?"
"이게 그거야."
유가와가 컴퓨터 모니터를 손가락으로 가리켰다. 거기에는
모 프로야구 팀의 팬들이 올린 글들이 나와 있었다. 그중 25
일 밤, '지그재그 운전'이라는 닉네임으로 올린 문장이 있었
다. "여러분도 주의하세요"라는 제목이었다.

여러분도 주의하세요―지그재그 운전자, 25일 20시 18분
어제는 정말 괜찮은 시합이었어요. 앞으로도 기대하겠습니다.
승리의 순간 저는 수도 고속도로를 달리고 있었습니다. 호리키리 분기
점에서 고스게 분기점 사이였죠. 감격한 나머지 핸들을 손에서 놓칠
뻔했습니다. 라디오를 들으며 운전할 때는 각별한 주의가 필요합니다.
내일 26일에도 같은 코스를 달립니다. 조심들 하세요.

구사나기가 가오루 쪽을 돌아보았다. 눈이 마주치자 그녀가 고개를 끄덕였다.

"역시 예고장인가." 하고 유가와가 말했다.

"그렇겠지. 조금 전에 계장이 이걸 보여 줬어. 오늘 아침 과장님 앞으로 온 거래. 그래서 자네한테 연락을 한 거지."

그러면서 구사나기는 한 장의 서류를 내밀었다.

그 내용에 대해서는 이미 가오루와 함께 보았기에 알고 있었다. 다음과 같은 내용이었다.

친애하는 경시청 여러 분에게

'악마의 손'이 새로운 시범을 보였다. 26일 오후 5시경에 이시즈카 세이지라는 인물이 수도 고속도로에서 사고를 일으켰을 거야. 물론 나의 힘에 의한 것이지. 지난번과 마찬가지로 미리 알려 주었으니 Y 조교수를 찾아가서 물어보시든지. 어디에 예고해 두었는지 가르쳐 줄 걸세.

악마의 손 B행 C열 78

유가와가 서류에서 눈을 떼고 물었다.

"실제로 그런 사고였어?"

구사나기는 고개를 끄덕였다.

"그대로였지. 호리키리 분기점과 고스게 분기점 사이에서 경차가 벽에 부딪혔어. 26일에. 운전자는 의식 불명으로 병원에 옮겨졌지만 결국 사망했어."

"그곳이 사고 다발 지점인가?"

"물론 많이 일어나는 곳이야. 그렇지만 사망 사고가 일 년에 몇 건씩 일어나는 정도는 아니야."

유가와는 다리를 꼬더니 로댕의 생각하는 사람처럼 턱을 괴었다.

"흠, 이건 우연이 아니야. 범인이 어떤 식으로든 그 사건에 관련되어 있다고 보아야 할 거야."

"그런데 이번 사건도 수상쩍은 점은 하나도 없어. 목격자 이야기로는 경차가 갑자기 지그재그로 달리더니 뒤에서 다가온 트럭에 받혀 벽에 부딪혔다는 거야. 말하자면 전형적인 졸음운전이라고 할까. 사고 처리를 맡은 경찰들도 트럭 운전자의 전방 주시 부주의를 의심해서 꽤 면밀하게 조사했지만 특별한 점을 발견하지 못했어. 경차 운전자는 혼자였고 술도 마시지 않았을뿐더러 차에 어떤 장난질을 한 흔적도 없어. 어느 모로 보나 단순한 교통사고야, 이건."

"그럼 이 예고문은 어떻게 설명하지?"

유가와는 컴퓨터 화면을 가리키며 말했다.

"그런데 지난번 추락 사고에서는 뭐 좀 알아낸 거 있어?"

"피해자는 지금까지 한 번도 작업 현장에서 떨어진 적이 없고 떨어질 뻔한 적도 없었어."

"그렇다면 범인은 높은 곳에서 혼자 일하는 노련한 숙련공을 떨어지게 만들었고, 차를 모는 운전자가 핸들을 제대로 조작하지 못하게 만들었다 이거지. 흠, '악마의 손'이라고 호언장담하는 기분도 알 것 같아. 그럴 만하겠어."

"두 번째 범행 성명서가 도착하자 윗선에서도 꽤 긴장하는 모양이야. 예고장의 존재까지 밝혀졌으니 무시할 수 없게 된 거지. 부탁해, 유가와. 어떻게든 '악마의 손'을 밝혀 줘. 적은 자네에게 도전하고 있어."

그러자 유가와가 양손을 펴 보이며 말했다.

"내게 도전하는 게 무슨 의미가 있을까. 범죄자라면 경찰에 도전해야지. 나한테 이겨 본들 얻는 게 뭐가 있겠어."

"그렇지만 범인이 자네를 의식하고 있는 것만은 분명해. 그렇지 않다면 자네에게 예고문을 쓴 게시판을 알려 줄 리 없잖아. 범인은 자네가 사건에 얽혀들길 바라고 있어."

"그럴지는 모르지만 나로서는 정말 귀찮은 일이야."

그렇게 말하고 유가와는 모니터를 바라보았다.

"범인은 이번에도 인터넷을 사용했어."

"지난번에 경고문을 올릴 때 이케부쿠로의 PC방에서 접속한 사실이 밝혀졌어." 하고 구사나기가 말했다.

"그곳은 신분증이 없어도 출입이 가능한 업소라서 범인을 잡아내기가 힘들어. 방범 카메라를 분석해 보았지만 아무런 단서도 나오지 않았어."

"이번에는 아마도 다른 곳에서 보냈을 거야. 똑같은 곳을 출입할 만큼 대담하기는 힘들 테니까. 그런데 좀 묘한 점이 있어. 범인이 인터넷에 집착하는 것 같아."

유가와는 생각에 잠기는 듯하다가 갑자기 등을 쭉 폈다.

"사고가 일어난 것이 26일이라고 했지. 오늘이 며칠이지?"

"30일이에요."

가오루가 대답했다.

"범인이 범행 성명서를 우편함에 넣은 것은 어제 29일, 그러니까 범행을 저지른 지 사흘이나 지난 다음이야. 그동안 범인은 뭘 한 거지? 왜 바로 보내지 않았을까."

"그러고 보니 좀 이상하긴 해요. 지난번 범행이 20일이고 편지가 도착한 것은 22일이었으니까, 그때도 범행 다음 날에 우편함에 넣었다는 얘긴데요."

"범인에게 무슨 사정이 있었을지도 몰라. 그놈은 아마 직업이 있을 거야. 그래서 글을 쓰고 보내고 할 여유가 없었던 거아닐까."

"아냐, 아무리 그래도 글을 쓸 시간 정도는 있지 않을까? 실제로 범인은 25일 밤에 컴퓨터로 인터넷 게시판에 글을 올렸어. 예고장을 쓸 시간은 있는데 범행 성명서를 쓸 시간은 없다니, 말이 안 돼. 그리고 아무리 일이 바쁘다지만 우체통에 편지 봉투 하나 밀어 넣을 시간이 없다는 것도 이상해."

"하긴 그래."

구사나기가 머리를 긁적였다.

"왜 그랬을까, 왜 범인은 사흘이나 움직이지 않았을까?"

유가와는 입가에 손을 댄 채 허공의 한 점을 응시했다.

그때 구사나기의 휴대폰이 울렸다. 그는 안주머니에서 전화를 꺼내며 잠깐 실례, 하고는 자리를 조금 옮겼다. 입가를 가리고 뭐라고 말을 한다.

"예! 뭐라고요?"

갑자기 구사나기의 목소리가 커졌다.

"그래서 과장님이 뭐라고 하시는데요? 아, 그래요. 예. 확인하겠습니다. 역시 예고장이 있었습니다. 프로야구 팀의 홈페이지였습니다. ⋯⋯예, 알겠습니다."

전화를 끊은 구사나기가 다가왔다. 심각한 표정이었다.

"낭보가 날아온 모양이군." 하고 유가와가 말했다.

"골치 아프게 생겼어. 우쓰미, 본청으로 돌아가야겠어."

"무슨 일인데요?"

"범인 놈이 텔레비전 방송국에 편지를 보냈어."

"예?"

가오루가 몸을 벌떡 일으키며 놀라는 소리를 냈다.

"료고쿠의 추락 사고와 호리키리 분기점 사고에 대해 경시청에 문의해 보라는 내용이래. '악마의 손'이라는 이름으로 말이야."

"그래서 어떻게 할 생각이랍니까?"

"혼란을 피하기 위해 선수를 쳐서 기자 회견을 열자는 게 윗선의 생각인 모양이야. 어찌 됐든 큰 소동이 벌어질 거야. 그놈이 사람을 가지고 노는군. 이봐, 유가와."

구사나기는 휴대폰을 쥐고 선 채 친구를 내려다보았다.

"자네를 곤란하게 만들고 싶지는 않아. 그렇지만 이번만큼은 우리에게 협력하는 것이 결과적으로 자네를 위하는 일이기도 해. 알지?"

유가와는 떨떠름한 표정을 지으면서도 고개를 끄덕였다.

"아무래도 그런 것 같군. 사건이 해결되지 않는 한 자네는 계속 나를 찾아올 테니."

"부탁해. 과학을 살인의 도구로 이용하는 인간은 절대로 용서할 수 없다고 했잖아."

구사나기의 말에 유가와의 눈썹이 꿈틀, 움직였다. 그가 가오루에게 말했다.

"수도 고속도로 사고와 관련된 자료를 좀 모아다 주겠어?"

가오루는 알았습니다, 라고 힘차게 대답했다.

7

"그런 연유로 우리는 '악마의 손'이라는 인물에게서 온 문서가 과연 진실인지, 아니면 단순히 악질적인 장난인지를 그 시점에서는 판단할 수가 없었습니다. 료고쿠의 추락 사고가 발생하자 단순한 장난이 아닐 가능성이 높다고 판단하고 조사하던 중 고속도로 사건이 일어난 것입니다."

경시청 수사 1과의 기무라 과장이 무뚝뚝한 표정으로 말하고 있다. 각진 얼굴에 짧은 머리, 넓고 거무스름한 이마가 돋보인다.

오늘 오후에 있었던 기자 회견의 녹화 영상이다. 남자는 뉴스가 나올 때마다 같은 영상을 몇 번째 보고 있다.

"'악마의 손'이 어떤 존재인지, 아직 아무것도 밝혀진 것이 없단 말입니까?" 하고 기자가 질문한다.

"현재 전문가의 의견을 참고하여 조사를 벌이고 있습니다."

수사과장의 대답은 요령부득이었다.

"그 전문가라는 분이 혹시 한때 화제가 되었던 물리학자 아닙니까?"

"우리는 수사를 벌일 때 다양한 분야의 전문가에게 자문합니다. 특정한 분을 지칭하는 말은 아닙니다."

"범인이 방송국에 보낸 문서에는 지금까지 수수께끼 같은 사건을 여러 차례 해결한 과학자도 이번만은 손을 들고 말 것이라고 적혀 있다는데, 거기에 대해서는 어떻게 생각하십니까?"

"특별히 생각할 게 없습니다."

기무라의 화난 듯한 표정이 클로즈업되는가 싶더니 화면이 바뀌어 남자 아나운서가 나왔다. 다음 뉴스가 시작되는 것을 확인한 남자는 리모컨으로 텔레비전 전원을 껐다. 그리고 바닥에 큰대 자로 누웠다.

저절로 미소가 떠오른다.

드디어 해냈다. 경찰이 '악마의 손'을 인정하게 만들었다. 그뿐이 아니다. 그 사실을 세상에 알렸다. 이른바 '악마의 손'이라는 힘의 면허증을 얻은 것이나 다름없다.

마침내 여기까지 왔다는 감회에 젖어들었다. 마음만 먹으면 경찰 따위 얼마든지 주무를 수 있다. 애당초 이 세상이 자신의 힘을 모르고 있었다는 것 자체가 모순이다.

그는 벌떡 일어나 컴퓨터 앞에 앉았다. 문서를 작성하기 위해 키보드 위에 가볍게 두 손을 얹는다. 그리고 먼저 '친애하는 경시청 여러 분에게'라고 친다. 그리고 생각한다.

문제는 이 다음이다. 어떤 문장이 더 효과적일까. '악마의 손'의 위대한 힘을 더욱더 확실히 인지하게 만들려면 어떻게 해야 할까.

생각나는 대로 키보드를 두드렸다. 모니터에 나타나는 문장을 바라보며 남자는 푸근한 미소를 머금는다. 인생이 갑자기 즐거워진 것 같다.

친애하는 경시청 여러 분에게

어제 열린 경시청 수사 1과장의 기자 회견은 아주 괜찮았다. 덕분에 '악마의 손'이라는 이름이 온 일본에 알려지게 되었다. 인터넷으로 검색해 보니 글이 벌써 20만 건 이상 올라와 있더군. 블로거들에게도 즐거운 이야깃거리를 제공하게 되어 무척 만족스럽다.

이렇게 되고 보니 마음에 걸리는 게 하나 있는데, 지난번 편지에서 말한 가짜의 출현 말이다. 인기 있는 게시판에 벌써 '악마의 손'이라는 이름으로 글을 올리는 자들이 출현했다는 사실을 과연 알고 있는지.

경찰도 가짜의 출현을 바라지는 않을 것이다.

그래서 충고 하나. 예의 난수표를 잘 보관하여 그 내용이 절대로 외부로 흘러나가지 않도록 주의하기 바란다. 만일 그러지 않았다가는 여러분들, 몹시 귀찮은 상황에 직면하게 된다. 내 말이 무슨 뜻인지는 나중에 다 알게 될 것이다.

그럼 새로운 소식이 날아오기를 즐겁게 기다리도록.

악마의 손 D행 C열 61

구사나기는 한숨을 쉬면서 복사지를 책상 위에 내려놓았

다. 마미야와 다다라가 건너편에 앉아 있다.

"아주 신이 났구먼. 인기 탤런트라도 되는 것 같네."

다다라가 흥, 콧소리를 냈다.

"벌써 텔레비전의 와이드 쇼에도 등장한 모양이던데, 뭐. 그건 그렇고, 범인이 노리는 게 도대체 뭘까?"

다다라의 물음에 구사나기는 고개를 갸우뚱했다.

"이 글만으로는 도무지 무슨 생각인지 알 수가 없습니다. 단, 범인이 가짜의 존재에 대해 꽤 신경을 쓴다는 것만은 분명한 것 같습니다. 여기 적힌 대로 인터넷에서는 벌써 가짜가 활개를 치는 모양입니다. 지금 기시야가 체크하는 중입니다."

"그게 가짜라는 건 확실해?" 하고 마미야가 물었다.

"내용으로 보건대 가짜일 것이라고 추정하는 정도입니다. 물론 함부로 단언할 수는 없지만."

다다라는 의자에 몸을 기대며 다리를 꼬았다.

"도대체 무슨 생각일까? 두 번이나 범행에 성공했으니 얼마 안 있어 돈을 요구하지 않을까 싶긴 한데."

그때 문을 두드리는 소리가 들리더니 기시야가 얼굴을 들이밀었다.

무슨 일이야, 구사나기가 물었다.

"요쓰하 부동산의 총무부장이 찾아왔습니다."

"요쓰하 부동산? 무슨 일로?"

"그게……."

기시야가 혀로 입술을 핥았다.

"그 회사에 '악마의 손'이 보낸 협박장이 날아들었다고 합니다."

"뭐!"

다다라가 큰 소리로 외쳤다.

"그럼 그 협박장을 가지고 왔어?"

"가지고 온 모양입니다. 지금 민원실에서 기다리고 있습니다."

구사나기는 어떻게 하면 좋겠냐는 듯 마미야와 다다라 쪽을 바라보았다.

"좋아, 이야기를 한번 들어 봐. 만일 진짜라면 바로 보고하고."

마미야의 말에 구사나기는 "알겠습니다." 하고는 자리에서 일어났다.

그러나 그가 가지고 온 협박장을 본 구사나기는 금세 그것이 가짜라는 것을 알아차렸다. 지금까지 보내 온 문서와는 글씨 모양도 문체도 달랐다. 그리고 결정적으로 난수표의 숫자 표시가 없었다.

협박 내용은 요쓰하 부동산의 공사 현장에서 사고가 일어나지 않기를 바란다면 현금으로 3억 엔을 준비해 두라는 것이었다. 돈을 건네는 방법에 대해서는 따로 연락하겠다는 추신이 붙어 있었다.

요쓰하 부동산의 총무부장에게 이건 99퍼센트 가짜라고 말했다.

"그렇습니까, 믿어도 되겠지요?" 하고 부장은 불안스런 표정으로 되물었다.

"자세한 내용은 말씀드릴 수 없지만 진짜와 가짜를 구별하는 우리 나름의 방법이 있습니다. 이 협박장에는 그 표시가 없습니다."

"아, 다행입니다. 그렇다면 마음이 놓이는군요."

"아마도 장난질일 겁니다. '악마의 손' 사건에 편승하려는 나쁜 생각을 품은 자의 소행입니다. 만일 또 협박장이 날아오면 바로 연락을 주십시오."

"알겠습니다. 정말 감사합니다. 우리가 이 정도 협박장에 겁먹을 사람들은 아니지만, '악마의 손'이라는 말에 그만 당황한 것 같습니다."

총무부장은 진심으로 마음이 놓인다는 표정이었다. 그가 돌아가고 난 후 마미야가 한숨을 내쉬며 말했다.

"참 어처구니없는 일이지만, 범인이 난수표를 보내 준 덕분에 한숨 돌리는군. 그게 없었더라면 이 건 때문에 얼마나 휘둘렸을지 몰라."

"난수표가 외부로 흘러나가면 우리가 몹시 귀찮은 상황에 직면하게 된다는 범인의 말이 이런 걸 염두에 두었는지도 모르겠습니다."

"가짜가 여기저기서 나타나면 우리로서는 속수무책이겠지."

마미야가 미간을 찌푸렸다.

"어쨌든 하루라도 빨리 '악마의 손'의 정체를 밝혀야 해. 지금 상황은?"

"우쓰미가 현장을 안내하고 있습니다."

"안내? 누구를?"

그러더니 마미야는 알았다는 듯 금세 고개를 크게 끄덕였다.

"잘했어. 기댈 데라고는 거기밖에 없잖아."

"차 안에 있으니 마음이 가라앉는군. 며칠 동안 연구실 전화가 하도 울려서 진절머리가 나던 참이었는데."

조수석에 앉아 있는 유가와가 말했다.

"무슨 전화요?"

"지금 그걸 질문이라고 해? '악마의 손'이 방송국에 쓸데없는 편지를 보내서지. 자신을 위대한 범죄자로 생각하는 거야 자유지만, 괴사건을 몇 건씩 해결한 과학자도 두 손 들 거라는 내용 때문에 취재 의뢰가 밀려와 죽을 지경이야. 언론에서는 T대학의 Y 조교수가 누군지 알 만한 사람은 다 알아."

"뭐, 세상이 좁잖아요."

"나 정도 수준의 물리학자는 수없이 많아. 우연히도 친구가 형사라는 것 때문에 몇 번 수사에 협력하게 된 것뿐이지. 나를 아마추어 탐정 취급하니 불쾌하고 귀찮기 짝이 없어."

"다음에 또 그런 의뢰가 들어오면 저한테 연락하세요. 연구에 방해하지 말라고 주의를 줄게요. 교수님이 그런 취재에 응하실 필요는 없죠."

"그런 말 안 해도 취재 같은 건 당하지 않아."

유가와가 내뱉듯이 말했다.

가오루가 운전하는 파제로는 수도 고속도로 주요 환상선을 달리고 있다. 무코지마선에서 합류하여 고스게 분기점으로 향하는 중이다.

"직접 와서 보니 여기는 정말 사고가 일어날 만한 조건이 갖추어져 있어. 교통량도 많고, 짧은 구간 안에 나들목도 많아. 커브도 그렇고."

유가와가 주위를 둘러보며 말했다.

"그렇죠? 사고 지점은 바로 저 앞이에요. 도호쿠도로 향하는 주요 환상선과 조한도로 향하는 6호 미사토선이 갈라지기 직전이죠."

유가와는 전후좌우를 바쁘게 살펴보더니, 이윽고 길게 숨을 내쉬며 말했다.

"무리야."

"뭐가요?"

"지난번에 말한 레이저 포인터로 눈을 비추는 방법 말이야. 현실적으로 불가능해. 운전자는 늘 앞을 바라보고 있으니까 그 눈에 레이저를 쏘려면 범인은 앞에서 달려야 해. 범인이 둘이어서 레이저 담당이 뒷자리에 앉는다 하더라도 차의 위치가 어지러울 정도로 왔다 갔다 하는데 운전자의 눈을 노린다는 건 불가능한 일이지. 아주 짧은 시간 동안 명중시킬 수 있을지는 모르겠지만 그래 갖고는 사고로 이어질 확률이 아주 낮아. 게다가 자칫하면 상대가 수상쩍은 낌새를 채고 신고할 위험도 있어. 레이저 포인터 가설은 기각!"

"그렇다면 범인은 대체 어떤 방법으로 사고를 일으켰을까요?"

"그걸 모르니까 이렇게 현장 검증을 하는 거 아니야. 정말 차도 많네. 이렇게 많은 차들이 이토록 빨리 달리면서도 서로 부딪치지 않고 이리저리 차선을 바꾸는 것 자체가 기적처럼 여겨져."

"저, 지난번부터 여쭤 보려고 했는데요, 교수님은 운전면허가 없으세요?"

"물론 가지고는 있지. 신분증명서를 대신할 수 있으니까."

"그렇지만 운전은 안 하시잖아요."

"필요를 못 느껴."

아무래도 장롱 면허인 듯싶었다. 그러나 가오루는 그 말을 입 밖으로 낼 수 없었다.

어느새 센슈신바시 출구가 눈앞으로 다가왔다. 가오루는 깜빡이를 넣고 차선을 바꾸었다.

"호리키리 분기점은 사고 다발 지점이라고 했지?"

"네. 수도 고속도로의 홈페이지에까지 그렇게 나와 있어요."

"그런 지점이 거기 말고도 많겠지?"

"그럼요. 수도 고속도로만 해도 십여 군데는 될걸요."

"십여 군데라. 도쿄에서 하루에 교통사고가 몇 건이나 일어날까."

"매일 다르지만 대체로 100건에서 200건 사이예요."

"수도 고속도로에서는?"

"자세한 숫자는 모르겠지만 작년 한 해 동안 대략 1만 2천 건 정도 일어났다고 하니까 하루에 약 30건 정도라고 보면 될 것 같네요."

"흠, 자세히도 알고 있군."

"필요할지도 모른다는 생각에 조사해 놓았어요."

"과연, 구사나기가 믿음직스러워할 만해."

"구사나기 선배가…… 저를 믿음직스러워한다고요?"

"자네는 그에게 없는 걸 많이 가졌어."

"예? 정말 그렇게 생각하세요?"

가오루의 입가에 저도 모르게 미소가 번졌다.

"예를 들면요?"

"예를 들자면, 여성 특유의 직감력, 관찰력, 그리고 완고함, 강한 집념, 냉철함……, 더 들어 봐?"

"아, 됐어요. 다시 본론으로 돌아가죠. 수도 고속도로의 사고 건수는 왜요?"

"수도 고속도로의 사고 다발 지점이 열 군데 정도라고 했지? 범인은 그 지점들에서 매일같이 사고가 일어날 것이라고 생각하고 각종 인터넷 게시판에 글을 올려놓은 것 아닐까 싶어서 말이야. 우연히 적어 놓은 지점에서 사고가 일어날 가능성도 적지 않을 거야. 그래서 26일 호리키리 분기점에서 사고가 일어나자 범인은 그게 마치 자신이 일으킨 사고인 양 범행 성명을 경찰에 보내고 글을 올려놓은 사이트를 내게 통보했다. 이런 추리는 어떨까?"

"있을 수 있는 일이긴 하지만, 그렇다면 교수님, '악마의 손' 따위는 존재하지 않고, 범인은 허풍쟁이에 지나지 않는다는 말씀인가요?"

"수도 고속도로의 사고에 대해서는 그런 추리도 가능하다는 의견일 뿐이야. 물론 료고쿠의 추락 사고에 대해서는 이런 추리로 설명이 불가능하지."

"수도 고속도로에서 매일 서른 건 이상의 사고가 일어나지만 그 모두가 심각한 사고는 아니에요. 대부분은 피해가 별로 없는 경미한 사고죠. 사실 교통사고로 목숨을 잃는 사람이 도쿄 전체에서 하루에 한 명이 될까 말까 하는 정도예요. 이번의 호리키리 분기점 사고도 일 년에 몇 번씩 있는 일은 아니고요. 그런 사고가 우연히도 범인이 허풍을 친 그날 일어났다고 생각하기는 좀 어려운데요."

조수석에 앉은 유가와가 팔짱을 끼는 모습이 가오루의 눈에 들어왔다.

"교통사고로 인한 사망자가 그 정도밖에 안 된단 말이지. 생각 밖이로군. 많을 줄 알았는데."

"경시청의 데이터니까 실제 숫자보다는 조금 적다고 봐야겠지요. 이번 호리키리 사망 사고만 해도 경시청 기록에는 교통사고사로 기록되지 않아요."

"그건 왜지?"

"경시청의 교통사고사에 관한 정의 때문이죠. 사고 이후 24시간 이내에 사망한 경우에만 교통사고사로 규정하거든요. 이번 사고는 의식 불명 상태로 이틀이나 지난 후 사망했기 때문에 사고사의 범위에서 벗어나요."

유가와가 시트에서 몸을 일으켰다.

"의식 불명으로 이틀이나? 그게 정말이야?"

"정확하게는 하루하고 스무 시간 정도요. 그런데 그게 왜요?"

유가와는 대답하지 않았다. 가오루가 흘끗 보니 안경의 렌즈 아래로 손가락을 밀어 넣고 눈두덩을 누르고 있었다.

"혹시…… 그런 건가."

"떠오르는 거라도 있으세요?"

"생각을 좀 정리해 봐야겠어. 어디 커피 마실 만한 델 좀 들르지."

"알았습니다."

파제로는 이미 고속도로를 벗어나 있었다. 내비게이션을 보니 가까이에 패밀리 레스토랑이 있었다.

"……예. 그렇습니까? 그럼 그 기사가 나온 게 29일이로군요. 알겠습니다. 감사합니다."

휴대폰을 끊고 가오루는 테이블로 돌아왔다. 유가와가 생각에 잠긴 모습으로 앉아 있었다. 그의 앞에 놓인 컵에는 그녀가 전화하러 가기 전보다 커피의 양이 늘어나 있었다. 리필을 한 듯했다.

"확인해 봤어요. 역시 이시즈카 세이지 씨의 사망 기사가 난 것은 29일 조간이라네요. 27일 조간에 사고가 보도되긴 했지만, 그 시점에서는 의식 불명이라는 내용밖에 나오지 않았답니다. 그러다 그 사람이 사망하자 신문에서 속보를 낸 것 같아요."

"료고쿠의 추락 사고가 기사로 나온 건……."

"21일 조간이에요."

유가와는 만족스럽다는 듯 고개를 끄덕였다.

"이제 의문이 풀렸어. 범인은 신문 보도를 보고 사고를 확인한 다음 범행 성명서를 보낸 거야. 두 번째 사고 후에 사흘이나 공백이 있었던 것도 그 때문이고. 문제는 왜 그렇게 하느냐데……."

"피해자의 이름을 알고 싶어서가 아닐까요. 범인은 범행 성명서에 피해자의 이름을 적어 놓았어요. 27일 보도에는 이름이 자세히 나오지 않았다고 합니다."

"왜 그랬을까? 피해자 이름 같은 건 적어 넣지 않아도 이러저러한 사고가 일어났을 것이라는 말만으로 충분할 텐데 말이야."

"이름을 적어 놓는 것이 더 효과적이라고 생각한 것 아닐까요?"

"그럴까? 범행 성명서를 사흘이나 늦출 만큼 가치 있는 일 같지는 않아. 난 범인이 피해자가 죽느냐 사느냐의 문제에 집착한다는 생각이 들어."

"그게 무슨 뜻인가요?"

"맨 처음 날아온 문서의 내용, 기억해? 아마 이런 표현을 썼을 거야. 자신은 '악마의 손'을 가진 사람이라고. 그 손을 놀리면 사람을 가볍게 보내 버릴 수 있다고. 그리고 경찰은 피해자의 죽음을 사고로밖에 판단할 수 없을 것이라고 말이야."

"제 기억에도 그런 내용이었던 것 같아요."

"범인은 악마의 손을 사용하면 사람을 죽일 수 있다고 선언했어. 그것도 사고로 위장해서. 즉, 범행 성명을 발표하는 것은 피해자의 죽음을 확인한 다음이라는 원칙을 가지고 있을지 몰라."

"그럼 만일 피해자가 죽지 않으면 범행 성명은 내지 않는다는 거네요. 설령 피해자가 죽지 않는다 해도 자기가 마음먹은 대로 사고를 일으킨 것만으로도 대단한 일일 텐데."

"아냐, 절대로 그렇지는 않을 거야."

"왜요?"

유가와는 빙글 웃었다.

"이거 아주 재미있군. 바로 그거였어. 왜 범인이 인터넷에 집착하는지 이해가 안 갔는데, 혹시 그 의문이 풀릴지도 모르겠어."

"무슨 뜻인지 잘 모르겠어요. 자세히 설명해 주세요."

"그 전에 자네가 한 가지 해 줄 일이 있어. 요 열흘 사이에

362

도쿄에서 일어난 교통사고에 대해 조사를 해 줘. 특히 주목해야 할 것은 장소와 상황이야."

"열흘간……모든 교통사고를요? 사망 사고만이 아니라?"

"사망 사고는 필요 없어. 그 외의 사고를 정리해 줘."

"교수님, 아까도 말씀드렸지만 도쿄에서 하루 동안 일어나는 교통사고는 100건에서 200건 사이예요. 열흘이면 그 열 배인데……."

"그래서, 그게 뭐?"

남의 고생을 아무렇지도 않게 생각하시네요, 라는 말이 목젖까지 올라왔지만 가오루는 애써 삼켜야 했다. 수사에 협력을 구한 것은 이쪽이니 어쩔 수 없는 일이다.

"아, 아닙니다. 사고가 일어난 장소를 조사한 다음은요?"

"그야 뻔하지. 인터넷으로 검색하는 거야."

"인터넷으로요?"

그때 가오루의 휴대폰이 울렸다. 구사나기였다.

"뭐 좀 알아냈어?"

그는 대뜸 그렇게 물었다.

"유가와 교수님이 뭔가 감을 잡으신 것 같아요."

"그거 잘됐네. 그럼 빨리 '악마의 손'의 정체를 밝혀 달라고 해. 또 골치 아픈 일이 벌어졌으니."

"무슨 일인데요?"

"어느 기업에 '악마의 손'이 협박장을 보냈어. 이건 진짜야. 난수표의 숫자가 적혀 있었으니까."

"어느 기업이라면……."

"유원지야."

8

도쿄 라프터 파크 관계자 여러 분에게

나는 '악마의 손'이다. 가짜일지 모른다는 의심이 들면 이 편지를 경시청에 문의해 보길. 수사 1과 작자들이 판명해 줄 테니까.

내가 여러분에게 편지를 쓰게 된 것은 한 가지 요구 사항이 있기 때문이다.

그렇다고 해서 돈을 요구하는 것은 아니다. 나의 요구는 다음 월요일부터 일주일간 휴업을 하라는 것이다. 그동안 도쿄 라프터 파크는 손님을 받아선 안 된다. 물론 불을 밝히거나 음악을 틀어서도 안 된다.

이 요구가 받아들여지지 않으면 도쿄 라프터 파크를 찾는 고객들에게 '악마의 손'을 사용할 것이다. 잘 알고 있을 테지만, 경찰도 나를 저지할 수 없다. 그들은 '악마의 손'이 무엇인지조차 모른다.

지시에 따르는 것이 신상에 이로울 것이다.

악마의 손 E행 B열 13

가오루는 협박장에서 눈을 뗐다. 회의실 책상 건너편에서 구사나기가 한숨을 내쉬고 있었다.

"오늘 그 사무실에 도착했대. 봉투도 용지도 지금까지 경시청에 날아온 것과 같아. 사용한 프린터도 동일하고. 그리고 말할 것도 없이 난수표의 숫자도 일치해. 완전 진짜야."

"그 사실을 라프터 파크에는 알렸나요?"

"물론 알려 줬지. 담당자가 얼마나 벌벌 떨던지. 매스컴이 연일 '악마의 손'에 대해 보도하고 있는 데다 가짜 협박이 끊이지 않는 실정이잖아. 그런 가운데 자기 회사 앞으로 진짜 협박장이 날아왔으니 벌벌 떠는 것도 무리가 아니지."

가오루는 고개를 끄덕였다. 어제만 해도 '악마의 손'이라는 닉네임으로 중학교 하나를 폭파하겠다는 예고장이 인터넷 게시판에 올라왔다. 범인은 그 학교의 학생으로 집에 있는 컴퓨터로 장난을 쳤다고 한다. 그 학생은 '악마의 손'이라고 하면 누구든 겁을 먹을 것이라고 생각했던 것이다. 참으로 어처구니없는 일이었다.

이런 가짜 소동을 잠재우기 위해 어제 기무라 수사 1과장이 다시 기자 회견을 했다. 그 내용은 진짜 '악마의 손'인지 아닌지 구별하는 방법을 경시청이 알고 있으므로 가짜의 활동은 아무런 의미가 없다는 것이었다. 그러나 별 효과는 없는 것 같다.

"그래서 어떻게 할 거래요, 휴업인가요?"

"지금 라프터 파크 임원들이 모여 의논하고 있는 모양이야. 그렇지만 아마도 범인의 요구에 따를 것 같아."

구사나기는 살짝 입술을 깨물었다.

"고객들에게 피해가 발생하기라도 하면 그 후의 사태가 심각해질 테니까 말이야."

"범인은 라프터 파크에 원한을 품은 걸까요?"

"그럴 가능성도 있다고 보고 유게 형사를 라프터 본사로 보내 조사하라고 했어."

옆에 있던 마미야가 말했다. 유게 역시 구사나기와 같은 주임으로 마미야의 부하다.

"그렇지만 과연 그럴까 싶은데요. 일주일 휴업은 그 회사에는 꽤 심각한 타격이겠지만, 원한에 대한 보복치고는 너무 약하지 않나요?"라며 구사나기는 고개를 갸웃거렸다.

"그렇다면 범인은 무얼 노리고 그러는 걸까요? 무슨 목적으로 유원지를 쉬게 만드는 거죠?"

"그걸 모르니까 골이 아프지."

구사나기는 머리를 마구 긁었다.

"유가와는 어때, 수수께끼를 풀 수 있을 것 같던가?"

"아직은 뭐라고 말씀드릴 수 없지만, 뭘 좀 조사해 달라고 하던데요."

"뭘?"

"요 열흘 사이에 도쿄에서 일어난 교통사고에 대해, 지명이나 키워드를 인터넷으로 검색해 달라더군요. 범인이 인터넷 게시판에 범행 예고문을 썼지만 결국 피해자가 사망하지 않아 성명문을 보내지 않았던 사고, 그런 케이스가 분명히 어딘가에 존재할 거라면서요."

남자는 눈을 뜨자마자 먼저 머리맡의 시계를 보았다. 오전 열 시가 조금 지나고 있었다. 머리가 좀 무거운 것은 늦게까지 술을 마셨기 때문이다. 취하지 않고서는 잠들지 못한 지 벌써 일 년이다.

이불에서 기어 나온 그는 테이블에 놓아둔 쌍안경을 들고 창으로 다가갔다. 그리고 심호흡을 한 다음 커튼을 열었다.

멀리 유원지에 관람차가 보인다. 쌍안경을 눈에 대고 초점을 맞추었다. 관람차의 곤돌라 하나를 응시한다. 맨 꼭대기에 있는 푸른색 곤돌라다.

20초 정도 지켜보았지만 곤돌라의 위치에 변함이 없다. 푸른 곤돌라는 맨 위에 정지한 채 꼼짝도 하지 않는다.

그는 쌍안경을 집어던지고 책상 위의 컴퓨터를 켰다. 그리고 인터넷에 들어가 어떤 홈페이지에 접속했다.

방금 보았던 관람차 사진이 모니터에 나타났다. 그 사진을 배경으로 글자가 뜬다.

'죄송합니다. 시설물의 안전을 점검하기 위해서 오늘부터 휴업에 들어갑니다. 고객 여러분께 피해를 끼쳐 정말 죄송합니다. 널리 양해해 주시기 바랍니다. 영업 시작은 홈페이지에서 알려 드리겠습니다. 도쿄 라프터 파크.'

글을 본 남자는 솟구치는 웃음을 참을 수 없었다. 그는 다다미 위에 큰대 자로 누워 소리를 죽이고 웃었다.

해냈다! 내가 해냈어! 누구 하나 나를 무서워하지 않는 놈이 없다. 아무도 나를 거역할 수 없다고!

9

노랫소리에 훙알훙알─도취 드라이버/22일 20시 13분

어제의 프로그램, 저도 보았습니다. 역시 멋진 목소리였습니다. 감격했습니다.

운전 중에도 그녀의 CD를 들었습니다.

내일 23일, 수도 고속도로 4호 신주쿠선 상행선. 요요기 출구에 접근하면서 볼륨을 끝까지 올려 그녀의 곡을 듣겠습니다. 우연히 지나치시는 분, 노래에 취해 사고를 일으키지 않게 조심하세요.

프린트 용지에서 얼굴을 든 마미야에게 구사나기는 "어떻

습니까?"라고 물었다.

"분명 지금까지의 분위기와 비슷하긴 해. 어디서 이걸 찾아냈어?"

"젊은 여가수의 팬 사이트라고 합니다."

"그런 데에 들어 있는 걸 어떻게 찾아냈지?"

"우쓰미 말로는 꼬박 이틀 걸렸답니다."

구사나기가 씁쓸한 웃음을 지으며 말했다. 그러나 내심 그녀의 기력과 집념에 감탄하고 있었다. 교통사고가 일어난 지명을 키워드로 하여 인터넷을 검색하라고 지시한 사람은 유가와였다. 목적은 범인이 실패한 범행을 찾아내기 위해서라고 한다.

구사나기는 우쓰미에게 들은 설명을 떠올렸다.

"범인은 인터넷 게시판에 범행을 예고하고 다음 날 그대로 시도해요. 그렇지만 반드시 성공하는 것은 아니죠. 일이 잘 풀리지 않은 경우에는 범행 성명서를 경찰에 보내지 않고 범행 예고문에 대해서도 유가와 교수에게 알리지 않는 것 같아요. 문제는, 생각대로 되지 않은 경우란 과연 어떤 것인가 하는 건데요. 범행 성명서를 보내는 타이밍으로 추론해 볼 때, 사고가 일어나도 피해자가 사망하지 않은 경우를 실패라고 보는 것 같아요. 범인은 사망 기사를 확인한 다음에 성명을 보내는 것이 틀림없어요. 그렇다면 피해자가 죽지 않았기 때문에 범행 성명을 보내지 못한 사고가 존재할 가능성이 아주 높죠. 물론 그런 경우, 범행 예고는 어느 게시판엔가 실려 있을 게 분명하고요."

이 가설에 기초하여 우쓰미 가오루는 최근 열흘 사이에 일어난 교통사고에 관련된 단어를 하나하나 인터넷에서 검색했다고 한다. 우선 수도 고속도로에서 일어난 사고에 한정하여 조사했다. 올바른 선택이었다. 23일 오후, 수도 고속도로 4호 신주쿠선 상행 차선에서 젊은 여성이 운전하는 승용차가 측벽에 부딪히는 사고가 있었던 것이다. 그래서 우쓰미 가오루는 '수도 고속도로 4호' '신주쿠선' '운전' '요요기 출구' '23일'이라는 키워드로 인터넷을 검색했다. 그 결과 발견한 것이 바로 마미야가 지금 보고 있는 문장이었다.

"사고가 경미해서 여성 운전자도 경상에 그쳤다고 합니다."

"왜 범인은 피해자의 사망에 집착하는 걸까?"

마미야는 그렇게 물으며 고개를 갸우뚱했다.

"바로 그 점이 문젭니다. 유가와는 거기에 '악마의 손'의 약점이 있다고 생각하더군요. 죽지 않았기 때문에 피해자들이 '악마의 손'에 대해 뭔가를 알고 있을 가능성이 있다는 겁니다."

"그렇지. 피해자들의 이야기를 들어 보면 뭔가를 알아낼 수 있을지도 몰라."

마미야의 말에 구사나기는 빙긋 웃으며 고개를 끄덕였다.

"지금쯤 우쓰미가 찾아가서 만나고 있을 겁니다."

뎃벤 교코의 직장은 니혼바시에 있었다. 가구나 인테리어를 취급하는 회사인데, 그녀는 인테리어 디자이너였다.

평소 손님을 맞이하는 로비에서 뎃벤 교코는 꽤 긴장한 표정으로 앉아 있었다. 경시청 사람이 갑자기 직장을 방문하겠다고 하니 그럴 만도 했다. 게다가 그녀는 가오루 옆에 있는 남자도 형사라고 생각한 듯했다. 물리학자라고 소개하자 눈을 동그랗게 뜨더니 빠르게 눈을 깜빡거리기 시작했다.

"뎃벤 씨는 23일에 사고를 일으키셨죠? 그 일에 대해 몇 가지 물어볼 게 있어서요."

가오루가 그렇게 말하자 뎃벤 교코의 시선이 불안하게 흔들렸다.

"저, 있는 그대로 모두 진술했는데……."

"그건 잘 알고 있어요. 이번 일로 뎃벤 씨가 다시 처벌을 받는 일은 절대로 없을 겁니다. 가벼운 마음으로 말씀해 주시면 좋겠어요."

가오루가 의식적으로 웃으며 말했다. 그러자 뎃벤 교코는 예, 하며 고개를 끄덕였다.

가오루는 유가와에게 눈짓을 했다. 그에게 발언권을 넘기겠다는 뜻이다.

"경시청 기록을 보니까 갑자기 현기증이 났다고 되어 있던데, 좀 더 구체적으로 말씀해 주시겠습니까?"

유가와가 말을 꺼냈다.

"어떤 현기증이었죠?"

"그걸 어떤 현기증이라고 해야 할지……."

뎃벤 교코는 당혹스럽다는 듯 눈을 아래로 내리떴다.

"눈이 빙글빙글 도는 느낌이었어요. 똑바로 앉아 있기도 힘들 정도로. 그래서 핸들을 어느 방향으로 어떻게 돌려야 할지도 모르겠고 그렇다고 갑자기 브레이크를 밟을 수도 없고, 어떻게든 해야 한다고 허둥대는 사이에 그만 벽에 부딪히고 말았어요."

"그런 일이 전에도 있었습니까?"

뎃벤 교코는 세차게 고개를 저었다.

"아니요. 지금까지 그런 일은 한 번도 없었어요. 그 사고 이후에 검사를 받아 보았지만 특별한 이상은 없다고 했어요. 진단서를 보여 드릴 수도 있어요."

"아니, 질병을 감추고 운전하지 않았을까, 라고 의심하는 게 아닙니다. 그러니까 그때 처음으로 그런 증상을 느꼈단 말이지요?"

"그렇습니다."

"그 증상이 나타나기 전에 뭔가를 먹거나 마시지는 않았나요?"

"아뇨, 아무것도 입에 대지 않았어요. 술을 마시지도 않았고요."

"증상은 현기증뿐이었습니까? 다른 이상은 없었어요?"

"눈이 핑글핑글 돌면서…… 그래요, 이명이 일어났어요."

"이명?"

"눈이 빙빙 돌기 전에 이명이 먼저 일었어요. 귀가 멍하면서 저 안쪽에서 웅, 소리가 들리는 것 같았죠."

그때의 느낌이 되살아났는지 그녀는 인상을 찌푸렸다.

"메니에르 증후군과 증상이 비슷하네요." 하고 유가와가 말했다.

뎃벤 교코는 등을 곧추세우더니 고개를 끄덕였다.

"병원에서도 처음에는 그렇게 말하더군요."

"그렇지만 검사 결과, 그렇지 않다는 진단이 나왔다는 거지요?"

"네, 검사를 아주 정밀하게 하던데요. 최종적으로는 스트레스 같은 원인으로 일시적으로 그런 증상이 나타났을 거라고 했어요."

"그 이후 같은 증상이 나타난 적은 없습니까?"

"네, 없어요. 하지만 겁이 나서 운전을 잠시 쉬고 있습니다."

유가와는 가오루 쪽을 보고 가볍게 고개를 끄덕였다. 질문이 끝났다는 뜻이었다.

뎃벤 교코와 인사를 나누고 두 사람은 회사를 나왔다.

"뭐 좀 알아낸 거라도 있으세요?"

길가로 나서며 가오루가 물었다.

"힌트가 될 만한 걸 잡긴 했지. 문제는 어떻게 입증할 것이냐인데……."

"그럼 그 힌트만이라도 가르쳐 주세요."

"아니, 아직은 가설로서도 불충분해. 시간을 좀 줘."

가오루가 초조한 표정으로 고개를 저었다.

"교수님, 아세요? '악마의 손'은 이번 주만도 세 번이나 협박장을 보냈어요. 그것 때문에 콘서트나 이벤트가 취소되고 마라톤 대회가 연기되기도 했고요. 범인은 지금 기고만장이라고요. '악마의 손'에는 누구도 거역할 수 없다고 생각하고 있어요. 이걸 언제까지 보고만 있을 수는 없습니다."

"콘서트와 이벤트, 마라톤이라. 그 전에는 유원지였고. 아무래도 범인은 남이 즐기는 걸 봐줄 수가 없는 모양이군. 성격이 무척 어두운 인물인 것 같아."

"그렇게 여유 부릴 때가 아니라니까요. 범인의 요구는 앞으로 더 심해질 거예요. 돈을 요구하는 것도 시간문제라고요. 교수님, 이건 연구하고 달라요. 제발 저한테도……."

"내가 언제 이걸 연구라고 했어?"

유가와의 눈이 안경 안쪽에서 강렬한 빛을 뿜어냈다.

"나는 범인을 매우 경멸해. 어떤 사연으로 내게 적개심을 가지게 됐는지는 모르지만, 죄 없는 사람을 둘씩이나 죽게 만들고 게다가 협박장을 보내 게임하듯 즐기는 이런 인간을 나는 절대로 용서할 수 없어. 반드시 찾아내서 죗값을 치르게 하고 말 거야."

그러니까, 하고 그는 가오루를 향해 부드러운 미소를 지었다.

"조금만 시간을 줘. 걱정하지 마. 오래 기다리게 하진 않을 테니까."

10

남자는 컴퓨터 앞에 앉아 있었다. 인터넷에 접속해 여러 가지 정보를 얻기 위해.

그 목적은 하나다. 다음 목표물을 찾아내는 것이다.

이제 '악마의 손'이 발휘하는 신통력은 거의 절대적이었다. 적어도 그는 그렇게 믿었다. 그 이름으로 협박하면 누구도 거역하지 못한다. 누구든 시키는 대로 한다.

한 주식 거래 게시판에는 '악마의 손'의 목적이 주식으로 돈을 버는 것이라는 억측이 떠돌고 있었다. 이를테면 어떤 기업의 주식을 공매도한 후 '악마의 손'이 그 기업을 노린다는 정보를 퍼뜨리는 것이다. 당연히 주가가 하락할 것이다. 바로 그때 주식을 되사면 막대한 이익을 얻을 수 있다.

과연 그런 방법도 있구나, 하고 남자는 감탄했다. 그는 지금까지 '악마의 손'을 이용해 돈을 벌려는 생각은 단 한 번도 해 보지 않았다. 그리고 앞으로도 그럴 것이다.

그가 추구하는 것은 오로지 명예뿐이다. 그것은 원래 그에게 속했어야 마땅했다. 자신의 진정한 능력을 세상 사람들에게 보여 주는 것만이 그의 유일한 바람이자 보람이다.

보도에 따르면 경찰뿐 아니라 정부의 수뇌부마저도 '악마의 손' 때문에 골머리를 앓는다고 한다. 그래 봤자야, 라고 그는 생각했다. 인문계 지식만 머릿속에 쑤셔 넣은 작자들이 어떻게 '악마의 손'의 적수가 될 수 있을까.

차라리 나라 전체를 협박해 볼까, 언뜻 그런 생각도 해 보았다. 정치가나 공무원의 월급을 반으로 줄여라. 예순 이상의 국회의원은 국회에서 추방하라. 만일 나의 지시에 따르지 않으면 매일 한 사람씩 '악마의 손'이 저세상으로 보내 줄 것이다. 그런 협박을 한다면 어떨까.

남자는 쓴웃음을 지었다. 아무리 그래도 그건 너무 심하다. 놈들이 따를 리 없지. 애당초 정치가나 공무원들은 국민의 생명 따위에 관심도 두지 않는다.

역시 협박을 하려면 기업이 좋다. 협박장을 무시하다가 희생자를 내기라도 하는 날에는 기업 이미지에 심각한 타격을 입게 될 것이기 때문이다. 희생자가 그 기업의 소비자나 이용자라면 더욱 그렇다.

남자가 모니터를 바라보며 마우스를 조작한다. 협박하기 좋은 기업이 어디 또 없을까. 지금 전국적으로 화제가 되고 있는 기업이라면 협박하는 재미도 한층 더할 것이다.

인터넷에서 최근의 화제를 찾아본다. 토픽이 열거되어 있다.

그의 눈이 한 문장을 주목한다. '악마의 손'이라는 말이 들어 있었기 때문이다. '악마의 손'은 별것 아니다, 라고 그 물리학자가 말했다는 문장이었다. 바로 클릭해 본다.

자칭 '악마의 손'이라는 정체불명의 인물에서 비롯된 협박 사건이 심각한 문제를 일으키고 있다. 콘서트나 이벤트 등이 잇따라 취소되는 사태가 벌어진 데 이어 어제는 마라톤 대회마저 취소되었다. 도쿄 라프터 파크의 휴업도 사실은 '악마의 손'의 협박 때문인 것으로 밝혀졌다. 지금으로서는 경찰도 두 손을 든 상황인 듯하다. 마음먹은 대로 사람을 살해하는 '악마의 손'은 그 정체를 알 수 없어 더욱 음침한 느낌을 준다. 과연 우리는 앞으로도 그의 협박에 굴복해야만 할 것인가. 그런데 경시청의 수사에 협조하여 몇 개의 수수께끼 같은 사건을 해결한 이력이 있는 T대학 물리학과의 Y 조교수는 '악마의 손'에 대해 다음과 같은 의외의 말을 했다.

"협박에 응하는 것은 난센스입니다. 왜냐하면 지금까지의 수사 결과로 보건대, '악마의 손'은 특정한 장소에서 사건을 일으킬 수는 있어도 특정한 사람을 사고로 위장하여 죽일 수는 없다는 사실이 밝혀졌기 때문입니다. 범인은 범행 성명서에 피해자의 이름을 적어 놓지만, 그것은 보도를 통해 알아낸 것임이 명백합니다. 즉, 범인은 피해자가 어디 사는 누군지도 모른 채 살해한 것입니다. 그런 의미에서 '악마의 손'은 방화범이나 폭탄 테러범과 다를 게 하나도 없습니다. 지금까지도 폭탄이나 방화로 기업을 협박한 사례는 많습니다. 그럴 경우, 철저하게 경비를 하면 되는 것입니다. 그러므로 '악마의 손'에 굴복한다는 것은 참으로 난센스라 할 것입니다."

이 말은 '악마의 손'에게는 특정인을 노리고 범행을 저지를 만한 능력이 없다는 뜻이다. 그리고 보면 지금까지 발표된 범행 예고문에는 피해자의 이름이 명시되지 않았다. 오로지 장소와 날짜가 적혀 있을 뿐이었다. 그렇다면 폭탄 테러 협박범이나 방화범처럼 다루면 되지 않을까.

마지막으로 Y 조교수에게 '악마의 손'의 정체가 도대체 무엇인지 추리해 달라고 부탁해 보았다.

"잘 알려진 단순한 과학적 원리를 이용했을 겁니다. 폭탄 테러범이나 방화범을 피하는 것과 마찬가지 요령으로, 수상한 인물이나 수상쩍은 물건을 조심하는 것이 가장 좋지 않을까 싶습니다."

그렇다. '악마의 손'은 우리가 두려워하고 떨어야 할 그런 존재가 아닌 듯하다.

남자는 주먹을 불끈 쥐고 책상을 쾅, 내리쳤다. 키보드가 펄쩍 튀어 올랐다.

단순한 과학적 원리? 이 말이 그의 자존심을 무참히 짓밟았다. 분노의 불길에 기름을 부은 것이다.

그렇다면 내게도 생각이 있어. 그는 투지를 불태웠다. '악마의 손'이 무엇인지 아무런 단서조차 잡지 못한 주제에 그런 모욕적인 발언을 하다니, 도저히 용서할 수 없다. 게다가 그가 나섰다면, 이건 반드시 맛을 보여 주어야 한다.

남자는 벌떡 일어나 팔짱을 낀 채 방 안을 서성거렸다. 이윽고 발걸음을 멈추고 책장 앞으로 다가갔다. 거기서 파일 하나를 꺼냈다.

파일의 제목은 "초고밀도 자기 기록에서 자기 왜곡 제어에 관한 연구"였다.

이 논문을 단상에서 발표하던 때가 어제인 듯 뇌리에 되살아났다. 젊은 연구자에게 집중되던 기대와 의구심이 뒤섞인 눈길들. 그런 가운데, 스크린에는 머리가 굳어 버린 그놈들이 눈을 휘둥그렇게 뜨지 않을 수 없는 눈부신 연구 성과들이 하나하나 비치기 시작했다. 그는 자신만만한 태도로 해설을 해 나갔다. 목소리에 힘이 실려 있었다.

발표는 무사히 끝났고 그는 승리를 확신했다. 자신의 밝은 미래가 열리는 순간이라고 생각했다.

이어서 질의응답 시간이 찾아왔다. 예상했던 질문, 너무도 평범한 질문, 핵심을 벗어난 질문들이 던져졌다. 그의 태도는 어디까지나 당당했다. 적확하면서도 알기 쉽게, 때로는 상대를 내려다보는 듯한 기분으로 대답해 나갔다.

사회자의 목소리. 더 질문하실 분 없습니까?

있을 리 없지, 라고 생각한 순간, 뒤에서 손을 드는 사람이 하나 있었다. 유난히 긴 손이었다.

한 남자가 일어섰다. 남자는 자신의 이름을 말하고 질문을 했다.

그 남자의 입에서 나온 말에 그는 그만 당황하고 말았다. 전혀 생각지도 못한 내용이었기 때문이다. 마음의 동요가 대답하는 말에 그대로 나타났다. 그때까지 그토록 유창한 어투로 답변하던 그가 말을 더듬기 시작했다. 당연히 그 답변이 청중을 만족시키지 못한다는 사실을 그도 자각하고 있었다.

질문한 남자는 그 이상 파고들지 않았다. 그런 태도가 그에게 한층 더 상처를 주었다. 미숙한 연구자를 연민의 정으로 감싸 주고 싶다, 그런 느낌마저 주는 태도였다.

단상에서 내려온 그에게 남은 것이라고는 짙은 패배감뿐이었다. 단 하나의 질문이 미래를 향해 활짝 열려 있던 그의 문을 닫아 버렸다.

그 순간이야, 그는 생각했다.

그때부터 모든 것이 뒤틀리기 시작했다. 저 멀리까지 뻗어 있는 레일에서 조금씩 벗어나기 시작하더니 퍼뜩 정신을 차렸을 때는 턱도 없는 방향으로 나아가고 있었다. 애당초 자신이 바란 적도 없는 길이었다.

그래도 어떻게든 인생의 승리자가 되기 위해 애썼다. 언젠가는 찬란한 빛이 비치는 날이 올 것이라 믿으며 살아왔다.

그러나 그날은 끝내 오지 않았다. 그리고 자신의 마지막 보물이었던 유마저 세상을 떠나고 말았다.

그 빚을 갚아야 해.

그는 다시 컴퓨터 앞에 앉았다. 데이도 대학, 이라고 쳤다. 데이도 대학 홈페이지가 나왔다. 클릭. 액세스.

그로부터 약 20분 후, 남자는 어떤 정보를 입수했다. 한 손으로 메모를 해 가던 그는 소리 없이 웃기 시작했다.

노크를 한 다음 상대의 응답을 듣기도 전에 문을 열었다. 유가와가 연구실에 있다는 것은 이미 전화로 확인했다.

그는 컴퓨터 앞에 앉아 키보드를 두드리고 있었다.

"대체 무슨 생각이세요?"

가오루는 유가와의 등을 향해 물었다. 불만과 항의의 뉘앙스가 밴 강한 어투였다.

그는 의자를 빙글 돌려 가오루를 바라보았다.

"아까 전화에서도 그렇고, 자네, 기분이 상당히 안 좋아 보여."

"왜 그러셨어요?"

"뭘?"

"시침 떼지 마세요. 인터뷰는 절대 하지 않기로 하셨잖아요. 그런데 어떻게 그런 기사가 인터넷에 돌아다니죠?"

"읽었어?"

느긋한 어투가 더욱더 가오루의 신경을 긁었다.

"당연하죠. 구사나기 선배도 화가 단단히 났어요. 대체 무슨 생각인지 빨리 가서 알아보라고 해서 왔어요."

"자네들이 불평할 일이 아니라고 생각하는데. 애당초 자네들의 부주의 때문에 내가 매스컴에 알려지게 된 거 아닌가? 취재 요청이 밀려드는 걸 나더러 어떡하라고. 어쩔 수 없이 한 군데만 취재에 응해 준 건데 왜 나를 나무라고 그래?"

"그럼 취재에 응하기 전에 연락이라도 주셨어야죠. 저는 사건에 관련된 모든 자료를 교수님께 제공했는데, 그걸로 추리한 결과를 마음대로 매스컴에 내보내는 건 반칙 아닌가요?"

가오루의 강력한 항의에 기가 죽었는지 유가와는 살짝 미간을 찌푸리기만 할 뿐 아무 말도 하지 못했다.

가오루는 내뱉듯이 말했다.

"이유를 말씀해 보세요. 왜 갑자기 취재에 응할 생각을 하셨는지. 그렇게 싫어하시더니 말이에요."

그러자 유가와는 장난질하다 들킨 악동처럼 빙긋 웃었다. 그리고 곧 진지한 표정으로 돌아와 가오루를 똑바로 바라보았다.

"이번 주말에 같이 가 볼 데가 있는데."

"어딘데요?"

"우리 대학 연구 시설이 하야마에 있거든. 거기서 '악마의 손'을 재현하는 실험을 할 생각이야."

가오루의 눈이 활짝 열렸다.

"마침내 알아내셨군요, '악마의 손'의 정체를!"

"아직 단언할 수는 없어. 실험이 필요해."

"그럼 감식반에도 알려야겠네요. 아니면 과학 수사 연구소가 나을까요?"

그러나 유가와는 고개를 저었다.

"그렇게 호들갑을 떨 단계는 아냐. 일단 자네 혼자만 와. 구사나기에게는 내가 사정을 설명해 둘 테니까."

유가와의 눈은 진지하게 빛나고 있었다. 실험 결과에 자신감이 있는 것 같았다.

11

토요일 오전 11시, 가오루가 연구실로 들어서니 유가와는 양복 차림으로 기다리고 있었다. 그녀는 눈을 동그랗게 뜨고 어쩐 일이냐고 물었다. 실험과는 영 어울리지 않는 차림이라고 생각했기 때문이다.

"흰 가운을 입고 하야마까지 갈 수는 없는 노릇이지. 명색이 사회인인데."

"아, 하긴 그러네요."

유가와는 커다란 스포츠 백을 들고 있었다.

"실험 도구는 그것뿐인가요?"

가오루가 물었다.

"이건 극히 일부분에 지나지 않아. 대부분은 차에 실어 두었어."

가방을 들고 잰걸음으로 연구실을 나서는 유가와를 가오루가 황급히 뒤따랐다.

대학 구내 주차장에 라이트 밴이 세워져 있었다. 그 조수석에 안전벨트로 고정시킨 종이 상자가 놓여 있었다.

"이건 뭔가요?"

"계측기."

유가와는 그렇데 대답하면서 키를 가오루에게 건네주고 자신은 뒷문을 열어 자동차에 올라탔다.

"아주 섬세한 기계라서 거기 놓아둔 거야. 왜, 그러면 안 되나?"

"아니에요. 흔들리지 않게 조심해서 운전할게요."

"그 정도로 신경 쓸 필요는 없어. 그냥 평소처럼만 운전하면 돼."

"네, 알았습니다."

시동을 걸고 차를 출발시켰다. 하야마 연구 시설까지 가는 길은 미리 들어 두었다. 일단 해안선을 따라가다가 요코하마 요코스카 도로로 들어서면 될 것 같았다.

"그쪽 연구 시설에는 실험을 도와줄 사람이 있나요, 아니면 교수님 혼자서 실험하시는 건가요?"

"기본적으로는,"

유가와는 거기서 잠시 말을 끊었다가 다시 말했다.

"실험은 혼자서 해. 자네가 좀 도와주기만 하면 돼."

"제가요?"

가오루는 자칫 핸들을 놓칠 뻔했다.

"그건 무리예요. 자랑할 일은 아니지만 초등학생 때부터 과학 실험은 영 젬병이었거든요. 제 리트머스 시험지만 색깔이 변하지 않았어요."

"리트머스 시험지? 그게 무슨 실험이었는데?"

"기억도 안 나요. 어쨌든 전 무리예요."

"괜찮아. 내가 시키는 대로만 하면 아무 문제 없어."

"그렇지만……."

핸들을 잡은 손에서 땀이 배어나기 시작했다.

고속도로는 비교적 한산했다. 날씨가 좋아서 시야도 양호
했다.

"교수님, 범인의 범행 목적이 뭐라고 생각하세요? 지금까지
돈도 요구하지 않았는데요."

"글쎄. 늘 하는 말이지만 난 범인의 동기에는 관심이 없어."

차는 오이미나미를 지나 게이힌 대교를 건넜다. 그 앞에는
공항 북 터널이 있다. 또 그 앞은 공항 중앙 출구이다.

다만, 하고 그는 말을 이었다.

"범인이 자신의 능력을 세상에 과시하고 싶어 견딜 수 없어
한다는 것만은 분명해. 유원지를 쉬게 만들고 콘서트나 이벤
트를 취소시킨 것은 '악마의 손'의 영향력을 널리 알리기에
좋은 대상이라고 생각했기 때문일 거야."

차는 공항 북 터널을 빠져나갔다. 공항 중앙로 표시를 왼쪽
으로 바라보며 가오루는 한가운데 차선으로 들어섰다. 넓고
달리기 쉬운 3차선이다. 뒤에서 하얀 승합차가 다가오는 게
사이드 미러에 비쳤다. 꽤 스피드를 내고 있는 듯했다.

"그러니까 어필하는 것 자체가 목적이라는 건가요?"

"그럴 가능성이 높아. 혹시 범인은 자신의 실력이 부당하게 평가되고 있다는 억울한 감정에 빠져 있는지도 모르고."

"고작 그런 일로 이런 사건을 일으킨다는 말인가요? 그렇다면 꽤 어두운 인간이겠네요."

"성격이 밝고 어둡고, 그런 문제가 아닐 거야. 상처받기 쉬우냐 아니냐는 문제겠지. 그리고 과학자라는 존재는 원래 상처받기 쉬워."

타마가와 터널로 들어섰다. 주위의 차들이 빠르게 달리고 있다. 자주 차선을 바꾸는 차도 있어서 가오루는 위험하다고 생각하며 전조등을 켰다.

"교수님도 상처받을 때가 있으세요?"

"물론이지."

"와! 그럴 때는 어떻게……."

상처를 회복하느냐고 물어볼 참이었다. 그러나 그런 자신의 목소리가 들리지 않았다. 고막이 꽉 막히는 듯한 느낌에 사로잡혔다.

퍼뜩 정신을 차려 보니 바로 옆에 흰색 승합차가 나란히 달리고 있었다. 그쪽에서 기묘한 소리가 들려왔다. 낮은 소리였다. 속이 메슥거리는 것 같은 불쾌감이 가슴을 짓눌렀다.

뭐야, 이건. 그런 말을 중얼거렸다. 그러나 가오루의 귀에는 그 소리가 들리지 않았다. 대신 불쾌한 어떤 소리가 귓가를 파고들었다. 고개를 저어도 소리는 얼굴에 착 달라붙은 듯 떨어질 줄을 모른다.

이윽고 격심한 현기증이 그녀를 덮쳤다. 눈앞이 빙글빙글 돌기 시작했다. 좌석에 앉아 있는 것조차 힘들 정도여서 핸들을 제대로 잡고 있는지 알 수가 없다. 브레이크를 밟을까 생각했지만 브레이크가 어디 붙어 있는지조차 알 수 없었다. 발을 이리저리 디뎌 보려 했지만 어지러워서 제대로 움직일 수 없었다.

이대로 운전하다가는 사고를 일으키고 말 것이라고 생각하는 순간, 누군가가 두 팔을 꽉 잡았다. 그리고 머리에 뭔가가 씌워진 듯한 느낌도 들었다.

"팔에서 힘을 빼!"

귓가에 그런 목소리가 울렸다.

정신을 차리고 보니 유가와가 뒤에서 그녀의 두 팔을 잡고 있었다. 차는 흔들림 없이 똑바로 달리고 있었다. 좀 있으려니 현기증이 사라졌다.

"아…… 이제 괜찮아요."

"평형감각이 돌아왔어?"

"네."

좋아, 하고 유가와는 그녀의 팔에서 손을 뗐다. 나란히 달리던 밴은 앞쪽 저 멀리로 달아나고 있었다.

유가와가 휴대폰을 꺼냈다.

"보고 있었겠지. 지금 앞쪽으로 간 승합차야. ……응, 알았어. 부탁해."

그가 전화를 끊은 직후, 뒤에서 승용차 한 대가 가오루가 운전하는 차를 추월했다. 조수석에 앉은 구사나기가 엄지를 세우는 것이 보였다. 그리고 석 대의 차량이 적색등을 반짝이며 그 뒤를 따랐다.

"무슨 일이에요?"

가오루가 놀란 듯이 물었다.

"아까 말했잖아. 우쓰미 양이 이 실험을 도와주어야 한다고."

유가와는 무덤덤하게 말했다.

구사나기 일행은 히가시오기시마 출구를 나서자마자 흰색 승합차를 잡았다. 지원팀 차량이 주위를 포위하여 차를 정지시키고 범인을 차에서 내리게 했다.

자신이 미끼가 될 테니 범인이 나타나면 잡으라고, 유가와가 구사나기를 연구실에 불러 말한 것은 어제였다. 물론 당시에 구사나기는 영문을 몰라 어리둥절해했다.

"취재에 응한 건 범인을 도발하기 위해서였어."

유가와가 설명했다.

"'악마의 손'은 특정 인물을 타깃으로 삼을 수 없다는 내 발언으로 자존심에 상처를 입었을 거야. 그래서 반드시 특정 개인을 노리는 범행을 저지르려고 할 거고. 그러나 범인에게는 반드시 해결해야 할 과제가 있어. 어디 사는 누구를 노린다는 것을 어떤 방법으로 예고하느냐는 거지. 평소처럼 인터넷 게시판에 올릴 수도 없어. 거기 적어 넣으면 해당 인물이나 해당 인물을 아는 사람이 볼 수도 있거든. 그렇게 되면 소동이 벌어지겠지. 그렇다고 해서 우편으로 보내는 것도 문제야. 예고장이 도착하기 전까지 범행 기회를 잡을 수 있을지 확실하지 않으니까. 결국 범인에게는 어디 사는 누구를 노린다는 사실을 예고하는 것 자체가 아주 힘든 일이야. 예고하지 않으면서, '악마의 손'에게는 특정 개인을 노릴 수 있는 능력이 있다는 사실을 증명하려면 어떻게 해야 할까. 나는 범인이 선택할 길은 오로지 하나라고 봐."

"'악마의 손'의 약점을 지적한 인물을 노린다는 거로군."

"범인은 내게 적개심을 가지고 있는 듯하니까 분명히 나를 노릴 거야. 그래서 밑밥을 던져 놓았지."

"밑밥?"

"이거."

그러면서 유가와는 컴퓨터 화면을 손가락으로 가리켰다.

거기에는 데이도 대학 홈페이지가 떠 있었다. 그리고 공학부 물리학과의 최신 정보를 전하는 코너에 다음과 같은 문장이 있었다.

〈자성 물리와 핵자기 공명법에 관한 연구회〉

주관자: 유가와 마나부(제13연구실 조교수)

일시: 6월 7일 오후 1시

장소: 데이도 대학 하야마 캠퍼스 2호관 제5회의실

"이게 뭐지?"

"간략한 연구회 안내문이야. 하지만 실제로 개최되는 것은 아니고."

"이게 밑밥이란 말이야?"

"범인은 나에 관한 정보를 얻으려 할 거야. 당연히 대학 홈페이지를 보겠지. 그가 이걸 보면 무슨 생각을 할까? 아마도 절호의 기회라고 생각할걸."

"이게 왜 절호의 기회지?"

"하야마 캠퍼스는 사실 가기에 매우 불편한 장소야. 도쿄에서 가려면 전차나 버스를 갈아타면서 가야 해. 그래서 대개는 자가용을 이용하지. 범인은 나 역시 차를 타고 이동하리라 예상할 테니 절호의 기회라고 할 수 있지."

"범인이 자네가 차를 타고 이동할 때를 노린다는 건가?"

"아마도. 그래서 우쓰미 양에게 운전을 부탁하고 싶어. 범인이 나타나면 자네 팀이 체포하고 말이야."

"잠깐만. 자네는 민간인이야. 그런 위험에 빠뜨릴 수는 없어."

"나 아닌 다른 누구도 이 역할을 맡을 수 없어. 범인이 노리는 대상은 나니까."

"자네가 그런 식으로 일을 꾸미니까 그렇지. 왜 미리 내게 의논하지 않았지?"

"의논하면 반대할 게 뻔하니까. 뭐, 범인을 잡을 대안이 있다면 반대해도 좋지만 말이야."

구사나기는 신음했다.

"경찰은 그렇게 무능하지 않아."

"알고 있어. 그러니까 자네를 믿고 이렇게 미끼가 되겠다고 나서는 거 아닌가."

구사나기는 머리를 절레절레 흔들면서 대학 시절의 친구를 빤히 바라보았다. 과학을 악용하는 인간은 절대로 용서할 수 없다는 그의 철학이 그대로 전해져 왔다. 사고의 유연성을 유지하면서도 한편으로는 과학자의 삶에 대해 철두철미한 신념을 가지고 그것을 관철시키는 사내였다.

"우쓰미는 이런 사실을 알고 있어?"

"아직 몰라. 알리지 않는 편이 좋을 거야. 범인이 어디선가 우리를 지켜보고 있을 테니 그녀가 연기를 하면 들킬 염려가 있어."

"자네가 목표물이 된다는 것은 우쓰미도 위험하다는 말 아닌가?"

"그건 나도 잘 알아. 그녀의 안전은 내가 보장하지."

유가와는 자신 있게 대답했다.

구사나기는 유가와에게 '악마의 손'이 가진 힘의 정체와 그 대책에 대해 들었다. 구사나기가 그 계획을 받아들이기에는 무리가 있었지만 이제는 돌이킬 수 없는 일이었다. 유가와를 믿을 수밖에 없다고 마음을 다잡았다.

그리고 지금, 범인이 그의 눈앞에 있다.

형사들의 손에 의해 차에서 끌려 나온 인물은 창백한 얼굴빛을 한 깡마른 남자였다. 앞머리를 가지런히 자르고 안경을 낀 모습이었다. 그 남자는 크게 두려워하는 기색은 아니었지만 가늘게 몸을 떨고 있다는 것은 멀리서도 알 수 있었다.

남자는 저항도 하지 않고 경찰차에 올라탔다. 참으로 허망한 체포극이었다.

승합차의 슬라이드 도어를 연 형사들이 뭔가를 발견한 듯했다. 구사나기도 뒤에서 그 안을 들여다보았다.

직경 50센티미터 정도의 냄비 같은 것이 차체의 왼쪽에 설치되어 있었다. 그리고 거기에 전기 코드를 비롯한 복잡한 기기들이 연결되어 있었다.

유가와의 추론대로라며 구사나기는 고개를 끄덕였다.

12

파일을 바라보는 유가와의 표정에는 아무런 변화도 없었다.

파일 겉면에 쓰여 있는 제목은 "초고밀도 자기 기록에서 자기 왜곡 제어에 관한 연구", 연구자의 이름은 다카후지 에이지였다. 바로 '악마의 손' 사건의 범인이다.

"어떤가요?"

가오루가 물었다.

"희미하긴 하지만 기억이 나."

"역시 그랬군요."

"하지만,"

유가와는 파일을 닫으며 말했다.

"나는 이 학회에 참석하긴 했어도 다카후지라는 연구자와는 일면식도 없어. 당연히 원한을 산 기억도 없고."

"다카후지의 말로는 교수님이 트집을 잡았답니다."

"트집, 내가?"

"그것 때문에 과학자의 길이 막혀 버렸다고……."

"잠깐만."

유가와는 가오루를 제지하려는 듯 한 손을 들며 눈을 질끈 감았다. 잠시 그렇게 있더니 이윽고 눈을 뜨고는 말했다.

"그때 연구 발표 자리에서 질문을 하긴 했어. 그렇지만 트집을 잡은 건 아냐. 나는 아주 평범한 질문을 했을 뿐인데."

"어떤 질문인데요?"

유가와는 헛기침을 한 번 하고는 입을 열었다.

"전문적인 내용이라 말해 봐야 모를 테니까 간단히 설명하지. 그의 연구는 꽤 흥미로웠지만 한 가지 결점이 있었어. 그건 아주 한정된 조건 아래서만 유효한 기능을 한다는 것이었지. 그걸 지적하자 그는 미래에는 조건 관리가 그리 어렵지 않을 것이라는 견해를 밝혔어. 그래서 내가 질문했지. 만일 그 조건 관리가 곤란하지 않다고 한다면 자기장 톱니바퀴 방식이 발표자의 방식보다 비용도 덜 들고 효율적이지 않겠느냐고 말이야. 자기장 톱니바퀴 방식이라는 것은 내가 고안한 고밀도 자기(磁氣) 기록 아이디어야. 거기에 대해 그는 경제성만을 추구하는 것은 아니라는 의미의 말을 했어. 받아들이기는 힘들었지만 나는 반론하지 않았지. 주고받은 대화라고 해 봐야 그게 다야. 어때, 이게 트집을 잡은 건가?"

"저는 잘 모르겠어요. 다만, 다카후지 본인은 그렇게 받아

들이지 않은 것 같아요."

유가와는 어깨를 으쓱하고는 흥, 콧소리를 냈다.

"그런데 감식반이 그 장치를 분석하는 데 도움을 주셨다면
서요? 담당자가 대신 인사를 전해 달라고 하던데요."

"인사받을 일도 아냐. 개인적으로 흥미가 있어서 그랬던 것
뿐이니까."

"소리로 그런 효과를 낼 수 있을 거라고는 상상도 못했어
요. 교수님은 뎃벤 씨의 이야기를 들었을 때부터 알아차리셨
어요?"

"모종의 방법으로 평형감각을 잃게 만들지 않았을까 하는
생각은 했지. 호리키리 분기점에서 사고를 일으킨 차도 갑작
스럽게 지그재그 운전을 시작했다고 하고, 료고쿠의 추락 사
고에 대해서도 설명이 가능해. 제아무리 숙련공이라도 평형
감각을 잃으면 서 있기도 힘들어지니까."

"사람의 평형감각을 이렇게 간단히 무너뜨릴 수 있다니, 정
말 믿기 힘들어요."

"귀 안쪽에는 내이라는 기관이 있는데, 그곳이 평형감각을
담당하고 있어. 그래서 거기에 일정한 자극을 가하면 사람은
평형감각을 잃어버리고 말아. 문제는 어떻게 자극을 가하느
냐인데, 가장 손쉬운 방법이 전류야. 그렇지만 떨어진 곳에서
남의 귀에 전류를 흘려보낼 수는 없지. 그래서 소리가 아닐까

하는 생각을 한 거야. 특정 주파수를 선택하면 외이나 중이를 건너뛰어 내이를 직접 자극할 수 있거든. 실제로 어느 나라에는 그런 주파수의 소리를 내보내는 음향 무기도 있지. 다만, 거기에도 문제는 있는데, 범인이 그런 소리를 내보낼 경우 증언자가 여러 사람 나오게 되어 있어. 그러나 실제로는 한 사람도 소리를 들은 사람이 없는 거야. 이건 또 왜일까. 그래서 언뜻 떠올려 본 것이 초지향성 스피커라는 거야. 간단히 설명하자면, 소리를 초음파에 실어 멀리까지 보내는 장치지. 소리는 거의 퍼지지 않고 핀 포인트로 목적하는 대상에 도달하게 돼."

"그 추리가 멋들어지게 맞아떨어진 셈이네요. 범인의 차에 실려 있던 냄비 같은 스피커가 그거 맞죠?"

"그런 셈이지. 감식반과 같이 조사해 보았더니 정말 대단한 성능이었어. 운전석에 있던 자네는 불쾌한 소리를 들었지만, 뒷좌석에 앉아 있던 나는 전혀 듣지 못했으니까. 또 장치에는 작동 12초 후에 전자음을 울리는 타이머도 장착되어 있었어. 피해자의 평형감각을 뒤틀리게 하려면 최소한 그 정도의 시간 동안은 불쾌한 소리를 들려줘야 하니까."

가오루는 고개를 끄덕였다. 이런 이야기를 듣기만 했다면 거의 실감하지 못했을 것이다. 그러나 그녀는 실제로 체험한 만큼 '자신에게만 들리는 불쾌한 소리'가 얼마나 큰 위력을 발휘하는지 누구보다 잘 알았다.

"라이트 밴 조수석에 종이 상자가 있었지? 사실은 빈 상자였어. 그건 내가 뒷좌석에 앉을 구실을 만들기 위한 장치에 지나지 않았지. 조수석에 앉으면 나도 우쓰미 양처럼 '악마의 손'의 세례를 받을 테니까."

"그랬군요. 그런데 제가 평형감각을 잃었을 때, 교수님이 헤드폰 같은 것을 저한테 씌웠잖아요? 그러자 금방 감각이 돌아왔고요. 그게 뭐였어요?"

"이거 말이야?"

유가와는 옆에 놓인 가방 속에서 뭔가를 꺼냈다. 그때 그 헤드폰이었다.

"맞아요."

"설명하는 것보다 체험하는 게 더 빠를 거야. 한번 써 봐."

가오루는 유가와가 내미는 헤드폰을 받아 써 보았다.

"이러면 돼요?"

"그대로 왼쪽에 붙어 있는 스위치를 눌러 봐."

가오루는 그가 시키는 대로 했다. 그러자 몸이 크게 옆으로 기울어졌다. 하마터면 의자에서 떨어질 뻔했다.

"어! 이거 뭐예요? 어떻게 된 거죠?"

유가와가 웃으며 다가와 스위치를 껐다. 그와 동시에 감각이 돌아왔다.

"아까 말했잖아. 내이를 자극하는 가장 좋은 방법은 전류를 흘리는 것이라고. 이 헤드폰은 미약한 전류를 내이에 흐르게 함으로써 평형감각을 컨트롤할 수 있도록 만든 거야. 지금은 감각을 무너뜨리게 설정해 두었지만 그때는 어떤 외부 요인에 대해서도 정상적인 평형감각을 유지하도록 설정해 두었지."

"그래서 금방 감각을 되찾은 거로군요."

"자네가 핸들을 잘못 조작하면 내가 위험해지니까."

유가와는 그렇게 말하더니 고개를 갸웃했다.

"그런데 이번 범죄는 어떤 죄가 적용되지? 살인죄로 기소할 수 있을까? 범인은 피해자의 평형감각을 뒤틀었을 뿐인데. 상해치사가 적용되지 않을까?"

"아니요, 살인죄로 기소할 거예요."

"그게 가능해?"

"예."

가오루는 턱을 끌어당기며 단호하게 말했다.

"그런데 그 초지향성 스피커는 다카후지가 근무하던 회사에서 개발한 거래요. 그 회사에서 다카후지는 최근까지 초음파 기술 연구 주임을 맡고 있었다더군요."

"맡고 있었다…… 과거형이네."

"대폭적인 조직 개편이 있어서 다카후지는 연구 부문에서

쫓겨났다는군요. 그래서 화가 난 그는 사표를 냈고요. 시기적
으로 보아 '악마의 손'으로 범행을 시작한 것은 그 직후예요."

"회사를 그만두게 되어 자포자기의 심정이었단 말이지. 어
처구니가 없군."

"그게 아니에요. 자포자기한 건 맞지만 회사가 원인은 아니
었어요."

"그럼?"

가오루는 조그맣게 숨을 토해 내고는 대답했다.

"연인이 살해당한 것이 원인이었답니다."

"흠, 그런 일이 있었어?"

"다카후지의 방을 조사해 보았더니 최근에 동거하던 여성
이 사라져 버린 것으로 밝혀졌대요. 그래서 다카후지에게 물
어보니, 살해당했다고 하더래요."

"누구에게?"

가오루는 잠시 말없이 입술을 축이더니 입을 열었다.

"유가와 교수님에게요."

유가와는 깜짝 놀라 눈을 동그랗게 떴다. 그의 얼굴을 바라
보며 가오루가 말을 이었다.

"다카후지의 말이 그렇다는 거죠."

　정면에 앉아 있는 구사나기라는 형사는 뭔가를 관찰하는 듯한 눈으로 다카후지를 바라보고 있었다. 내 내면을 파헤치려는 모양이군, 다카후지 에이지는 속으로 생각했다. 너 따위 놈이 뭘 알겠어. 절대로 알 수 없을걸.

　"유해의 신원이 확인됐어. 가와타 유마 씨가 맞더군."

　다카후지는 침묵을 지켰다. 당연하다고 생각했다. 그 자신이 오쿠지지부의 산속에 숨겼기 때문이다. 경찰은 자신의 증언을 토대로 조사해 유해를 발견한 것뿐이다.

　"가와타 씨의 집에 문의해 보았지. 그녀가 야마가타 출신이라는 건 알고 있었어? 3년 전에 배우가 되려고 상경해서 아르바이트를 하며 생활했는데 최근엔 뭘 했는지 부모도 몰랐던 것 같아. 당신, 유마 씨와는 언제 어디서 어떻게 만났지?"

　다카후지가 입을 열었다.

　"육 개월쯤 전에 시부야의 극장에서 만났어요. 옆 자리에 앉았는데 그쪽도 혼자고 해서 이야기를 나누다가……."

　좀 더 당당하게 말하고 싶은데 정작 말을 시작하면 위축되어 버린다. 경어 따위 사용하지 않아도 된다고 생각하면서도 거칠게 말하는 데 익숙지가 않다.

　"그래서 바로 동거에 들어간 건가?"

"만난 지 한 달 정도 지나서 그녀가 우리 집에 들어와 살게 되었습니다. 방세를 못 내서 쫓겨날 위기라고 하더군요. 그래서 우리 집에 오라고 권했습니다. 기뻐하며 왔어요."

그즈음의 유마는 정말 귀여웠지. 당시를 회상하며 다카후지는 애절한 기분에 젖어들었다. 유마가 집에서 기다린다고 생각하면 하루하루가 즐거웠다.

그러나 그런 꿈같은 나날이 어느 날 갑자기 끝나 버리고 말았다. 그 계기는 회사가 단행한 부당한 인사이동이었다. 다카후지를 연구 부문에서 제외한다는 통보를 받게 된 것이다.

"자네만 제외되는 게 아니야. 연구 부문을 축소하다 보니 당연히 기술자가 남아돌게 됐어. 앞으로는 소수 정예로 운영한다는 것이 사장의 방침이라서 말이야. 내가 듣기로는 초지향성 스피커에 자네의 아이디어가 그다지 반영되지 않았다고 하니까 앞으로는 제품 부문에 능력을 발휘하도록 해 봐."

상사는 실실 웃으면서 그렇게 말했다.

내가 정예가 아니라고? 다카후지는 깊은 상처를 받았다. 그리고 그 상처는 곧 분노로 바뀌었다. 분을 참지 못한 그는 결국 사표를 던졌다.

집으로 돌아와서 유마에게 그런 사실을 알렸다. 그녀도 동의해 주리라 확신하면서. 그녀는 늘 에이지는 천재라고 말했었다.

그러나 그가 회사를 그만두었다는 사실을 안 유마는 믿을 수 없는 말을 내뱉었다.

너 바보 아냐?

"무슨 일이든 하면 되잖아. 서른이 넘은 아저씨가 회사를 그만두면 어떡할 건데? 안 돼 그건. 어이가 없네, 정말."

"난 나를 인정해 주는 곳이 아니면 일할 수 없어."

"아, 그래요. 그러셨어요. 몰라. 좋을 대로 해."

그러고서 유마는 자신의 옷을 가방 속에 챙겨 넣기 시작했다.

"뭐하는 거야?"

"보면 몰라? 나가는 거지. 더는 같이 못 있어. 돈도 안 버는데 어떻게 같이 있어? 안 그래도 슬슬 나가 볼까 하던 참이었는데 마침 잘됐지, 뭐."

유마는 휴대폰을 꺼내 어디론가 문자를 보내기 시작했다. 그 등을 바라보며 다카후지는 피가 머리 꼭대기로 솟구치는 걸 느꼈다. 맥박이 빨라지며 의식마저 몽롱해졌다.

"같은 걸 몇 번이나 물어서 미안하지만,"

구사나기의 목소리가 다카후지의 의식을 현실로 되돌렸다.

"왜 죽였지?"

그러자 다카후지는 가늘게 몸을 떨며 머리를 가로저었다.

"죽이지…… 않았어요."

구사나기가 넌더리가 난다는 표정으로 입가를 실룩였다.

"그런 거짓말이 통할 거라고 생각해? 유해의 목에 손톱자국이 났어. 목을 조를 때 생긴 흔적이지. 그 손톱자국에서 검출된 피부 조직의 DNA를 검사한 결과 당신 거라는 게 판명됐어. 이래도 시치미를 뗄 생각이야?"

마침내 다카후지는 고개를 푹 꺾었다. 형사의 날카로운 시선을 견디다 못해서였다.

문자를 보내고 있는 유마의 등을 아직도 또렷이 기억한다. 퍼뜩 제정신을 차리고 보니 이미 유마의 몸은 꼼짝도 하지 않았다.

어떻게 이런 일이. 몇 번이나 자문했는지 모른다.

회사가 그러지만 않았더라도, 연구 부문에서 자신을 제외하지만 않았더라면, 아니, 애당초 그런 회사에 들어간 것 자체가 잘못이었다. 그에게는 들어가고 싶은 회사가 따로 있었다. 자신의 대학원 연구 테마에 관심 있어 하던 기업이었다. 그 연구 테마가 높은 평가를 받자 그 점을 내세워 입사할 계획이었다. 그러나 회사가 갑자기 결정을 뒤집어 버렸다. 그의 연구에 대한 관심이 사라지고 만 것이다.

그 학회에서 일어난 일이 모든 것을 결정하고 말았다.

유가와라는 어느 대학의 조교수가 트집을 잡았다. 그 작자 때문에 삐끗하고 말았다. 그때부터 제대로 되는 일이 하나도 없었다.

그는 매스컴에서 화제가 된 T대학 Y 조교수가 바로 그 유가와라는 사실을 최근 들어 한 지인을 통해 알게 되었다. 그 지인은 데이도 대학 출신이었다. 자랑스럽게 주간지 기사의 복사본을 내밀었다. 다카후지는 그것을 받아서 자기 방 벽에다 핀으로 꽂아 놓았다. 언젠가는 복수하고야 말리라는 각오를 잊지 않기 위해서였다.

유마의 유해를 내려다보던 그는 지금이 바로 그 '언젠가'라고 생각했다. 그 작자마저도 상상하기 어려운 사건을 일으켜 주자. 내가 얼마나 대단한 인간인지를 세상에 알릴 것이다.

"다시 한번 묻지. 당신이 죽였지?"

다카후지의 입이 열렸다. 숨결이 거칠어졌다.

"그놈 탓입니다. 유가와 때문입니다. 그래서…… 그래서…… 유마가 죽은 겁니다."

14

구사나기가 일본주 '구보다 만주' 대병을 책상 위에 올려놓자 유가와의 오른쪽 눈썹이 꿈틀 움직였다. 마음이 동할 때 나타나는 버릇이라는 것을 오랜 세월 만나 온 구사나기는 잘 알고 있었다.

"물론 적당한 때에 정식으로 인사를 하겠지만, 오늘은 우선 야소하나마 선물 하나 가지고 왔지."

"딱히 인사치레를 받을 생각은 없지만 선물이라니까 기꺼이 받아 두지."

유가와는 대병을 잡더니 책상 아래로 내려놓았다.

"우쓰미에게 들었겠지만 범인은 동거하던 여자를 죽였어. 하긴 동거라고는 하지만 여자 쪽에서는 애당초 오래 머물 생각이 아니었던 것 같아. 같이 있으면 돈 걱정은 안 해도 되고, 남자가 출근하고 나면 마음대로 행동할 수도 있으니 그냥 눌러 산 거지. 같이 노는 친구들에게는 곧 나올 거라고 말했대. 반면 다카후지 쪽은 꽤 진지했던 것 같아. 그런 타입은 정말 골치야."

구사나기는 다카후지의 창백한 얼굴을 떠올리며 그렇게 말했다.

"그 살인만으로도 기소가 가능한데, 거기에 '악마의 손'까지 있으니. 검찰이 자네한테 도움을 요청할지도 모르니까, 앞으로도 잘 부탁하네."

유가와는 그 말에는 대답하지 않은 채 구사나기에게 등을 돌리고 인스턴트커피를 타기 시작했다. 그러자 구사나기가 머리를 긁적거리며 말했다.

"자네한테는 정말 미안하게 생각해. 나 때문에 묘한 사건에 휘말려드는 일이 많아진 것 같아서. 앞으로는 절대 이런 일이 없도록 노력할게. 그러니 제발 기분 좀 풀어."

유가와는 손에 머그 컵 두 개를 들고 돌아섰다. 그리고 그중 하나를 구사나기에게 내밀었다.

"딱히 기분 상한 건 없어. 사건에 휘말려드는 건 좀 그렇지만 말이야."

"그러니까 그런 일이 없도록 조심하겠다는 것 아니야. 그렇지만 이번 사건을 봐서 알듯이, 범죄가 점점 복잡해지고 있어. 하이테크를 이용하는 경우도 더 많아지지 않을까 싶어. 그래서 자네와 같은 인재가 필요해. 앞으로도 잘 부탁해."

유가와는 시무룩한 얼굴로 커피만 마셨다. 대답할 마음조차 없는 듯했다.

"이번 수사를 통해 자네에 대해 여러 가지를 조사해 봤어."

구사나기의 말에 유가와는 표정을 일그러뜨렸다.

"나에 대해 뭘?"

"한마디로 인간관계지. '악마의 손'이 자네에게 적개심을 가진 과학자라고 보았기 때문이야. 그래서 혹시 그런 인물이 주변에 있는지 탐문 조사를 벌였어. 형사로서는 당연한 일이야."

"그래서, 그 결과는?"

"결론부터 말하자면, 자네가 경찰 수사에 협력한다는 사실에 대해 나쁘게 말하는 사람은 거의 없었어. 인간적인 평판은 그렇다 치고, 과학자로서 자네에 대한 평가도 아주 좋았고 존경받는 사람이더군. 즉, 자네가 경찰에 협력하는 것이 반드시 득이 없는 것만은 아니라는 얘기야."

"잠깐."

유가와가 손을 흔들며 구사나기의 말을 막았다.

"인간적인 평가는 그렇다 치고, 라는 건 도대체 무슨 뜻이야?"

"아……."

구사나기가 턱을 끌어당기며 정색을 했다.

"그건 일단 판단을 유보하고, 라는 뜻이지."

"유보 안 해도 되거든. 인간적인 평가는 어땠는지 말해 봐."

구사나기는 숨을 들이쉬고는, 약간 흥분한 기색을 보이는 친구의 얼굴을 빤히 바라보았다.

"그야 물론,"

그러자 유가와는 헛기침을 하고 고개를 저었다.

"아니야. 말하지 마. 사람들이 뭐라든 난 내 길을 갈 테니까."

"그렇겠지. 그래도 이것 하나만은 말해 둘게. 다들 자네에 대해 과학자로서 정말 훌륭한 사람이라고 했어."

"아, 됐어, 됐어."

유가와는 의자에 등을 기대며 머그 컵을 기울였다.